恋に焦《こ》がれる獣《けもの》達《たち》 2

The beasts who yearn for love

『番《つがい》』と『半身《はんしん》』上

茶柱一号《ちゃばしらいちごう》
Illustrator むにお

この物語はフィクションであり、
実際の人物・団体・事件等とは、一切関係ありません。

恋に焦がれる獣達

人物紹介

翠（スイ）

ヒト族。母であるチカの強い魔力と容姿を受け継ぐ天才肌の自由人。チカが熊族・ゲイルと成した子。今回はチカの代わりに「至上の癒し手」としてキャタルトンに赴く。

ガルリス

竜族。スイの守護者。スイの誕生時に関わりを持ち、彼を自分の『半身』とする契約を交わしている。最近はスイへの接し方がダグラスやゲイルに似てきたので、スイは困惑している。

ランドルフ

虎族。元キャタルトン第二騎士団団長。自分がウィルフレドの村を襲った騎士達を率いていたことをずっと後悔し、懺悔し続けていた。

ウィルフレド

ヒト族。過去がヒト狩りに遭い、娼館に売られていた。ランドルフとは愛憎を乗り越えて『番』として結ばれている。

ガレス

豹族。複雑な過去を持つキャタルトンの不良騎士。幼い頃、キャタルトンで誘拐されていたスイとは因縁があり……!?

introduction

ここは獣人達の世界『フェーネヴァルト』。
獅子族を王とし、繁栄を続けるレオニダス。
過去を断ち切り、未来へと歩み始めたキャタルトン。
希少種である竜族が住むといわれるドラグネア。
広大な樹海と自然を愛する者たちが住むウルフェア。
海の種族が多く住む南のフィシュリード。
雄しかいないこの世界では第二の性である
『アニマ』と『アニムス』が恋をし、子を得る。

そんな世界で、
現代日本からやってきたチカユキを母に、
最強の熊族の騎士、獅子族の王弟を父に持つ子ら。
これは、そんな彼ら、子ども達が紡ぐ恋物語――…。

フェーネヴァルトの世界

BEASTS GIVING LOVE MAP
高山地帯
ドラグネア
・レオニダス国のはるか北方にある。
・標高が高い。高山地帯。
・竜族の長・ガロッシュが治めている。
・竜族のみで構成されている。
・チカとの親交が出来るまではレオニダス国はじめ
他の国々と国交はなかった。
・ガルリスの国。
こっちは樹海
こっちは砂漠
ヘレニアの森
・魔物が多く、
常人では近道する
ことは困難。
・難を逃れたヒト族
が隠れ住む集落が
あるらしいが…？
キャタルトン
・チカが召喚された地。
ここで性奴隷としての
暮らしを強いられた。
・ダグラス・ゲイルとはここで出会っ
・そこそこ栄えているが、
特に南地区は治安が悪い。
・未だにヒト族を奴隷として
扱うものもいるため、
他国とは折り合いが悪い。
ウルフェア
・森に囲まれている森林地帯。
・グレンの故郷。
・エルフ、狼族が多く住む。
レオニダス
・ダグラスの兄・アルベルトが国王として治めている。
・各国と比べても治安がよく、商業的に栄えている。
・ゲイルの実家がある。
・現在、ダグラス、ゲイル、チカはここに
生活の拠点を移し家庭を築いている。
・前国王ヘクトルの指図で「チカ」や
彼らの子ども達の名前を冠した通りなどがある。
火山地帯
フィシュリード
・着物風の衣装をまとう和風の国。
・水棲種族、人魚、半魚人などが多く暮らす。
・チカたちが作る和食に使うしょうゆや
味噌っぽい食材はこの国から購入している。
・唯一「海」に接している国。
SEA

『番』と『半身』

序章

遙《はる》か昔、『フェーネヴァルト』と呼ばれるこの地にどのような種族も存在しなかった頃。天空に鎮《ちん》座《ざ》する二つの月、巨大な銀の月とそれに寄り添う小さな朱の月よりこの世界のすべての種族の祖となる存在が現れたと伝えられている。

銀の月からは父たる存在であり、強きものである『アニマ』が、朱の月からは母たる存在であり、慈愛に溢《あふ》れるものである『アニムス』が、それぞれこの地に降り立ち結ばれたと。

彼らは『番《つがい》』であり、お互いを慈《いつく》しみ、そして自らの子であるすべての種族を等しく愛し、その子らは世界へと広がった。

それは、受け継がれる昔話。

誰もが知るおとぎ話。

この世界『フェーネヴァルト』に伝わる古き神話。

『番』と結ばれた者、愛した相手と結ばれた者、愛するがゆえに結ばれることのなかった者。二つの月が見守るこの世界で、数多の種族が恋をし、様々な形の愛を育み生きていた。

ある研究者の著書に『半身』と呼ばれる存在についての記述が残されている。それは、ある種族に古より伝わる存在。彼らは互いに求められる者であり、求める者。与えられる者であり、与える者。

命の終わりをも共にする彼らはまるで二人で一つの存在のようであったとされている。

これはそんな数奇な運命に導かれた彼らの物語。

アニマを象徴する銀の月とアニムスを象徴する朱の月が見守るこの世界で、数多《あまた》の種族が恋をし、愛を育《はぐく》み生きている。

これはそんな彼らの物語。

1．スイとガルリス

様々な種類の野菜をベースにその日の気分で魚や肉を入れて煮込んだスープ。テーブルに置いた大皿を埋め尽くすのは、昨夜炊いておいたラヒシュで作ったおにぎり。飲み物はウルフェア特産の緑のお茶と、何となく毎朝飲むことが習慣になっているモウの乳。

僕が作る朝食は、基本的にこんなものだ。料理のイロハはチカさんから習っているから、味には自信がある。ヒカル兄ほどではないけどリヒト兄よりはという自負がある。

でも、どうにも僕は朝からチカさんみたいに小まめにあれだけの種類と量のものを作る気になれない。医師の仕事や研究が忙しいと自分への言い訳にしているけど、これに関しては僕の感覚が普通なんだと思う。友人たちと話しても普通の家ではこれでも豪華なほうだ。

チカさんのあれは父さんたちへの一途《いちず》な愛の為《な》せる業《わざ》だろう。

そもそも忙しいというならば、この世界でチカさんほど忙しい人も珍しい。公ではこの世界に新しい医術体系を確立し、学校教育や食文化の啓蒙《けいもう》にも尽力。私ではチカさんのことを愛して止まない二匹の大型獣の欲求をいろいろな意味で満足させ、僕を含めて九人もの子供を育て上げているのだから。まぁ、現状が九人なだけで未だに新婚当初かと思うほど仲の良い両親の姿を見ていると、まだ兄弟が増える可能性すらある。

自分の母親ながらあの人は偉大だ。僕はそんな人から同じだけの膨大な量の魔力と、この世界における異能『至上の癒し手』を受け継ぎ、仕事も誰に強《し》いられるでもなくチカさんと同じ医師を選んだ。

でも、だからといって僕とチカさんは同じではない。瞳の色と髪型を除けば、見た目も能力もそっくりだけど、中身はまるで違うという自覚があった。僕は親としても医師としても、心からチカさんを尊敬している。けれども、チカさんと同じ生き方は僕にはできない。無理にしようとも思わない。それが悪いことなのかいいことなのかは分からないけれど、生まれついて向き不向きというものが人にはある。

いや、これも言い訳なのかもしれないけど……。チカさんと同じ見た目、そして同じ力を持っているからこそチカさんと比べ続けられる僕はあえてチカさんとは違う生き方を選び、自分らしい生き方を模索《もさく》しているのだろう。けれど、そんな日々がとても充実しているのも確かだ。僕には身軽にあちこち飛び回りながら、様々な研究をするのが性に合っている。今日もこれからガルリスと一緒にキャタルトンへと飛ぶ。

「スイ、手が止まってるぞ？　もうおにぎり食わねぇのか？」

おにぎり片手に物思いにふけっていた僕の目の前で朝から鬼のような食欲を見せつけてくるのは僕の愛する人、この世界でも珍しい竜族であるガルリス。キャタルトンへは彼と一緒に文字どおり彼の背中に乗り飛んでいく。

「僕はヒト族だよ？　父さんたちやガルリスみたいには食べられないって何度言えば分かってもらえるのかなぁ、こんな大きさのおにぎり二つも食べたらお腹いっぱいになっちゃうからね」

共に暮らし始めて一年近いのに、未だにガルリスはヒト族の食べる量を理解していない。まぁ、これはゲイル父さんもなんだけど。僕もチカさんもガルリスや父さんたちの腕の中にすっぽりと収まってしまうほどに体格差がある。

種族の違いというのはそこまで大きいものなんだけど、どうやら逆の立場から見るとあまりに食べなさすぎて心配になってしまうのだというのがゲイル父さんの言い分だ。ガルリスのこれはそれとはちょっと違う気もするけれど。

「そうか？　お前んとこの四つ子はヒト族だけどモリモリ食うじゃないか」

「四つ子って言ってもリクだけでしょ。あの子は特別なんだよ。ヒト族には珍しいアニマだし。体格も獣人のアニマほどではないけどリヒト兄と遜色《そんしょく》ないし」

そろそろガルリスにも我が家の常識は世間の非常識であることを理解してもらいたい。家族全員がほぼ何かおかしいところを持っているんだから、両親を筆頭に。

「それにしてもスイの作る飯《めし》はいつ食っても美味《うま》いな！」

「そのスープとか残り物だよ?」

「二日目のちょっと煮崩れた具の入ったスープ、俺は好きだぞ」

「……ありがと」

僕の見ている前で、ガルリスは本当に美味しそうにスープを飲み干した。食に関してうるさいことを言わず、出されたものをなんでも美味しい美味しいと平らげるのは、ガルリスのいいところだと思う。

それは他者と交わることを好まず、自らの力だけで生きることを至上としてきた竜族の性質故なのかもしれない。食べられるときにどんなものでも食べておく、それはどんなときでも生き抜くための大原則だから。

彼らは本来食事に対して味や見た目より、それでお腹《ふく》が膨れるかという事実のみを重要視する。それでも、ガルリスは僕の作ったものを美味しい美味しいと幸せそうに食べてくれる。そこには竜族の性質以外の何かがあると思ってもいいのだろうか。

「食べたらすぐに出ようと思うんだけど、ガルリスはもう支度はできてる?」

「ん? そんなもん食ったらすぐやるさ」

「相変わらずだなぁ」

コップのお茶を一息で飲み干し答えるガルリスに僕はもう怒る気力もなく溜め息を吐く。ガルリスは旅支度というか出かける際の準備に取りかかるのが遅い、けれどとにかくやり始めると速い。速いというか、基本的に極端に荷物が少ない。一体何をどう削ればそんなに軽量化できるのか謎すぎるほどだ。

「スイはもうできてるのか?」

「昨日のうちに全部準備は済ませたよ」

「お前はいつも大荷物だからなぁ」

大きな口を開けて朗《ほが》らかに笑うガルリスの、アニマらしく骨太な顎《あご》から首にかけてのラインに僕は不意に胸の高鳴りを感じてしまう。

ガルリスはいろいろとずるい。ガルリスの容貌は獣人種の中でもアニマとしての魅力に溢れているといっていいだろう。野性的だが整った精悍《せいかん》な顔つき、一見怖そうに見えるが口を開けばその天性の人懐っこさで人の輪の中にするすると入っていってしまう。兄であるガロッシュさんもガルリスのそれは竜族としては異端だと言っていたこと思い出す。

竜族としてのガルリスの強さも獣人のアニムスたちの目にはひどく魅力的に映るだろう。ガルリスは全く興味がなかったようだけどレオニダスで暮らす、深紅《しんく》の竜族に憧《あこが》れるアニムスは少なくないとも聞く。

ガルリスのそういうところは、少しだけダグラス父さんに似ている気がする。ダグラス父さんの場合は計算されたアニマの色気という感じもするけれど。

僕もそんなガルリスに魅了されてしまった一人なのかもしれないけど、そんなガルリスが僕のものだという事実が何よりも誇らしい。

「必要な道具がたくさんあるからね。診察器具に治療器具、他にも薬とか簡単な検査をするための道具とか。でも、ガルリスなら少しくらい荷物が重くても問題ないでしょ？」

「ああ、問題ないぞ。俺にしてみればスイも荷物も空気みたいなもんだからな」

「ちょっと待って、僕が空気なの？」

なんだろう微妙に面白くないと感じてしまうのは。

「ああ、空気だな。俺にとってのお前は空気そのものだ」

「そんなに強調しなくてもいいと思うんだけど。なに？　いてもいなくても一緒ってこと？」

「ないと息もできないからな」

「ちょっ……」

思ってもいなかった不意打ちを受けて、僕は顔に血が集まるのを自覚する。

「そんなキザな言い回しどこで覚えたのさ？　ダグラス父さんにでも教わったの？」

赤くなった顔を見られたくなくて、僕はそっぽを向いて憎まれ口を叩く。こんなとき、チカさんやヒカル兄なら素直に言葉を受け入れて恥ずかしがりながらも上手に振る舞うんだろうけど、僕には無理だ。

「俺の本心だ」

ガルリスはこういうとき照れたりしないし、言葉を濁さない。僕の目を正面からまっすぐに見据え、大きな体がこちらへと近づいてくる。どうしてガルリスはこうも常に堂々としていられるのだろう。いつだったか恥ずかしいとか照れ臭いとかないの？　と尋《たず》ねたら、「嘘を吐くのはやましさがあるからだろ。それが何かを取り繕うためならば、恥かもしれない。だけどな、自分の本音を正直に口にすることの何を恥じる必要があるんだ?」と、逆に聞き返されてしまった。この言葉こそガルリスという人間の本質を表わしていると僕は思う。素直になれない天邪鬼《あまのじゃく》で、時に遠回りをしすぎてしまう僕とは正反対の愛する『半身《はんしん》』。

「……僕もだよ」

僕は照れ臭さを押し殺し、言葉少なに肯定しながら背伸びしてガルリスの唇に口づける。僕が仕掛けたのは、出かける前の朝にするには濃厚すぎるそれ。これから大切な仕事をしに行くと分かっていても、目の前にいる『半身《はんしん》』への甘く疼《うず》く情は止められない。僕は愛を与えられることに対して恐ろしく貪欲だ。だからどれほどガルリスからそれをもらっても、飽くことなく求め続けてしまう。

「スイ」

僕の貪欲さに呼応するように、ガルリスはすぐさま僕が求めているものを与えてくれる。

「ん……ふぅ……ッ」

竜族のやや薄く長い舌で口内を余すところなく愛撫され、僕は早くも鼻にかかった甘い吐息を漏らしてしまう。

過去に数多のアニマたちといろいろとやらかしてきた僕からしても、それはまるで体が溶けてしまうような中毒性を感じてしまう。ガルリスとの口づけは、初めて交わしたそのときから僕を虜《とりこ》にしていた。こんなにも僕を煽るのが巧みなガルリスが、僕と体を重ねるまでキスすらしたことがなかったとか……未だに信じられない。いや、おそらく技術だけの問題ではない。肉体でも技術でもなく、僕はこの心でガルリスを感じている。だからこそ、今も覚えたての子供のように、キスだけで腰が砕けそうなほど感じてしまうのだ。

「んっ……」

どちらのものともつかない吐息を絡ませ、僕たちは角度を変えてより深く求め合う。目を閉じて触れ合う部分に意識を集中すれば、まるでガルリス自身をこの身に受け入れているときのように一体感を覚えてしまう。

「スイ……お前が欲しい……」

「ガルリス……」

切羽詰《せっぱつ》まったガルリスの表情に、僕の心も揺れ動く。

好きな相手に求められる。しかも、相手は完全に雄としての表情を僕に見せているのだ。このままだと流されてしまう、いやできることなら流されてしまいたい。だけど、

「だ、だめだって！　今日はこれから出かけるんだよ!?」

僕は理性を総動員し、ガルリスの分厚い胸板を両手で力いっぱい押した。その程度では、ガルリスの巨軀《きょく》は揺らぎもしない。

「ほんの少しだけ、な？」

「そんな子供がお菓子をねだるみたいに言っても、だめなものはだめだってば！」

僕はガルリスと自分に対し心を鬼にする。ここで流されてガルリスを受け入れてしまえば、ガルリスは全力で僕を貪ってしまう。そうすれば、僕の貧弱な身体は半日使い物にならないだろう。今日のこれからの予定を考えれば、それは明らかにマズイのだ。

「だめか……？」

そんな捨てられたペットのような目をして僕を見ないで欲しい。決意が揺らいでしまうから。こんな風に気持ちが高まってしまうのは僕とガルリスが『半身《はんしん》』だからなのだろうか？

僕とガルリスは『番《つがい》』ではない。それでもここまで心が高鳴ってしまうのだ。『番《つがい》』と結ばれている僕の両親や兄弟たちは日々どれだけの理性で生きているのだろうか……。

いや、今はそんなことを考えている場合じゃない。

僕はわざとガルリスの口づけをもう一度深く受け入れて舌を絡ませる。僕が受け入れたと勘違いしたのかガルリスは僕を押さえつけていた腕を一度離し、服の裾からゆっくりと差し入れてきた。その手のぬくもりが愛おしい、それを思わず受け入れそうになりながらガルリスの体の下からなんとか抜け出す。

「なんだよ。煽《あお》ったのはお前だぞ？」

「はいはい、ごめんね。でも時間もないからこれで許してよ」

僕はガルリスの燃えるような赤銅色の髪の毛にゆっくりと指を通し顔を近づけてその耳を食《は》む。少しざらつく顎に指を添えてそのままもう一度、今度は僕からガルリスへと口づける。僕からガルリスに与える番だ。

しばらくは静かな口づけ、わずかな水音が部屋の中に響き渡る。そして気づけばガルリスの顔が耳まで赤く染まった。え？　今度はどうしたんだろう？

「俺が抑えようとしてたのに、そんなに煽るなよ！」

照れ隠しをするような少し慌てた表情に、思わず僕は噴き出した。あぁ、正反対な僕たちだけどどうしてこんなにそっくりなんだろう。

情欲の火を灯《とも》した目で僕を見つめるガルリスの胸に一度頭を押しつけて彼の瞳に視線を向ける。その燃えるような髪色と同じ色を持つ、朱色の瞳へと。

「分かった。分かった。お前のお預けが長いのは知ってる」

僕の言葉に子供のように拗《す》ねた表情をするガルリスがかわいくて、僕はつい頬が緩んでしまう。

「なぁスイ、今度の仕事は本当に危なくないのか？」

「大丈夫だよ。行き先がキャタルトンっていうのは不安要素ではあるけれど、ガルリスが傍《そば》にいてくれるんだから心配はないでしょう？」

「それはそうだけどな……」

父親たちほどではないけれど、僕に過保護なガルリスに苦笑する。実際、今回の仕事についてチカさん以外には内緒にしてある。きっと父さんたちはあの国に僕が行くことにいい顔をしないだろうと分かっていたから。チカさんも僕の説得に半ば渋々折れた形だ。

もともとはチカさんのところへと舞い込んだこの依頼。だけど、今チカさんは重症患者を何人も抱えているし、やるべきことは山積みでこの依頼のようにどれだけ時間がかかるか分からないものに出向くことは難しい。いや、チカさんの気持ちを考えれば本当なら現場に飛んでいきたいだろうけど今の立場や父さんたちがそれを許さないだろう。

ならば、次に適任なのはどう考えても僕だからだ。

「僕の仕事は、キャタルトンで発生している奇病の調査だよ。過去に一度は根絶されたはずのそれが最近また再び姿を見せ始めた。その原因と治療法の究明が主題。何も戦争をしに行くわけじゃないんだし、あの国はもう昔のキャタルトンじゃない。そうそう危ない目に遭《あ》うことはないと思うから」

僕の言葉は半分事実で半分嘘……というより確証が持てない部分。今回の僕の仕事は間違いなく『奇病の調査』だ。現地で患者を診察し、必要な検査と治療を行う。これだけ聞けば、特に危険なことはない。

が、実際には様々な危険が付き纏《まと》うのは間違いない。

まず第一に、キャタルトンという土地柄だ。楽観的な言葉を口にしたけれど、あの国はかつてヒト族を奴隷として扱っていた国。チカさんとも僕とも深い因縁《いんねん》がある国だ。国の体制が変わり、今では他国とも友好的な関係を築いてはいるが、すぐにそのすべてが解決するわけもない。思いもよらない危険が潜《ひそ》んでないとも言い切れないのだ。

第二に奇病そのものについて。獣人のみが罹患《りかん》するというそれ。罹患した獣人は徐々に理性を失い、獣体への変化とも違う変貌を遂げ、やがては心身共に魔獣のようになってしまうという奇病。もし、感染する病だとすればその感染の仕方によっては爆発的に広がる可能性だってある。そうなった場合獣人であるガルリスの身を僕は守ってあげられるだろうか？

竜族は他の獣人たちと比較してもその身体的な構造や能力も大きな特殊性を持つ。チカさんの知識をもってしても解明し切れないそれが奇病に対してどんな反応を見せるのかわからない。ガルリスにはその危険性も含めて話はしてあるが、彼は自分のことより僕の心配ばかりする。

セバスチャンから基本的なことは教え込まれているという言葉が、僕の不安を多少は拭《ぬぐ》ってくれるけれど……。ゲイル父さんが生まれる前から――いや、バージル祖父《じい》ちゃんが生まれる前からフォレスター家に仕《つか》え、全く姿の変わらない熊族の執事、それがセバスチャン。僕の最も身近で最も深い謎に包まれた存在。そして、なぜかそこにだけは僕の好奇心をもってしても踏み込んではいけないと、本能が警鐘《けいしょう》を鳴らす。

「僕より自分の心配をしっかりしてよね。はっきりとしたことはまだ分からないけど今のところ獣人だけが罹《かか》る病らしいし、ガルリスもほら一応獣人なんだから」

「一応ってのはちょっと気になるが。分かってるさ」

「本当に分かってる？」

ガルリスの『分かってる』は、少し不安だ。彼に嘘を吐いている自覚はない。ただ単に、そこになんらかの根拠があるわけではなく本当に自分であればどうにかできると思っているのだ。そして、実際大抵のことはどうにかしてしまうからなおのことたちが悪い。

「師匠に言われてるからな。感染は飛沫感染、空気感染、接触感染に大きく分けられる。特に血液には気をつけろってな。もし襲われても相手を極力傷つけるな。攻撃はすべてかわせ。爪や牙を皮膚に触れさせるな。一滴の血も流すな。俺が感染するってことは、スイを危うくすることだと肝《きも》に命じろってな」

「……」

セバスチャンは何者なんだろう……。でもそれをきっちりガルリスが理解していることに驚いてしまう。知識さえあれば、ガルリスはそれを行動に移す力を持っている。ちょっと僕が心配しすぎだったかもしれない。あの師あってのこの弟子だ。

「それ用の訓練もしたからな？　軽く死にかけたけどまぁ大丈夫だろう。おかげでいろんなものへの耐性もできたし、生きてるから大丈夫だ」

「そっ、そうなんだ……」

竜族が死にかける特訓と毒。詳しくは聞かぬが花なのだろう。

「じゃあ、一時間後に出るからね」


ガルリスにそう告げて、片付けを終えた僕は自分の旅装を整えるために部屋へと戻る。ガリルスの部屋からは先ほどまでのことなど忘れたかのように、楽しげに準備をしているのであろう鼻歌が聞こえてきていた。

2. 旅立ち

『スイ、しっかり摑まったか？』

「うん、いつでも大丈夫」

　僕とガルリスがいるのは、レオニダス王都の中心地から少し離れた何もない原っぱだ。竜族がドラグネアを出て世界各地へ姿を見せるようになりずいぶんたつが、それでもレオニダスほど竜の姿を見かける国は珍しいだろう。普通の竜族は街中で気軽に竜の姿になったりはしないからだ。だけど、ガルリスはそんなことは気にせず何かあれば気軽に竜の姿へと変じてしまう。朱色の鱗《うろこ》をきらめかせる竜が舞う空。それがレオニダスの日常にすらなっているのだから世の中どうなるかはわからない。

　だからといって街中で気軽に竜の姿になってもらっては困る。主にガルリスのお兄さんであるガロッシュさんが頭を抱える羽目になる。だからここはヘクトル祖父ちゃんが作ってくれたガルリス専用の離着陸場なのだ。


　竜になったガルリスの飛行能力は素晴らしく、陸路や海路ならば三日はかかる距離を半日で飛ぶ。ただ、その背中に生身で乗っていれば上空の寒さと肌を切るような風の勢いに数分も耐えることはできないだろう。

『風精に我は請い願う。妙なる風の旋律《せんりつ》よ、我が身を包む衣《ころも》とならん』

　それを防ぐために僕は風の精霊に呼びかけて、風の精霊術を使って自分と荷物を覆う風の膜を作る。精霊術というのはその名のとおり、この世界に存在する様々な精霊に自分の魔力を分け与えることで術者が望んだ事象を現実のものとする魔術。自分と相性のいい精霊の力しか借りられないという制約はあるものの、僕は幸いすべての精霊と相性がいい。この術は風の精霊と特に相性がいいゲイル父さん直伝《じきでん》だ。僕はその術にいくつかの細工を施して、仮に僕がガルリスの背中で眠ってしまっても、一日程度ならば僕を守ってくれるようにしてある。

　なかなかの発明だと思うのだけれど、ゲイル父さんには『そんな真似ができるのはお前やごく限られたハイエルフくらいのものだ』と苦笑されてしまった。

チカさんは膨大な魔力を持ちながら、なぜか治癒術以外は使えない。治癒術と精霊術はその原理というか根本が違うからおかしいことはないんだけど、なんだか不思議な気がするのはチカさん故だろう。

治癒術から派生した身体強化の魔術は使えるらしい。けれど、人体の構造と機能をこの世界で誰よりも理解するチカさんが使うそれは、人の身体能力を限界以上に引き出してしまう非常に危険な代物だったらしく、チカさん自らが封印したそうだ。

『行くぞ』

ガルリスが大きく羽ばたき宙に舞い上がると同時に、僕のお腹に独特の圧がかかる。飛行魔獣のピュートンにはまだ乗ったことがないけど、やっぱりこんな感じなのかな？

「晴れててよかったね」

あっという間に雲近くまで達し、ガルリスが羽ばたきを緩め水平飛行に入ると、眼下には豊かな自然とレオニダスの街がまるで模型のように広がる。僕はもう大人だけれど、この景色を見ると自然と心が浮き立ってしまう。

『スイ、雲の上まで上がるか？　好きだろう？』

「まあ、ね」

なんだかガルリスに自分の子供っぽい一面を見透かされたみたいで恥ずかしい。でも、考えてみたら『半《はん》身《しん》』である彼に隠し事はほぼほぼ不可能なのだから、意地を張っても仕方がない。

上へ上へと、遙か天空目指して緩やかに昇っていくガルリス。風の精霊術でこの身を守っていなければ息をすることすらできない場所に辿りつく。雲の上からであれば、昼間でもうっすらと見える二つの月にこのまま飛んでいけそうな気さえする。

「あぁ……」

雲の上の景色に、僕の口からは溜め息めいた声が漏れる。何度見てもこの光景は鮮烈に、僕の胸に強く深く突き刺さる。単にきれいとかすごいとか、そういう感情とは根本的に違う。何か懐かしさのようなもの、自分の故郷に還《かえ》ったかのような錯覚に陥《おちい》るのだ。それは僕が幼い頃からこの景色を見てきたガルリスの『半《はん》身《しん》』だからだろうか？

『もう珍しくもないだろうに、お前の反応は毎回新鮮だな』

「不思議と懐かしいんだよ」

『そうか、俺もだ』

「ガルリスも？」

『なぜかガキの頃からこの眺めが好きで、よく見に来ていたもんだ。兄貴には、みだりに竜の姿になるなと小言を言われたけどな』

「だろうね」

ガルリスたち竜族は、過去の出来事やそもそもの性質、繁殖率の低さから僕たちヒト族と同じかそれ以上に稀少な種族だ。

故に、彼らはその姿――殊《こと》に竜化した姿を滅多《めった》なことでは人目に触れさせないのが常なのだが……。ガルリスはあまりそのことを気にしない。だから、レオニダスの市民は上空を赤い竜が飛んでいても、もはや騒ぎもせず親し気に手など振ってくれる。竜族であるガルリスが思いの外《ほか》あっさりと市井《しせい》に馴染めたのは、彼の生来の人柄によるところが大きい。

「どのくらいでつきそう？」

『ん？　この高さだからな。上手いこと風に乗れれば昼過ぎにはつくぞ』

「了解。よろしくね」

ガルリスと空を旅することに慣れてしまうと、普通の旅の感覚がわからなくなりそうだ。獣体のダグラス父さんやゲイル父さんが全力で駆けてもそんなに早くはつかないだろう。そういえば、ヒカル兄と従兄《いとこ》のテオ兄が結婚前にちょっともめて修業の旅に出たヒカル兄をテオ兄が獣体で飲まず食わず休憩も取らずでキャタルトンまで走りづめで迎えに行ったことがあったっけ……。あのときは一体どれぐらいかかったんだろう。

「それにしてもキャタルトン、ね」

『やっぱり思うところがあるか？　お前にとってもチカユキにとってもあそこは忘れられない国だろう』

「まぁ、それはどうしてもね。今は別の国だと思ったほうがいいんだろうけど、過去が消えるわけじゃないし」

僕は大きく一度息を吐く。

キャタルトンは僕たち家族、特にチカさんにとって忌《い》まわしき土地だ。だけどそれと同時に、チカさんが父さんたちと運命的な出会いを果たした思い出の地でもある。

もし、キャタルトンに性奴隷が存在していなければ？　もし、父さんたちがあの国の調査に派遣されていなければ？　もし、チカさんが別の誰かに買われていたら？　もし、あの日あのときゲイル父さんがチカさんを見つけていなければ？

そんなたくさんのもしが積み重なって、少しでも運命のすれ違いがあれば僕はこの世に生まれてきていない。ガルリスと結ばれることはなく、こうして雲の上の景色に目を細めることもなかった。

チカさんの地獄のような過去の上に今の僕の人生が成り立っていると思うと、少し複雑な気持ちにもなるけれど、この世界で起きることはすべて必然なのかもしれない。

つらい過去の事実は決して変えられない。けれども今を幸せに生きていれば、自分の中の真実を上書きすることはできる。それは、以前にチカさんから聞いた言葉だ。

優しい両親や恵まれた環境でぬくぬくと育った僕がその言葉の本当の重みを理解できる日が来るかはわからないけどそれでも僕はそれを理解したいと思う。

母さんは、いやチカさんは誰よりも小さくて弱いけれど誰より強い。そうやって前を向いて歩き、たくさんの愛を周りの人に与え、自身も与えられ生きてきた。チカさんはもう誰を恨んでも憎んでもいない。現在を幸福に生きている。いい歳をした自分の両親が、未だに仲が良すぎて困るというのはあるけれど、チカさんが過去に引きずられて泣いているよりはずっといい。

だから僕も、過去の有り様を理由に今のキャタルトンに偏見を持ってはいけない。実際、キャタルトンはあの事件をきっかけに大きく変わったのだ。

『スイ、おい。スイ』

「えっ、ん？　あっ、ちょっと考えごとしてたごめんごめん」

ガルリスが大きく一度その翼を羽ばたかせる。

『嫌ならやめてもいいんだぜ？　行かなかったからといって誰がお前を責めるわけじゃないだろう』

「まぁ、そうなんだけどね。だけど、今回のことは逆にいいきっかけだとも思うんだ」

『きっかけ？』

「そう、きっかけ。新しい世界の出会いとあんまり楽しくない過去とのお別れのためのね」

僕の言葉にガルリスが空を飛びながらも首を傾げるのが分かる。

「ちょっと落とさないでよ。乗り慣れてるって言ってもここから落ちたらさすがの僕でもどうしようもないんだから」

『俺がそんなへまをするわけないだろうが』

「ふーん、あのときさらわれた僕を助けに来てくれたのはいいけど、作戦を無視して一人で城に突入しちゃって後からセバスチャンに死ぬほどしごかれたのは誰だっけ？」

『それはそれ、これはこれだ。それと師匠のしごきのことは頼むから思い出させてくれるな……』

ガルリスのことを茶化しながらも、僕の脳裏にはあの日の記憶がまざまざと蘇《よみがえ》る。

それは忘れていたはずの記憶。だけど、向き合わなければいけない僕の記憶。

キャタルトンで誘拐されたヒト族の子供をきっかけに、あの国では反乱が起き、王族が交代までする事件になった。そのきっかけになったのが自分で、両親がそれに大きく関わっているという事実。

まだあの国につくまではしばらく時間がある、その間に少し過去を振り返ってもいいかもしれない。愛しい竜の背中で僕はそんなことを考えながら空の旅を楽しんだ。

3. キャタルトン

途中、休憩を挟んだものの、僕たちはキャタルトンの王都へ予定どおりその日のうちに到着した。まともにアーヴィスで走れば数日はかかる道のりをこの速度で移動できるのはとてもありがたい。

ガルリスいわく、人を背中に乗せているときは加減して飛んでいるそうだから、一人ならばもっと速いのだろう。

大陸の東に位置するキャタルトンの周囲には独特の世界が広がっている。

レオニダスとキャタルトンの間には森林や草原地帯があるのだが、それはキャタルトンに近づくにつれて凋れた大地へと姿を変えていく。王都よりさらに東へと進めば砂漠地帯、その先は『死の砂漠』と呼ばれる前人未踏の地だ。

王都の南もまた砂漠地帯だが、厳しい環境ながらもこちらには独自の文化を持つ街に多くの住人がいる。

彼らの多くは商魂逞《たくま》しい商人で、キャラバンを組んでは世界を股にかけ特産の香辛料や織物を売りさばくことを生業としている。キャラバンを守る傭兵というのも、砂漠地域に生まれた屈強な獣人が選ぶ仕事として定着していた。

王都から北は砂漠の傍を併走するかのように独特の生態系を持つ熱帯雨林が広がっている。その気候の特殊性故に、そこにしか存在しない魔獣や植物が数多く存在している。ちなみに熱帯雨林という名前はその特性を聞いたチカさんが名付け親だ。

この熱帯雨林をそのまま北へと進み、険しい山々を越えるとガルリスの故郷である竜族の住む地ドラグネアへと至る。高山地帯に近いそこは生きるには過酷な地域だが、北に住む人間は案外多い。そこにはリョダンを代表とする鉱山を有する街が点在しているからだ。

アルベルト伯父様に言わせれば、過去のキャタルトンも決して資源に恵まれぬ国ではなかったそうだ。ただ、それを国として上手く活用する人間がいなかった、私利私欲に走る者しかいなかったが故に奴隷という存在に頼る必要があったのだと溜め息をついていたことを思い出す。

「ガルリス、お疲れ様。少しどこかで休んでいく？」

キャタルトンの街をゆるりと歩きながら、僕は隣に立つガルリスに声を掛ける。

「いや、あの程度飛んだくらいで疲れるようなことはないんだけどよ。まぁ、腹は減ったな」

「そうだと思ったよ」

ガルリスはその見た目を裏切らずよく食べる。僕の父さんたちと比べても遜色ないのだから、大型の獣人だとしても食欲は旺盛なほうだろう。そして燃費が悪い。

「何か食べたいものある？」

「なんでもいいぞ。あー、でもゆっくり座れるとこがいいか？　お前こそ疲れたんじゃないか？」

「僕はガルリスの背中でゆっくりしてただけだから大丈夫だよ。でもそうだね。どうせ何か食べるなら、ゆっくり座って食べたいかな」

僕はキャタルトンの街並みや人々の様子をぐるりと見渡す。

かつては奴隷制が公然と敷かれ、強者が弱者を支配していた国。けれど、今のキャタルトンの街並みはレオニダスとなんら変わるところはない。

往来を闊歩《かっぽ》する人々の表情にも別段暗いものはなく至って普通。むしろ健全な活気が溢れているように見える。

「まぁ、表通りだしね……」

「スイ？」

「ああ、ごめん。やっぱりいろいろと思い出しちゃうね。ほら、僕がさらわれたのってこういう大通りからちょっと奥に入った怪しい裏通りだったからさ」

一歩裏に足を踏み入れた途端《とたん》、ガラリと変わった街と人の空気。子供の頃肌で感じたそれを、僕は今も鮮明に覚えている。あそこは今どうなっているのだろう？

「怖いか？」

「まさか、僕はもう自分の身を守ることすらできない無力な子供じゃないよ。それに、僕には心強い護衛がついてるからね」

僕は笑ってガルリスの脇腹を肘でつつく。お世辞でも揶揄《やゆ》でもなく、ガルリスより強い人間などそうそういるものではない。人の姿であれば父さんたちなら対等に戦えるだろうけど、竜の姿になってしまえばそれもわからない。それほど竜という種族は圧倒的な存在なのだ。

あー……、でも竜のガリルスも圧倒しそうな人間に心あたりがないわけでもなかった。それがただの初老の熊族で職業は執事なのだから意味が分からない。

「というわけで腹ごしらえしよっか。父さんたちがここで暮らしていた頃は、西の通りに大きな市場があったらしいよ。新鮮な野菜に果物、軽食なんかも売ってるし、買った食材をその場で調理してくれる露店もあるって」

「そいつはいいな。お前は何か食いたいものがあるのか?」

「そうだね……キールが食べたいな」

「キール? 普通の果物だろ? そんなに好きだったか?」

「ここに来たら食べようと思ってたんだ」

かつてこの地で父さんたちに助けられたチカさん。

そのとき、チカさんが初めてゲイル父さんに買ってもらったのがキールなのだそうだ。そのときのことを語るチカさんはいつも心から嬉しそうな顔をしていた。

僕が今ここの市場でキールの実をかじったところで、当時のチカさんがどんな気持ちだったのかなどわかりようもない。それでも、僕は少しでもチカさんが感じたものに触れたかった。

「お、食い物の匂いがしてきたぜ! 市場、今もあるみたいだな」

「本当だ。いい匂いがするね」

風に乗り漂ってきた肉が焼ける香ばしい香りに、急に身体が空腹を覚える。

「スイ」

「ん? 何?」

不意にガルリスが足を止め僕の名を呼ぶ。

「ほれ」

「え?」

「手、繋げよ」

勢いよく突き出された手に僕が戸惑っていると、ガルリスが腰をかがめて僕の顔を覗き込んでくる。

「市場っていや人混みだろ? お前が迷子になったら

困るからな！」

「ちょっと……、さすがに大丈夫だよ」

「お前は前科があるからだめだ」

それを言われると僕は弱い。

「はぁ、わかったよ」

「よしよし」

恥ずかしさから少し不貞腐《ふてくさ》れた顔で差し出した僕の手を、ガルリスは満面の笑顔で握る。

僕たちは手を繋いで市場を歩き、籠《かご》に盛られたキールを一山とフォレストポークの塊肉、それと葉物野菜をどっさり買った。

「あそこで調理してくれるみたいだね」

「頼んでみるか。お任せでいいよな？」

「うん、あっあんまり辛い味付けにはしないでって伝えて」

僕の言葉に頷《うなず》き、軽く五人前はありそうな肉と野菜をガルリスに任せて、空いている席を探し腰掛けるとガルリスがすぐに戻ってきた。

「活気のある市場だな。昔からこうか？」

「どうだったかなぁ……街を散策する前にすぐにさらわれたから正直自信はないんだけど、昔より活気があるような気もする」

「市場の品揃えも悪くないしな。レオニダスほどとは言わねぇがこれなら十分だろう」

「うん、それは同意見。きっとカナン様が頑張っているんだろうね」

この国でさらわれた僕に優しくしてくれた唯一の王族、キャタルトンで唯一のヒト族の王族だったカナン王子。時の王が気まぐれに手を付け孕《はら》ませた性奴隷だったヒト族の子、ずいぶんな苦労をしたという彼が今ではこの国の王だ。

カナン王子は奴隷制を廃し、国の産業や経済に様々な改革を施すことで、キャタルトンという国を立て直した。もちろん、その背後にレオニダスをはじめとした改めて同盟関係となった各国の援助もあったという。

どこの国にも既得権益を手放すことができず、大義から目を背ける連中というのはいるものでそんなお偉方に何度も暗殺されそうになったとも聞くが、すべて未然に防がれたという。そこには、カナン様の護衛から今はこの国の将軍にまで上り詰めたエルネストさんという存在があるはずだ。

「けど、やっぱり獣人だらけだな」

「さすがにそれはね」

首を傾げるガルリスに、僕は軽く肩を竦《すく》める。レオニダスという国の状況が当たり前のガルリスにとって、ヒト族や獣人以外の種族の姿が全く見えないこの国の光景は多少奇異に映るのは当然だろう。

この国には国家主導でヒト族を略奪し、性奴隷に落とし虐待の限りを尽くしてきた暗い歴史がある。それも大昔の話ではなく、ほんの十数年前のことだ。獣人によって無惨《むざん》に刻まれた心身の傷が未だ癒え切らず、苦しみ悶《もだ》え続けている元奴隷はたくさんいることだろう。奴隷の身分からは解放された、だけどそれだけで立ち直れるほど人間は強くない。そんなヒト族の姿をレオニダスでもよく見る。彼らの心の治療をするのも僕たち医師の役割だ。それにこの国は獣人以外の種族にも非常に排他的で、ヒト族以外の種族からも決して評判はよくない国だったのは間違いない。

「へい、お待ち！」

二本角を頭から生やした牛族の料理人が、僕たちのテーブルに山盛りの肉野菜炒めを置いていった。

「美味そうだ。小腹が減いてる程度だからちょうどいい」

どう見ても小腹を満たすような量ではないけれど、ガルリス的にはおやつ感覚だろう。

「いただきます」

僕たちは手を合わせる。もうこれも我が家の習慣がガルリスにも移ってしまった。湯気を立てる大皿にフォークを伸ばし、口に運べば塩気の強い味付けに肉と野菜がよく馴染んでいてとても美味しい。

「食べ物が温かいのは破格の扱い……か」

「ん？」

「昔、この国でさらわれたときに石牢の中である人が教えてくれた牢屋で出てくるご飯の基準」

「ああ、あの赤毛の意地悪騎士か」

「生きてるかな？」

「生きてると思うぜ」

「うん、僕もそう思う」

強《したた》かで要領のよさそうな男だったから、世の中がどう変わろうがそれなりに上手くやっているだろう。今となっては懐かしさすら感じてしまう。

「そんで、この後はどうするか決めてるのか？　すぐに王様のとこ行くか？」

「本当はそうすべきなんだけど……少しだけ街を歩いてもいいかな？　この国の今を、先入観なしに見ておきたいんだ。それに僕はこの国のことを知っておかないといけない気がするから」

「お前がそうしたいなら構わんさ」

手を止めることなく野菜炒めを食べ続けるガルリスが、カップに入ったお茶を一口で飲み干し笑顔で答えてくれる。そんな彼の顔を見てると少し気が楽になり、僕も少し癖のある黄色いお茶をゆっくりと飲み干した。


僕たちは食事を終えると、かつて僕が好奇心から足を踏み入れ拐われた因縁《いんねん》の地へと向かう。やはり、少しだけ足取りが重くなってしまう、だけど今の僕にはガルリスがいる。

「変わらないね、ここの空気は」

それが十数年ぶりにそこを訪れた僕の率直な感想だった。表の健全な活気とは違う、様々な感情が入り交じったあまりよくない熱量がここにはある。

「でも、昔よりはいくらかマシかな」

場違いも甚だしくガルリスと手を繋いで歩く裏通りには、レオニダスには存在しないあからさまなスラムがあった。それでも、そこに住む人間は今や『奴隷』ではなく『貧民』なのだ。

「やけに娼館が多いな」

「遊んでくる？」

「興味ねぇな。俺がしたいと思うのはお前とだけだから用がない」

「ちょ……声が大きいって！」

ガルリスを軽くからかえば、かえって僕自身が赤面する答えが返ってきた。それも結構な大声で。道行く人たちが振り返るからやめて欲しい。

「娼館が多く見えるのはお国柄もあるだろうね。負の遺産がそのまま残っちゃってる感じ」

「ん？　奴隷制はなくなったんだろう？　それでもここで身を売る奴がいるってことか？　自由の身なんだどこへでも好きな場所に行って、したいことすりゃあいいじゃねぇか」

　一理も二理もあるガルリスの発言に、しかし僕は苦笑する。彼の言葉は、生まれながらに強い存在だけが口にできるそれだ。

　ガルリスは決して思いやりのない人間ではないけれど、やはり本来は孤《こ》を好む竜族。己の人生を己の意思で選び、迷わず行動に移せることが、どれほど恵まれているかわかっていない。

　当たり前のことを当たり前に行う。それだけのことにもそれなりの力が必要な、この世界はそれほど世知《せち》辛《がら》いものなのだ。

「カナン様はすごく頑張ってるよ。でもね、解放されてあなたはもう自由ですよって言われても今さら別の生き方なんかできないって人たちも一定数いるんだ」

「わからんな」

「うん、ガルリスにはわからないだろうね」

「俺が馬鹿《ばか》だからか？」

「違うよ、それがわからないからガルリスは誰よりも何よりも強くあれるんだと思う」

「お前の言うことは、時々難しくてよくわからん。師匠と同じだ」

　腕組みをして似合いもしない難しい顔をするガルリスを見ていると、心が和《なご》む。

「それにね、僕の負の遺産って言い方はちょっと訂正。娼館で働くことが必ずしも誰にとっても不幸ってわけでもないんだよ？　ほら、見なよあそこの店」

　僕は客引きの男娼たちと楽しげに客が会話をする活気に溢れた娼館を指さした。

「趣味と実益を兼ねて自ら望んで男娼をしている人だっている。自分の仕事に誇りを持って客を楽しませるプロだっていると思う。すべてを一纏めに娼館は悪いもの、そういう職業についているのはかわいそうな人みたいに見るのは失礼じゃないかな？」

「なるほど……職業に貴賤《きせん》なし、大事なのは自分に誇りを持てるかだって、師匠も言ってたからな」

　素直にうんうんと頷くガルリスは時にとても幼く見えることがある、その姿だけ見るととても僕より遥かに歳上とは思えない。

「ガルリスは興味も用事もなかっただろうけど、レオニダスにも娼館は存在してるんだからね？　もちろん、無理やり働かされてるような人はいない。確かいくつかは国が管理してるものもあったと思うけど……」

「お前も行ったことあるのか?」

ガルリスの率直な質問に吹き出しそうになってしまう。

「ないよ、そもそもああいうところで需要があるのは数の少ないアニムスだからね。同じアニムスの僕が行ってもどうしようもない、あ……」

ぶらぶらとあてもなく歩くうち、僕は懐かしい場所に出た。

「どうした?」

「ん、昔ね? ここに露店が出てたんだ。そこには古い錆びついたような魔術具がいくつも並んでて、僕はそれを眺めてるときにさらわれたんだ」

「よっぽど夢中になってたんだな」

「そうだね。見たことのない魔術具ばかりで、今思えばあれは違法な品だったんだろうけど、そんなのレオニダスじゃ見たことなかったから」

「魔術具って言っても、こんな露店で売ってるものなんてガラクタだろ?」

「それが僕が触ったらさ、何か生き返ったんだよね。お礼にって櫛《くし》をもらったんだけど、取り上げられちゃった……っと」

そしてふと思い出す。僕がさらわれる直前に手に入れて、牢の中で赤毛の騎士に交換条件として持ち出した魔術具の櫛。あれはどうなってしまったんだろうか。別段、深い思い入れがあるわけではないので今の今まですっかり忘れていた。

ふとそんなことを立ち止まって考えていたら、向かいからやってきた大柄な獣人と肩がぶつかってしまった。

「すみません」

「あぁ? 人にぶつかっといてそれで済ます気か? すかしやがって」

「は? むしろそっちでしょ、止まっていた僕にぶつかってきたのは。僕は大人のマナーで謝っただけだよ。そんなこともわからないほど頭が悪いの? 頭にオガクズでも詰まって中でカサカサいってるんじゃない?」

ダミ声で喋《しゃべ》る獣人は見るからに柄《がら》の悪いチンピラだ。不必要に煽る必要もなかったけれど、そいつの傍《かたわ》らに兄弟と思《おぼ》しき幼い子供たちがいることが気になった。

ぼろぼろの身なりで怪我もしている子供たちは虚《うつ》ろな瞳で僕の言葉にも反応を示さない、まさか親子ではないだろう。その関係を知るために僕は相手をさらに挑発する。

「ヒト族のガキが舐めた口きいてんじゃねぇぞ！　解放されたからっていい気になんなよ？　テメェらヒト族なんてもんは、所詮《しょせん》獣人に股開くしか能のねぇ淫売だろうが！　今だってなぁ、裏じゃ高値で売れるんだぜ!?」

「ああ、言葉を交わすだけ時間の無駄。どうせならもう少し捻《ひね》りのきいた台詞《せりふ》を聞かせてよ。品もなければ、知性もない、悪いけど生きてる価値控え目だよ、あんた」

僕はわざと相手を罵倒《ばとう》し、うんざりとした目で獣人を見下してやる。

「こっこのクソガキ！　いっぺん痛い目みねぇとわかんねぇみてぇだな！」

単純すぎるチンピラは、とてもわかりやすい動きで僕の胸倉を摑みに来た。

「ひぎぃっ!?」

もちろん、そいつの手が僕に触れることはない。

「お前、俺の相棒にさっきから態度が悪いぜ。まぁ、こいつの態度も態度だけどな」

「痛ぇ痛ぇっ!!」

手首の骨が軋《きし》む音をかき消すように、チンピラの汚い絶叫が裏町に響く。

「用がないなら消えてくれる？　視界に入れるのも不愉快だから」

僕の言葉に合わせてガルリスがそいつの腕をくるりと捻り、近くのゴミ箱へと投げる。

「げほっ、ぐっ。ちっ、ちくしょう！　覚えてやがれ!!」

「だから捻りがなさすぎだってば」

没個性的な捨て台詞を残してそいつはあっという間に姿を消した。僕はやれやれとわざとらしく肩をすくめ、取り残された小さな兄弟へと声を掛ける。

「さてと、君たちはあの男とどういう関係なのかな？」

「あ、あの、ごめんなさい！　お、俺、俺はどうなっても構わないから、お、弟は見逃してくれよ！」

「うえぇぇぇぇん！　お兄ちゃん怖いよぉぉ！　殺さないでぇ！　許してぇぇっ！」

　ガルリスの力の一端を見ただけで、幼い兄弟は完全に怯え切っていた。まぁ、片手であの体格のいい獣人を軽々と投げ飛ばしてしまうのだ、その気持ちはわからないでもない。

「なぁお前たち、こいつはな口がめちゃくちゃ悪くて性格も捻くれてるけど、子供をいじめるような奴じゃないぞ？」

　ガルリスが真剣な表情で兄弟に言葉をかける。いや、怖がられてるの僕じゃなくてガルリスだからね？　もう僕は見慣れたけどガルリスの顔は整ってはいるが野性味が強すぎて子供には恐ろしく見えているのだろう。

「うわぁぁぁん！　このおじちゃんごわぃよぉぉぉぉぉぉぉぉぉお!!」

「え!?　俺か!?　俺が怖いのか!?」

　どうしようとあたふたするガルリスを押しのけて僕は兄弟の前へと進み出る。

「ねぇ君たち、このおじさんは見た感じはこんなだけど噛みついたりはしないから安心して。暴れそうになったらきちんと首に縄を付けてあげるから」

「おい！　俺は魔獣かなんかか!?」

　僕はガルリスの抗議をさらりと流す。

「どうしてあんな柄の悪い奴と一緒にいたの？　まさか、君たちのお父さんじゃないよね？」

「違うよ！　あんなのお父さんじゃないやい！」

　しゃがんで視線を合わせて質問すると、小さいほうが全力で否定する。

「そう、違うんだね。僕の名前はスイ。こっちの怖いおじさんはガルリス。君たちのことをできれば聞かせてくれないかい？」

「誰が怖いおじさんだ！　誰が！」

「どうして会ったばかりの俺たちにそんなこと聞くんだよ？」

　大きいほうの子、この子たちが兄弟だとすれば兄にあたるであろう彼は警戒心剝《む》き出しだ。当然の反応だろう。僕だって同じ立場なら不審に思う。ならば、警戒心を解いてやる必要がある。

「そうだね、まず第一に君たちはまだ子供だ。普通の大人であれば、成人前の子供が見るからに柄の悪そうな大人にそんな姿で連れ回されていたら気に掛ける。第二に僕は医者だから、目の前に体中傷だらけで顔まで腫《は》らした子供がいたら放ってはおけない。これは殴られたのかい？」

僕は少年の腫れ上がった顔の傷に軽く触れた。明らかにぶつけてできたのとは違うそれは触れただけでも痛むのだろう、彼は嫌そうに顔をしかめる。

「お兄ちゃん、この人お医者さんだって！　お父さんを助けてもらおうよ！」

「お前は黙ってろルゥ！」

「でも、このままじゃお父さんが！」

「君たちのお父さんは病気なの？」

泣きやんだ弟が必死の形相《ぎょうそう》で声をあげる。兄弟の様子や会話から僕はなんとなく事情を察した。大方病気の親に代わって兄が働いて弟の面倒を見ているのだろう。それもおそらくはあまりまっとうではない仕事で。

「そんなこと、よそ者のアンタには関係ない。どうせこの国の人間じゃないんだろ？　そもそもきれいな服着たヒト族が護衛を連れてこんなところになんの用なんだ。必死に働く俺たちのこと笑いに来たのかよ」

少年の琥珀色《こはくいろ》の瞳の中には、様々な負の感情が渦巻《うずま》き彼の苛立《いらだ》ちを伝えていた。

「おいガキ、そいつは違うぞ。間違ってる」

「ガルリス？」

「俺はこいつの『伴侶』だ。あっ、護衛ももちろんするけどよ」

「あ、そこを訂正するんだ」

ガルリスの的外れな反論に子供たちのほうがぽかんと口を開けている。

「『伴侶』？」

「そうだぞ！　俺とこいつはいちゃいちゃのらぶらぶだ」

「ちょっちょっとガルリス、そんな言葉どこで覚えてきたの」

「ユーキが教えてくれたぞ。チカユキのところの一族の伴侶は全員いちゃいちゃでらぶらぶだってな！」

「ユーキさん……」

正直ちょっと僕は頭が痛い。ユーキさん絶対にガルリスをからかってるし……。

　だけど、ガルリスのあまりに軽い言葉と雰囲気に兄のほうの警戒も解けたのかまじまじとガルリスと僕を見つめてくる。

「なぁガキんちょ、スイが医者ってのは嘘じゃないぞ。話すだけでも話してみろよ。どう考えても、今より悪くなることはないだろう？」

「……わかったよ」

　少し考えてから彼はこくりと頷いた。

「じゃあ、まず君たちの名前と歳を教えてくれる？」

「俺はゼン、十二歳だ。弟のルゥは六歳」

「ゼン君にルゥ君だね。それじゃ改めてもう一度僕はスイ、レオニダスで医者をしているんだ。僕の隣にいる大きいのはガルリス、怖いおじさんだよ。よろしくね。それでゼン君、お父さんはどんな状態なの？」

　ガルリスが何か言いたそうにしていたがあえて無視してゼン君から出てくる言葉を待つ。

「俺たちの父ちゃん病気なんだ。なんの病気かわかんないけど、急に弱ってだんだん動けなくなって父ちゃんなのに父ちゃんじゃなくなって……。俺んち母ちゃんも死んじまっていないから、俺が働いてなんとか今日まで食ってきたけどっ」

　そう言ってゼン君は声を詰まらせ、ルゥ君は兄を心配そうに見ている。子供ができる仕事なんてたかがしれている、しかもまっとうなところであれば雇うことをしないだろう。それを聞いてゼン君の全身にできた傷の原因にも思い至る。

「他に誰か頼れる人はいなかったのかい？」

　僕の問いかけにゼン君は目に涙を溜めて首を横に振る。

「父ちゃんもともとはこの国で生まれたんだけど、一回国を出てるんだ。そのときに皆縁を切っちゃったみたいで……。カナン様が王様になってからここに戻ってきたんだけど、誰も信じるな、他人と深く関わるなってずっと言ってたから……」

　そんなことを子供に言い含めるなんて一体何を考えているのだろう。だが、この国の生まれであれば、それもおかしいことではないのかもしれない……。当人が犯罪者の場合もあるし、逆に被害者だったという可能性もある。以前のこの国はそういう国だった。

「もうパンを買う金もなくて……父ちゃんのこともどうしていいかわかんなくて……そしたら、あの犬族のおっさんが『親父さんの病気を治す方法を知ってる』って言ってきたんだ」

「それであんな柄の悪い人にくっついてたんだね？」

間違いなく男の言葉は嘘だろう。大方甘い言葉で子供を誘い出し、都合のいい労働力として酷使《こくし》するか、それとも……。考えたくもないが子供を性の対象とする人間もこの世には存在するのだ。アニマだろうとアニムスだろうと関係なく。

「うっ……っううぅぅっ」

それまで弟の前で気丈に振る舞っていたゼン君の目から、大粒の涙がボタボタと零《こぼ》れ落ちた。兄とはいえこの子はまだ十二歳、病気の父親と幼い弟を背負うにはその肩は小さすぎる。

「わ、わかってた。わかってたんだよ！　俺だって、あいつが言ってることが嘘だってことぐらいっ！　だけどっ……っ！　もうどうしようもなかったんだ！　あいつに頼るしか俺にはもうっ！　ぐっ……お、俺も、誰かに頼りたくてっ……」

「お兄ちゃん……ひっく……うぇぇぇぇん」

堪《こら》え切れずに泣き出したゼン君につられたように、弟のルゥ君も大声で泣き出した。

「よし！　お前らこっち来い！」

ガルリスがゼン君とルゥ君の返事を待たずにひょいと一人ずつを腕に抱える。

「お前らはよく頑張った。だから泣け！　存分に泣け！　苦しかったこと、怖かったこと、痛かったこと全部泣いて吐き出しちまえ！　お前らはもう二人きりじゃない、俺とスイがいる。だから泣け！」

「あっ……あっ……、う……あぁぁぁぁぁぁぁ！」

「うぇぇぇぇぇぇぇぇん！」

この国で幼い兄弟が二人だけ、その事実がどれだけ心細かっただろう。頼る者がいないということがどれだけ彼らの心を蝕《むしば》んだろう。ガルリスがそこまで深く考えてるのかはわからないけれど、泣くのは悪いことじゃない。心に溜まってしまった澱を洗い流してくれる効果もあるのだ。僕はそれを身をもって知っている。

二人の兄弟はガルリスの胸に頭をくっつけて、ずいぶんと長い時間泣き続けていた。

4. 父と兄弟

「ゼン君、お父さんのことをもう少し詳しく教えてくれる？」

ようやく落ち着いた二人に僕は本題を切り出す。

「父ちゃん……最初は体がだるいって言ってた。だからただの風邪かと思ってたのにどんどん悪くなって、今はほとんど寝たきりで、でも時々すげぇ力で暴れるんだ。まるで狂暴な魔獣になっちまったみたいに」

「話しかけてもお父さん返事をしてくれないの。僕たちの言ってることがわからないみたい。最近はお兄ちゃんが会わせてくれないし……」

うつむき父のことを心配する幼い兄弟を見ながら、僕は彼らの父親を侵している病が僕がこの国に呼ばれた理由であるそれではないかと推測する。ゼン君もルゥ君も小さな猫科の耳が頭についているということは父親もきっと獣人だろう。まさか入国早々患者に直接対面することになるとは思わなかった。

「ゼン君、僕を君の家に案内してくれるかな？」

「えっ？」

「僕は医者だからね。もしかしたら、君たちのお父さんの病気を治してあげることができるかもしれない」

「そんなこと本当にできるの？」

「うん、そのために僕はこの国に来たんだ。原因によっては時間がかかるかもしれない。だけど、必ずお父さんを元のお父さんに戻してあげる。約束するよ」

原因も分からないうちから下手な希望を患者の家族に与えることはあまり褒められたことではないのはわかっている。だけど、今のこの子たちには生きるための希望がどうしても必要だ。

「本当に？　本当にお父さん、元のお父さんに戻るの？　ねぇお兄ちゃん、お父さんのこと診《み》てもらおうよ！」

「ルゥ……」

それは一瞬の逡巡《しゅんじゅん》。

「うん、わかったよ。スイさん、お願いします！　父ちゃんを助けてください！　お金とか今はないけど、その代わりなんでもするから！　働いてお金を貯めてきちんと治療費払うから！」

ゼン君の言葉が僕の古い記憶を呼び覚ます。あぁ、これはあのとき……。幼い彼らは、あの頃の僕より遙かにこの世界を知っている。

ルゥ君とゼン君は僕の前で深く、とても深く頭を下げる。こういうときのガルリスはとても静かだ、まるで僕がどうするかを見極めているように。

「うん、大丈夫僕に任せて。ただなんでもするって軽々しく言っちゃだめだよ。もし、僕が悪人だったらそこにつけ込まれちゃうからね。それよりまず、ゼン君の傷を治してしまおうか」

僕は兄弟の手を取る。ルゥ君はちょっとした擦り傷だけだが、ゼン君は至る所に傷がある。腫れた顔はどうにかしてあげたい。繋いだ手から、二人の傷を包み込むようにゆっくりと魔力を流し込んだ。

「あ、ふぁぁ、なんだこれ？　あったかい……」

初めて味わうであろう感覚に、ゼン君は戸惑いながらもうっとりと目を細めた。その横ではルゥ君も目を閉じている。

「はい、これでもう大丈夫」

「え？　痛くない……嘘、傷が、消えてる!?」

「僕はお医者さんだけどちょっと特殊なお医者さんなんだ。内緒にしておかないと怖い人が来ちゃうから、今のは誰にも言わないでくれると嬉しいんだけど」

「う、うん……誰にも言わないよ！　ありがとうスイさん」

「ルゥ君も内緒にしてね？」

「うん！　約束！」

僕やチカさんの万能すぎる治癒術はいろいろと問題を秘めている。知識と技術を学べば誰もが医療に携われるようにこの世界に根付かせている医術体系を根底から否定しかねない。それに、すべての人に等しく僕たちの治癒術の恩恵を与えられるかと言われればそうではない。大きな治癒術にはそれだけ大きな代償を伴《ともな》うからだ。ガルリスの腕を再生させた僕はそれを身をもって知っている。だから普段は極力この力には頼らない。

けれど、僕はそこまで割り切った人間でもない。目の前で痛みに耐えている子供がいれば、僕はこの力を躊躇《ちゅうちょ》なく使う。それはきっとチカさんも同じだろう、自分の魂《たましい》に恥じることなく僕は生きていきたい。

「さ、君たちの家に案内してくれるかな」
「うん、こっちだよスイお兄ちゃん！」
ルゥ君が土埃《つちぼこり》で汚れた小さな手で僕の手を引く。
まだこんなに幼いのに、彼の手は既《すで》に労働を知ってい
る働き者の手だった。きっと、ゼン君の仕事を彼も手
伝っていたのだろう。
「おい、スイいいのか？　先に王宮に顔を出すなり、
報告なりしに行かなくても」
「僕を生かすのも殺すのも好奇心なんだよ。それに、
こんなときチカさんならどうするか、ガルリスにもわ
かるでしょ？」
「お前がいいなら俺に異存はないんだが……。お前も
チカユキも、厄介ごとに首を突っ込むのが本当に好き
だな」
やれやれと肩をすくめながら、それでもガルリスは
僕についてきてくれる。そして僕は知っている。たと
えガルリス一人だったとしても、彼が幼い子供たちを
捨て置ける性分ではないと。
案内された兄弟の家は、ごく普通のありふれた民家
だった。所在地も裏通りの貧民街ではなく、表通りの
一般居住区だ。
住んでいる場所や暮らしぶりで子供たちを差別する
つもりはないけれど、母親がいないことを除けば普通
の環境で育ってきた兄弟。彼らにとって、父親が謎の
病に倒れてからの数ヶ月は言葉にできぬほどつらかっ
ただろう。
きっと柄の悪い大人に混じり理不尽な暴力を受けな
がら肉体労働に従事し、父親と幼い弟の世話に明け暮
れてきた兄。そんな兄を助けながらも父に続き兄まで
が無理のしすぎで倒れるのではないかと怯えてきた弟。
「よく頑張ったね。二人とも偉いよ」
僕は小さな兄弟の頭を撫でた。嬉しそうにピクピク
と動く猫科の耳は幼い頃のリヒト兄のそれによく似て
いる。寄る辺《べ》なき孤独の中で耐えている子供を見ると、
僕はあの石牢の中で覚えた重く冷たい絶望的な孤独を
思い出さずにはいられない。
「お前さんたちの親父さんはどこにいるんだ？」
わずかな警戒心を見せるガルリス。ガルリスも父親
が例の病に罹患しているということに気づいているの
だろう。

「ここにはいないんだ……。父ちゃん、地下にいるから……」

ゼン君が自分の爪先を見ながら小さな声で答えてくれた。

「地下か……いい判断だな」

おそらく父親自身が自分を隔離するようゼン君に指示したのだろう。それがうつる病か確信はなくても、変わりゆく自分に父親は気づいたのかもしれない。

「こっち」

「兄ちゃん……」

「お前はだめだ。上にいろ」

「でも……」

ついてこようとするルゥ君をゼン君が止めた。つまり、彼の父親は幼い弟には見せられないような状態だということ。

獣人が理性を失い魔獣になっていく奇病。言葉だけで理解していたそれが、僕の中でにわかに現実味を帯びた。

「大丈夫だ。スイに任せときゃ、お前の父ちゃんは必ず治るから心配すんな。ここでいい子で待ってろよ！」

「うん……わかったよ、おじちゃん……」

泣きそうな顔をして立ち尽くしていたルゥ君の頭を、ガルリスが優しく撫でながら言い聞かせていた。

ガルリスは第一印象の顔の怖ささえ乗り越えてしまえば、子供に大層好かれることを僕は知っている。僕自身も、僕の兄二人も、弟たちも、ずいぶんとガルリスに遊んでもらったものだ。

「スイさん、父ちゃんは少しずつおかしく……暴れるようになって、今は人の言葉も話せないんだ。魔獣みたいに唸《うな》ってて……。だから、父ちゃんが地下に行ってからはルゥとは会わせてない。あんな父ちゃんをルゥには見せられないと思って……。俺も水と飯を運ぶのがせいぜいで、それもだんだん危なくなってきてる……。スイさんに治してもらった身体の傷のいくつかは父ちゃんにやられたんだ」

ゼン君は感情を押し殺した声で、ルゥ君の前ではできなかった話をしてくれた。ゼン君の体にあった擦り傷ではない深い切り傷、あれは父親の手によるものだったと聞いて息を呑《の》んでしまう。さすがの僕もそこまでは考えが回らなかった。

「つらかったね」

優しかった大好きな父親に襲われる。それは子供にとってどれほど悲しく心に傷を負うことか。

「……開けるよ、スイさん」

「うん」

知らず僕は息を止めてそのときを待つ。

「っ！」

「マジかよ……」

扉の向こうの風景に、僕は再び息を呑み、ガルリスは目を見開く。

獣人だったはずの父親の姿は、既に獣体とも違う別のものへと姿を変えてしまっていた。

「父ちゃん、父ちゃんを治してくれる医者を連れてきたよ……だから……」

悲しげなゼン君の声に、父親は獰猛《どうもう》な唸り声をもって応《こた》える。なんて残酷な病、なんて悲しい光景だろう。

変形した身体が痛むのだろう。うめきながら、父親はベッドではなく剝き出しの床にうずくまり、その手足は枷《かせ》と鎖で縛《いまし》められていた。

「親父さんのあれは、ゼンがやったのか？」

「そうだよ……まだなんとか言葉が話せた頃、父ちゃんが俺にやれって言ったんだ。俺も嫌だったけど仕方なかったんだ！」

「お前のことを責めたわけじゃない。よく頑張ったな」

叫ぶように答えたゼン君の肩を叩いて労《ねぎら》うガルリスの目は優しい。かつて日々衰弱していく兄を何もできずに見ていた日々、そしてルゥ君と同じくらい幼かった、ガルリスの甥でもあるシンラさんが人目を忍んで泣いていた姿。きっとそうした記憶が目の前の記憶と重なっているのだろう。

「ゼン君、お父さんの名前は？」

「バルガ」

「僕たちはこれから君たちのお父さん、バルガさんを診察するから、君はルゥ君についていてあげて。きっとひとりぼっちは怖くて不安だろうから」

「……わかった。父ちゃんを頼むよスイさん。あいつ泣き虫だから……」

ゼン君は泣きそうな顔で、だけどお兄ちゃんの笑顔を作って地下室から出ていった。

「さてとバルガさん、今のあなたに僕の言葉が届くかわからないけれど。僕はスイ。あなたが罹った病を治療するためにこの国にやってきました。診察をさせていただきます」

僕は穏やかに刺激をしないように声を掛けながらバルガさんへと近づく。その異形《いぎょう》に嫌悪や恐怖は感じなかった。ただ目の前の気の毒な患者と、傷つき怯える子供たちに笑顔を取り戻したい。

『グォウルルルゥガァァアッツッ！！！』

「スイ！　下がってろ！」

突如魔獣そのものの咆哮《ほうこう》を放つと、バルガさんは鎖を引きちぎらんばかりの勢いで暴れ始めた。我が子の前ではギリギリの理性を保っていたのかもしれない。どんな姿になっても、心が壊れても、親が最後の最後まで子供を守りたいと願う存在だということは両親の有り様を見ていれば僕にでもわかる。

ガキィンッ！

不快な金属音が鋭く鼓膜を貫き、目の前の光景に目を奪われる。

「嘘っ、鎖が切れたっ!?」

その音に身構えるが、飛びかかってくる様子はない。僕には感じ取れないけどガルリスが獣人の本性を曝《さら》け出して威圧しているのだろう。理性が飛んでいても、本能が格上の獣に逆らうことを恐れているのだ。

僕は床に転がった太く頑丈な鎖に目を瞠《みは》る。こんな鎖を引きちぎるなんて僕の知る限りできるのはガルリスぐらいのものだ。

「身体能力も増してるのか……。本当にこれは病気なのかな……」

バルガさんが見せた爆発的な力は、彼本来の獣人としての力ではなく、異形化に伴う副産物であることは明らかだ。体組織そのものを変化させ、筋力をも爆発的に増大させる。どんな病原体がそんな作用を引き起こすのか。目の前の状況にもかかわらず僕の頭は分析を始めようとしている。

「どうするスイ？　一発ぶん殴って気絶させるか？」

「だめだよガルリス、どんな形で感染するかもまだわからないんだから。接触は最小限にしておかないと」

いきなり手荒な提案をしてくるガルリスに僕は苦笑する。その方法は間違いなく手っ取り早いが、バルガさんを傷つけたくはないし、風の精霊術でガルリスに

は空気感染を防ぐための見えないマスクを作り出して
いるがそれだけで本当に大丈夫かも確信が持てない。
「僕が眠らせるから、そのままバルガさんが動かない
ように頑張って」
「おう、任せろ！」
僕は両の手の平を合わせ、闇の精霊へと呼びかける。
光あるところに影はある、人の心の深淵《しんえん》にも闇はある。
闇の精霊ほどその存在を感じ取りやすい精霊も珍しい。
『古き盟約の下、憩いの闇よ我に力を……偉大なる慈
悲の夜、その帳《とばり》を彼《か》の者に下ろし安息を与えよ』
僕の中から湧き出た魔力を闇の精霊が受け取り、深
淵の闇を作り出す。その闇は指向性を持ち、抱きしめ
るようにしてバルガさんを包み込むと次の瞬間バルガ
さんはその場に倒れ込んだ。
「大丈夫、怖いことは何もありません。安心して眠っ
てください」
言葉の意味が頭で理解できずとも、心からの言葉は
必ず相手の心に届く。僕はそう信じて言葉を繰り返す。
「ガルリス、バルガさんをそこに寝かせて」
本当は清潔なシーツをかけたベッドに寝かせてあげ
たいけれど、ここにはくたびれた寝藁《ねわら》しかない。彼が
どのくらいの期間ここで寝起きしているのかわからな
いが、石の床に藁を敷いて寝る暮らしは心身にこたえ
ていることだろう。
「普通じゃねぇな」
「そうだね」
辛うじて残っていた衣服の断片を脱がせたバルガさ
んの肉体は、見れば見るほど歪《いびつ》で不自然だ。
獣人の獣体や半獣化とは明らかに違う。獣頭人のそ
れともまた違う。まるで後付けで外から無理やり歪め
られたような変形が至る所に見られる。
あり得ないほど伸びた爪は、完全に鉤《かぎ》状で鋼《はがね》のよう
に硬い。そして何より異様なのは、被毛に覆われてい
ない素肌に現れた禍々《まがまが》しい文様と血の色かと見間違う
ほどの真紅の瞳だ。
「ここでできることは限られてるけど、身体の状態を
診て、あとは血液を採っておくよ」
僕はバルガさんのバイタルを手早くとって記録する。
意外なことに、いくらか熱が高く脈拍が速いことを除
けばすべて正常の範囲だった。これほど姿が変わり、

言葉も失いながらも、身体的には健康体と言える。

「触診した限りじゃ、内臓にも大きな問題はなさそうなんだよね」

バルガさんの筋肉に覆われた腹部を丁寧に触診しても、腫脹《しゅちょう》や腫瘍《しゅよう》などは見受けられない。

「病気じゃない？　いや、理性を失うこと自体を病気と定義すれば病気。身体の変化がなければ脳の異常。それなら身体の変化は何？　チカさんの世界でも見た目が変わる病気っていうのはほとんどなかったそうだし……」

自然と疑問が声になる。何かを整理しようとするとき独り言が増えてしまうのは僕の癖だ。

「お前でも無理そうか？」

「いや、これからだよ？」

不謹慎だとは思う。それでも未知の領域へと自分が踏み込むときのこの高揚感《こうようかん》を抑えることなどできはしない。

「やれるのか？」

「やるよ。それが僕の仕事だから」

「お前はチカに似てるけど似てないな」

「それは褒め言葉かな？」

チカさんに似てると言われるのは嫌じゃない、だけど似てないと言われるのも嫌いではない。僕はチカさんから多くのものを受け継いだ、だけど僕は僕であってチカさんではない。チカさんに追いつきたいとは思うけど、チカさんになりたいわけではないのだから。

「この親父さんはどうする？　目を覚ましたらまた暴れるだろ、このままにはしておけないぞ」

「そうだね……まさか、あの鎖を切るとは思わなかったよ」

僕は床に転がるちぎれた鎖に目をやる。あれを破壊するバルガさんの世話を、これ以上ゼン君にさせるわけにはいかない。むしろこれまでゼン君が無事だったのは、バルガさんの親としての強い愛情が起こした奇跡にすら思える。

「取りあえずバルガさんには眠った状態が続くように僕が処置をするよ。それでカナン様に保護をお願いしようと思う。あの子たちのことも放ってはおけないから」

「そうだな、それがいい。坊主たちもそれで一安心だ」

「わかってるだろうけど、あの子たちにはバルガさんの状態を正直に伝えちゃだめだからね。ゼン君もルゥ君もかなりギリギリだよ」

「俺だってそれぐらいの気遣いはできるんだぜ？　心配すんな。まぁ正直に伝えても大丈夫だとは思うけどな」

「なんでそう思うの？」

「お前なら親父さんを助けてやれるからだ」

「……ありがと」

ガルリスの顔を見れば、それが言葉だけでなく心底本心であることがよくわかる。ガルリスは子供より嘘を吐くのが下手だから。


「お待たせ、ゼン君、ルゥ君」

深い眠りにつかせたバルガさんを施錠した地下室に残し、僕は居間で寄り添って待っていた兄弟に声を掛けた。

「スイさん！　父ちゃんどうだった!?　父ちゃんはなんの病気なんだ!?」

「スイお兄ちゃん、お父さんは？　お父さんは？」

すると二人は堪えていた不安を吐き出すように、矢継ぎ早に僕に質問をぶつけてくる。父親があの状態なのだから、不安なのは当たり前だ。

「大丈夫だよ。今はぐっすり眠ってる。病気のこともすぐに元どおりにという訳にはいかないけど心配しないで、僕が責任を持って診るって約束するよ。ただ、この家にこのまま置いておくのはお父さんにとってもよくないから、この国の王様に頼んで保護してもらおうと思うんだ」

「王様に？　保護って……」

「お父さん連れていかれちゃうの？」

言い方が悪かったのか、兄弟の瞳に警戒の色が浮かぶ。確かにあんな状態の父親から引き離されて目の届かないところに行ってしまうのだ。心配するのも無理はない。

「僕はカナン様——この国の王様から直々に頼まれて別の国からやってきたんだ。今、君たちのお父さんが罹っているのと同じ病気の人たちを助けて欲しいってね。だから、心配しないで僕のことを信用してくれないかな？」

「スイさんのことは信じてるよ！　だけど……、だけど……父ちゃん……殺されたりしない？」

「殺される？　いやそんなことは絶対にあり得ないけど……」

目を伏せて自分の服の裾を強く握りしめているゼン君。そう、よく考えればこの反応も当然だ。情報がない中で自分の父親がそれこそ魔獣のような見た目になってしまっているのだ。たとえここがキャタルトンでなくてもそれがゼン君の立場であれば不安要素しかないはずで。

「ごめん、僕の説明不足だね。だけど、これだけは確信を持って言えるよ。カナン様はそんな人じゃないから、バルガさんがこれ以上悪いことには絶対にならない」

「スイさんは王様のことを知ってるの？」

「昔、少しだけね。まだ王様ではない頃だけど、とても優しい人だったよ」

「そう、それならよかった……」

ゼン君のこわばっていた顔から力が抜けた。

「それから、君たちのことも頼んでおくからね」

「え？　俺たちのことも？」

ゼン君が驚いたように目を見開く。

「君たちの頑張りを否定するわけじゃないんだよ。だけど君たちはまだ子供。誰かを頼ることや護《まも》られることは決して恥ずかしいことじゃない。だから、もう大人に混じって危ない仕事はしなくてもいいんだ、いやしちゃだめだ。君たちのことを心配する人のためにもね」

カナン様であればこの子たちの事情を話せばきっと悪いようにはしないだろう。もし、できないと断られたとしても、最悪レオニダスの実家を頼ってもいい。このことを知らせれば、すっ飛んできそうな人に僕は何人か心当たりがある。

「お兄ちゃん怪我しなくなるの？　もうよその大人に殴られない？」

「もちろん、もうそんなに頑張らなくていいんだよ」

僕は上目遣いにじっと見上げてくるルゥ君の頭を撫でた。生活のために仕方ないと理解していても、仕事のたびに怪我をして帰ってくる兄の姿を見るのはどれほどつらかっただろう。手伝いたくても十分なことができない自分の無力さをきっと嘆いていたはずだ。

「うん……、うん……、ありがとうスイさん。泣き言を言っちゃいけないって、父ちゃんとルゥは俺が護らないと、俺しか護る人間はいないって、誰にも頼っちゃいけないって……。でも、本当は誰かに助けて欲しかったんだ……。もう大丈夫って誰かに言って欲しかった……」

「ゼン君、君は十分頑張った。いや、頑張りすぎたぐらいだよ。お父さんはもう大丈夫。本当によく頑張ったね」

僕の腕の中で兄弟は涙を流しながら頭を下げる。この子たちを見ていると僕の中に不思議な気持ちが湧いてくる。それに言葉をつけるのは難しいけれど、きっとそれは僕がこの先ガルリスと生きていくのに必要なものなんじゃないかと自然に思えた。

黙って腕を組んでいたガルリスに目をやれば、満足げに頷いている。

と、同時に。

ぎゅるるるる。

兄弟のお腹からかわいらしい腹の虫がその存在を主張した。

「……ごめんなさい」

「そういや、俺も腹が減ったな」

謝るルゥ君の声にガルリスの声が重なる。確かにガルリスにとってこの国に来て食べたあの昼食は軽食のようなものだろう。だが、その言葉は恥ずかしそうに顔をうつむかせる兄弟への気遣いであることも僕は知っている。

「そうだね、僕もお腹すいちゃった。買いに行ってもいいんだけど、せっかくだから材料を買ってきて作っちゃおうか。バルガさんぐっすり眠ってはいるけど、家を空けるのも不安がないわけじゃないし」

「あっ、あのスイさん……。その……俺たち金が……」

「よし、俺がお使いに行ってきてやろう。何か食べたいものはあるか？」

僕とガルリスはあえてゼン君の反応を無視して言葉を続ける。

「そうだね、お肉を何種類かと野菜はサラダにできるのと炒め物用に適当に見繕ってもらって。取りあえずガルリスが食べたいと思うものとお店の人のおすすめを一通り買ってきてくれればいいから」

「それじゃ行ってくるわ。すぐ戻ってくるから待ってろよ」

ひらひらと手を振り、あっという間にその姿を消すガルリス。

「そういうわけだから今日は僕とガルリスをこの家に泊めてくれるかい？　宿を探すにはちょっと遅くなっちゃったし」

「でも……」

「台所と寝床を貸してもらう代わりにご飯は僕が腕を振るうっていうのはどうかな？　これでも、料理の腕にはちょっと自信があるんだよ」

その言葉に顔を見合わせる幼い兄弟。

「うん、ありがとうスイさん」

「ありがとう！」

ようやく心から笑ってくれた二人に僕も自然と笑みが零れた。


僕が作った料理を一心不乱に食べる三人。見ていて気持ちがいいぐらいの食欲だけどガルリスはもうちょっと落ち着いて食べて欲しい。

「ねぇ、食べながらでいいから、お父さんの——バルガさんのことをもう少し詳しく聞かせてもらってもいいかな？」

兄弟のお腹が満たされ、気持ちもいくらか落ち着く頃合いを見計らって、僕は話を切り出した。

「俺が答えられることなら」

「僕も！」

二人にもはや僕たちを警戒する様子はない。一緒の食卓でご飯を食べる、その行為が兄弟の心をさらにほぐしてくれたのだろう。

「まず君たちのお父さんは獣人だよね？　種族は何？」

「父ちゃんは大山猫族《リンクス》。俺も父ちゃんと一緒で、ルゥは母ちゃんと同じサーバル族」

両親共に猫科の獣人。この国では珍しいことではない、むしろ多いくらいだ。だけどバルガさんの今の姿はやはりどう見ても大山猫の獣体ではない。

「仕事は何を？」

「スイ、尋問みたいになってるぞ」

「ああ、ごめんごめん」

僕の悪い癖だ。好奇心が先に立ってしまい、大事なことが抜けてしまう。

「ううん、気にしないで。父ちゃんはギルドに所属してる冒険者だよ」

なるほど、冒険者であれば仕事で旅をすることもあるだろう。魔獣と戦うこともあれば、よその土地で病気をうつされる可能性もある。

「そうなんだ。実はね、僕の父さんたちも冒険者なんだ」

「スイお兄ちゃんのお父さんも強いの？　僕たちのお父さんとっても強いんだよ！」

父親の存在を自慢げに語る、ルゥ君の言葉と表情でどれだけバルガさんが子供たちを愛していたかがよくわかる。

「うちの父さんもとっても強いよ。お揃いだね」

「お前の親父二人をただの冒険者っていう言葉でくくっていいのかは怪しいけどな。俺の知る限りでも竜族以外であんだけ規格外なのは珍しいぞ。あっ、師匠もいたな」

ガルリスからの突っ込みはあえて無視する。

「お父さんはずっと冒険者をしているの？」

「うん。俺が生まれる前からしてるって言ってた」

「でもねでもね。僕たちが生まれる、うーんと昔は騎士様だったんだよ！」

「え？　騎士？」

ルゥ君の言葉が僕の中の何かに引っかかる。

「お父さんどうして騎士を辞めちゃったのか何か聞いてるかい？」

「俺も聞いたことはあるんだけど詳しいことは父ちゃん教えてくれなかった。ただ、騎士を辞めたからこの国を出ていったんだって言ってた。それから俺たちの母ちゃんと出会ったんだって」

以前のこの国であれば騎士という職業はある種の特権階級だった。猫科の獣人が高い地位を占めていたこの国で、大山猫のアニマであるバルガさんの待遇は決して悪くなかったはずだ。それなのに、わざわざ騎士の地位を捨て、国を飛び出し冒険者になるとは、何かあったと考えるのが妥当だろう。

「スイ、それと病気がなんか関係してるのか？」

「えっ、あっそうだね。つい気になっちゃって」

確かに今はバルガさんの病気についての手がかりを探すのが最優先だ。

「南のほうで父ちゃんと母ちゃんは出会って俺が生まれた。それで、王様がカナン様になってからここに戻ってきてルゥが生まれたんだ。その後すぐに……母ちゃんは死んじゃったけど……」

ゼン君の顔に微《かす》かなつらさが滲《にじ》む。

「ごめんね、いやなこと聞いちゃって」

「ううん、母ちゃんいなくても父ちゃんは優しかったから……」

僕の不注意な発言はゼン君の心の傷に触れてしまったかもしれない。それでも、もう少し何か今回の事態に繋がる情報が欲しかった。

「お父さんが病気になっちゃう前、何か変わったことはなかった？」

「わかんないんだ。昼間も言ったけど最初はちょっと体調を崩しただけだろうって言ってたんだけど……」

「えっと、その直前に何かいつもと違うことをしたり言ったりしてないかな？　お仕事で変わったことがあったとか、どこかに行ったとか、何かを食べたとかどんなことでもいいんだけど」

些細なことでもいいから思い出して欲しい。謎を解くための糸口は、いつだって思いがけないところにさり気なく転がっているものだ。

「お父さん、お仕事でしばらく北のほうに行ってたよ！」

「あ！　うん、そうだ。父ちゃん魔獣を退治する仕事があるって北に行ってた」

ルゥ君の言葉にゼン君も頷いた。

「父ちゃん、北で昔の仲間に会えたって嬉しそうに話してた」

「昔の仲間っていうと、騎士をしていたときのお友達かな？」

「うーん、ごめんなさい。そこまではわかんないや」

体調の変調が起きたのは魔獣を退治しに北へ向かい帰ってきた後。それだけでも十分すぎる情報だ。キャタルトンの北には砂漠だけでなく独特の生態系を持つ熱帯雨林も存在している。

討伐した魔獣、生態系の特殊さ故の風土病や感染症、僕の頭の中にいくつかの可能性が浮上する。それに、北で最後に会った人というのも探し出せれば何かの情報を持っているかもしれない。

　点と点を結んで線を引き、線と線を繋いで全体像を見出すのが調べものの基本だ。少しだけその点が見えてきた気がした。他の感染者からの情報も探れば点は線となるかもしれない。

「何かわかったのか？」

　食事をきれいに平らげたガルリスが食後の果実をゼン君とルゥ君に切り分けながら僕に声を掛けてくる。まぁ、頭脳労働は僕の仕事だからいいんだけど。

「まだ取っかかりだけだけどね。二人とも大切なことをよく覚えておいてくれたね。ありがとう」

　熟《う》れた真っ赤な果実を美味しそうに頬張る二人の頭を撫でてやれば、小さな獣耳がぴくぴくと動きやはりかわいらしい。

　この愛らしい兄弟のためにも僕はバルガさんを必ず元のバルガさんに戻してあげなければいけない。点が少ないならば、この二本の足で歩き回って集めればいいだけの話だ。僕は必ずこの病の謎を解いてみせる。

　それに医師として研究者として目の前に立ち塞がる謎に好奇心を刺激されているというのも正直なところだ。それを不謹慎と責められたとしても、僕は挑むことを止められない。

5．再会、そして

「こんなだったんだ……」

翌日、一旦ゼン君とルゥ君と別れた僕とガルリスは市内の中央にそびえ立つキャタルトンの王宮を見上げる。

「懐かしいか？」

「いい思い出じゃないからね。それはないよ」

ガルリスの問いに僕は苦笑する。ここでの思い出の数々は、懐かしいと言えるほど麗《うるわ》しいものではない。

「それじゃ時間も勿体無《もったいな》いしさっさと用事を済ませちゃおうか」


僕たちは仰《ぎょう》々《ぎょう》しい門の前に立つ騎士へと声を掛け、事情を伝えるとすぐに応接室に通された。豪華な造りの外観や門、そして通ってきた王宮内部に比べてその応接室は恐ろしく簡素であとから作られたことがうかがい知れる。きっと、カナン様の意向なのだろう。

王宮に懐かしさはなくとも、さらわれた僕を心配してこっそりと牢を訪れてくれたカナン様のことは今でも鮮明に思い出せる。小さな僕に目線を合わせて話しかけ、美味しいお菓子をくれた優しいヒト族の王子の姿はそれほどに印象深い。

「やぁ、待たせてしまってすまないね」

「こちらこそ、本当にお久しぶりですね」

扉を開け、柔らかな声と共に現れたカナン様。昔と変わらず優しそうな表情の中にも、国を治める者としての威厳を感じる。ヒト族でありながら民を治める立場に立つということがどれほどの重責かそれは計り知れない。そんな彼の隣には、あのときと同じように豹族の騎士――エルネストさんがいた。

「君があのときのスイ君……なんだな。すっかり大きくなって、レオニダスを直接訪れる機会もなかなかなくてね。ましてや、君たち一家をこちらに呼び寄せるわけにもいかず……。俺の中の君はあのときのままだからちょっと驚いてしまったよ」

カナン様は気さくに僕の手を取り微笑みかける。健康的な浅黒い肌に淡い藍色の髪と瞳、四つ子のリクほどじゃないけどヒト族としては長身で引きしまった身体付きが逞しい。僕やヒカル兄のような典型的なヒト族のアニムスとは少し纏う雰囲気も違う。

「お忙しいでしょうからどうかお気になさらず。カナン様と初めてお会いしたときのことは今でもよく覚えていますよ。あれから僕もいろいろとありましたが、今では伴侶もできました」

「伴侶!? そうか、もうそんな歳なんだね。ならお隣の方が?」

「ガルリスだ。よろしく頼む」

相手が一国の王だろうと関係ない。いつもの様子でぶっきらぼうに手を差し出すガリルス、それをカナン様は気にもしていない様子だ。まぁ、そのあたりは僕も人のことは言えないんだけど。

「ガルリスはドラグネアの族長ガロッシュさんの弟です。そして、僕の伴侶であり護衛も兼ねてくれてます。お気づきかもしれませんが、あのときの竜は彼ですよ」

僕の言葉にカナン様とエルネスト様が息を呑む。僕が過去にこの国の王族に捕らえられてから数日、カナン様が僕の下を訪ねてくれたタイミングで竜の姿のガルリスがこの城を強襲したのだ。怒りに我を忘れたガルリスは下手をすればカナン様たちすら手にかける勢いだった。

「あなたがあのときの……、いや竜族に会うのはあのとき以来でね。紅蓮《ぐれん》の竜の姿は今でも脳裏に焼きついているよ。だけど、あのときは確か左腕が……」

「スイが治してくれたんだ」

一切の躊躇なく答えるガルリスに僕は重い溜め息をつく。

「ガルリス、少しは考えてよ。まぁ、カナン様なら大丈夫だけどさ。というわけです、一応うちの一家の極秘事項なんで今の発言についてはどうかご内密に」

「ああ、そういうことかい。大丈夫、これでも口は堅いほうでね。隣にいるのは俺よりもさらに口が堅いから心配しないでくれ」

視線をエルネストさんに移し、カナン様が小さくウインクをする。

「覚えているかわからないが豹族のエルネストだ。不本意ながら今は、この国の騎士を統括している」

「それで、俺の『番《つがい》』で伴侶候補の一人」

騎士の礼をとるエルネストさんの傍でカナン様が言

葉を被せた。

「候補……？　なんですか……？　失礼ですが『番《つがい》』であれば伴侶になるのは当然では？　僕たちヒト族はともかく獣人であるエルネストさんにとっては……」

「そうなんだけどね。残念ながら王である俺がアニムスなのが問題なんだ。ほら、アニムスは伴侶を何人でも持てるだろう？　そうするといろいろとあるんだよ」

「あっ、なるほど」

確かにアニムスが王であればその子は皆王族の血を引くものになる。伴侶を複数人迎え入れることができるということは、権力を持ちたい者にとっては自分の一族の血を王族の血に混ぜることのできるまたとないチャンスだろう。

「まぁ、俺にはそんなつもりはないから今回の問題が落ち着いたらけじめはつけるつもりだよ。俺のせいでずいぶんエルを待たせてしまっているし、互いにいい歳になってしまったからね」

『番《つがい》』のヒト族を目の前にしていわゆるお預けをくらっているようなものだ。エルネストさんの理性と忍耐力は尊敬に値《あたい》する。『番《つがい》』を目の前にした獣人の理性がいかに脆《もろ》いかは親族や友人たちを見て嫌というほど実感しているから……。

「お前さんたち『番《つがい》』なんだろ？　それなら本能に従うべきだ。こいつの家の親父たちみたいにいちゃらぶしたほうが人生楽しいと思うぜ？」

「いちゃ？」「らぶ？」

きっと聞き慣れない単語であったのであろう。二人が明らかに不思議そうな表情をしている。

「ガルリスの言うことはあまり気にしないでください。たまに役に立つことも言うんですがそうでないことのほうが多いですから、それで積もる話は僕としても山ほどあるにはあるんですが先に本題に入ってもよろしいですか？」

思い出話や近況を語りたくないわけではない、ただ今はそれ以上に優先するべきことが多すぎる。

「ああ、すまないね。取りあえずそこにかけてくれ。今、お茶を準備させよう」

カナン様に勧められるままに僕たち四人が卓を囲めば、ちょうどタイミングよくお茶が運ばれてくる。茶葉をモウの乳で煮出し、たっぷりの蜜を加えた濃厚なコクと甘さの強いお茶だ。一口含めばその風味と柔らかい香りが鼻を抜けていく。

「まずは、こちらからの依頼を快く引き受けてくれたこと心より感謝している。特に君たちの一族に我が国がしたことを考えれば……」

「そのあたりはどうかお気遣いなく、病気に苦しむ患者がいれば助けるのが医師の役割ですから。そこに種族や過去は関係ありません。チカさ……いえ、母も僕と同じ気持ちのはずです」

「そう言ってもらえると本当に助かるよ。この国がしてきた愚行の数々は償《つぐな》っても償い切れるものではないからね……」

それはカナン様に責任があるわけではない。だが、この国の王族として、王として彼はその過去をすべて背負う覚悟でいるのだろう。

「チカユキなんて、今回の話を聞いたらいの一番に行きますって手をあげてたぞ。あのときのゲイルとダグラスの顔ときたら、くっくっく」

「ガルリス……それは言わなくてもいいんだよ。それでカナン様、そちらが把握されている現状を教えていただけますか？」

チカさんが真っ先に名乗りをあげて、それを必死で説得している父さんたちの姿を思い出したのかガルリスは愉快そうに笑っている。僕の質問にはその正面に座るエルネストさんが答えてくれた。

「現在、キャタルトンで起きている事態は書状に書いたとおりだ。獣人だけが罹患し、徐々にその理性を失い獣になりはてる奇病。それは、遙か昔に根絶して久しかった。それが今になってどうしたわけか蘇り、少しずつ患者が増えている」

「少しずつ、なんですよね？」

僕は気になる点を確認する。原因不明の魔獣化が伝染性の病や何かの風土病だとすれば、もっと爆発的に患者の数は増えるはずだ。以前、僕が向き合うことになったフィシュリードの風土病のようにその実態がある種族の魔術的な呪いによるものであれば話は別だが……。

「そう、少しずつだ。新しい患者が増えていく速度は極めて遅く、患者の数もこちらで把握している限りでは三十人にも届かない。あまりに限定的すぎて、恥ずかしいことに最近までこちらでその存在すら把握できていなかったほどだ」

「対策はどのように？」

「見つけた患者を隔離……場合によってはやむを得ず拘束もしている。この国はそれでなくても医師の数が少ない、自分の患者で手一杯な上にこの病についての知識を持つ者もいなくてね。ある医師の助言に従って理性を失った患者が誰かを傷つけぬよう隔離し、食事を与える……俺たちにできることはそれだけなんだよ」

カナン様は目を伏せ僕に告げる。きっと皆バルガさんのように徐々に理性を失っていったのだろう。それを目のあたりにして何もできないというつらさは痛いほどわかる。

「隔離したとしても何も治療はできていない状況だ。病を患《わずら》ったものは皆ゆっくりと理性を失い、人間としての姿を失っていっている。命を落とした者はいないが、完全に人の姿を失ってしまった者はもう何人か出てしまった」

「そこまではすべて事前にうかがったとおりですね。他に、何か気になる点や患者の共通点はありませんか？　流行病でないとすればきっと何かがあるはずなんです」

「書状にも書いたとおり、患者は獣人のアニマだけに限定されている。今のところ明確に断言できるのはそれだけだ。あえて言うならば素行のよくない者が多いが、評判のいい者も少数含まれている。エルの知り合いも含まれてるぐらいだからね。もちろんこれについては引き続き調査を進めていこうと思う」

獣人のアニマ、確かにそれだけで何かの傾向を語るのは難しい。なんといっても獣人のアニマはこの世界の人口の大多数を占めるのだから。手がかりがないのであれば、やはり直接患者を診てみるしかない。

「カナン様、患者は今どこに？」

「この宮殿の離宮……平時であれば罪人を囚《とら》えておくための牢を使っている。普通の病室よりもいろいろと都合がいいんだ」

「なるほど」

申し訳なさそうな顔をするカナン様に、僕は気にしないでと首を振りながらも納得する。バルガさんのように患者が理性をなくし、暴れるような状況であれば牢を使うのは合理的だ。患者が他者を傷つける心配もないし、管理も容易。彼らの状況では白い清潔なベッドで眠りたいという欲求すらないはずだから……。

「そこに案内していただけますか？」

「ああ、すぐにでも。どうかよろしく頼む」

カナン様は立ち上がった僕の手を取り頭を下げた。

王として人としてためらうことなく頭を下げることができるカナン様を僕は人として好ましく思う。

6. 擬獣病《ぎじゅう》

離宮へ足を踏み入れた僕の頭には過去のあの石牢での出来事が蘇る。あの場所はガルリスが壊してしまったのでここではないはずだがそれでも自然と足取りが重くなってしまう。

「この先に……。暴れる者もいるのであまり傍には近づかないほうがいい」

絶え間なく響く獣の雄叫《おたけ》びと唸り声に、エルネストさんの表情は暗い。確かに理性を失いかけた獣人たちの狂気を孕んだ咆哮が響き続ける塔内は、長く滞在すれば心を蝕まれかねない。

「診察をするにしてもこの状態では難しそうですね。彼らを眠らせてしまっても？」

「ああ、それはもちろん大丈夫だけど……」

カナン様がいぶかしげな視線を僕に向けてくる。

「それでは失礼しますね」

僕は一呼吸おいてからゆっくりと息を吸い込み、魔力を自らの内で練《ね》る。そう、バルガさんにしたのと同じように闇の精霊の力を借りて、ここに収容されている患者にはしばらく眠ってもらうのだ。本来であれば興奮状態である者には効きづらい術だけど、不意打ちのように心の奥底へと闇の精霊を送り込めばどうにか心を搦《から》め捕《と》ることはできる。

僕が魔力を込めるたびに離宮内に響き渡っていた雄叫びが一つまた一つと消えていく。

「これだけの数を一度にとは……」

「すごいな。俺は魔術が得意じゃないから羨《うらや》ましいよ」

「闇の精霊とは昔から仲良くしていたので、貧弱なこの身を守るのにも役に立ってくれるんですよいろいろと。ですが、あまりゆっくりしてもいられません。ガルリス手伝ってくれる？」

「よし任せろ。片っ端からひっくり返していけばいいか？」

「うん、それで大丈夫。もし気になるところがあったら教えて」

「私も手伝おう。人手はあるにこしたことはないだろう」

エルネストさんが外へと声を掛ければ何人かの騎士

と思われる獣人たちがやってきて、エルネストさんの指示の下きびきびと動き出す。

僕はそちらをガルリスとエルネストさんに任せ、カナン様には診察の手伝いをしてもらう。僕の読み上げたものを順次紙へと記録してもらい、簡易カルテの作成だ。

一つ、また一つと牢を開けてもらいその中で横たわる元は獣人だった者を診察すればやはりその状態は皆一様にバルガさんと同じ。生命を維持する機能の面でいえば至って健康体、しかしその誰もが獣体ではない歪な姿になっている。そして、毛のない剝き出しの皮膚にはバルガさんの皮膚に見られた、深紅の文様が現れていた。

バルガさんという前例を先に確認できていたおかげでそれぞれの診察にはそれほどの時間はかからなかった。だけど、現時点で出せる結論はそんなに多くはない。

すべての患者を診た僕は、カナン様たちへ声を掛ける。僕の顔を見て何かを悟ったのかカナン様は厳しい顔で頷き、僕たちは応接室に戻った。


「それでどうだろうか？　治療の方法はありそうかい？」

単刀直入に聞いてくるカナン様の言葉に僕はゆっくりと横に首を振る。

「正直言って、現時点では手の打ちようがありません。彼らは皆、同じ何かに侵されていることは、はっきりしていますがその原因がわからないんです」

「スイ君やチカユキ殿の力でもだめなのかい？　その、『至上の癒し手』の治癒術でも……」

それを期待されていたのであろうことはわかっていた。だけど、僕はそれに対して残念な答えを返さなければならない。

「自分で言うのもあれなんですが『至上の癒し手』の力は確かに万能です。それこそ失ってしまった、腕や足を復元させることだって可能な力。だけど、それはあくまで僕たちの知識が及ぶ範囲なんです。知らない毒を解毒することはできませんし、知らない病気を治すことはできません」

「ということは……」

「対症療法と言って、症状の進行を遅らせることはもしかしたらできるかもしれません。ですが、僕の治癒術で彼らを元の姿に戻すことは難しいです。それは、もう試してみましたから……」

そうなのだ、あの地下室で僕はバルガさんに僕の知りうるすべての知識を用いて治癒術をかけてみた。だけど、結果は今言ったとおり。治癒術をかけた部位は一瞬元の姿を取り戻したかのように見えたが次の瞬間すぐに異形へと戻ってしまったのだ。それはつまり、僕の知らない何かが彼らの中を蝕んでいるという事実を告げている。

「おっ、そうだスイ。バルガのことを頼むんじゃなかったのか？　ゼンとルゥのこともだ」

「うん、今ちょうど言おうと思ってたところだよ」

今まで黙っていたガルリスが唐突に口を開いた。もしかして、僕が忘れているとでも思ったのだろうか？

「カナン様、お願いがあるんです」

「それは今スイ君が試したと言ったことに関係があることかい？」

さすがに察しがいい。僕はバルガさんとその子供たちの現状をカナン様へと伝える。

「話はわかった。すぐに彼らを保護するように手配しよう。だが、俺もまだまだ未熟だな。そんな目と鼻の先で苦しんでいる者たちを見過ごすなんて」

カナン様の表情がさらに暗いものになる。キャタルトンの王族でありながら、ヒト族であるカナン様はずいぶんと苦労の多い子供時代を送ってきたと聞いている。当時の国王が戯《たわむ》れに手をつけ身籠《みごも》らせたヒト族より生まれた子、それがカナン様だからだ。

子を作らせたはいいがヒト族の子というのは厄介な存在だったのだろう。第五王子として生まれながらもその存在を秘匿《ひとく》されたカナン様。市井に捨て置かれ、エルネストさんたちのような心ある騎士に庇護《ひご》されるまで貧しい生活を強いられていたと聞く。だからこそ、苦境に立たされている民の苦しみを知り、己も苦しんでいるのだろう。

「しょうがないいんじゃないか？　父親であるバルガが周りの人間を信じるな、関わるなって教えてたらしいからな」

「っ！　ガルリス殿、今バルガと？　その父親の名はバルガと言うのか？　種族は、何族だ？」

「大山猫族ですよ。そういえばバルガさんは以前騎士だったと子供たちが言ってましたけどエルネストさんお知り合いですか？」

エルネストさんがその場に立ち上がり、声を上げた。その様子にカナン様すら驚いている。その問いには、ガリルスに変わって僕が答えた。

「すまない。だが大山猫でバルガとなれば間違いは無いだろう。古い知り合いだ……いや、ちょっと待ってくれ」

エルネストさんが今離宮に隔離されている患者のカルテを手に取り、目を細めながらそれを確認していく。一枚、また一枚とより分けられていくカルテ。そしてその中から三枚のカルテが取り出され、僕たちの前に広げられる。

「ここに名前のある彼らは、皆この国で騎士をしていたことがある者たちだ。バルガも含めて四人、これは共通点と言えるだろうか？」

患者三十人余りのうちの四人、それが多いか少ないかは非常に判断の難しいところだ。だが、エルネストさんの言葉が少しだけ引っかかった。

「騎士をしていたことがある者ですか？　今、騎士をしている者ではなく？」

「そのとおりだ。皆、騎士であった者。そして彼らはある事件をきっかけに騎士を辞めこの国を去った者たちばかりだ。なぜ今まで気がつかなかった……」

「ある事件ってのはなんなんだ？」

「それは……」

ガリルスの直球の質問を受けたエルネストさんは苦悩に歪む顔を片手で覆い隠す。

「エル、そうか彼らはあのときの騎士たちなんだね」

カナン様の問いかけにエルネストさんが小さく頷いた。

「俺から話そう。この国が犯した許されざる過去の罪を、だがそれが今回の件と関係があるとは俺には思えない。それでも聞きたいかい？　決して気分のいい話ではないよ？」

僕は一瞬の間を置くこともなく返事を返す。

「構いません。どんな小さなことでも教えてください。大きな出来事の陰には必ず小さな出来事の積み重ねがあるんです。それを知らなければ、その原因に辿りつくことはできませんから」

僕の言葉に、カナン様は一度カップを手に取りその中のお茶をゆっくりと飲み干してから語り出した。

「それは、この国の王族たちが積み重ねたまさに負の歴史と言ってもいいだろう。奴隷制を敷いていたこの国でなぜあれほどヒト族の性奴隷が多かったのか……。それはね、すべて仕組まれたことだったんだよ……」

カナン様の話はそう長いものではなく、この国の王族がしてきたこと、その事実を淡々と語ってくれただけ。だが、カナン様自身もヒト族だ。人権というものなど存在しないかのような扱いをされたヒト族たち。性奴隷とされ酷使された彼ら、場合によっては玩具扱いすらされたという。そんな彼らの境遇に思うことは大いにあるのだろう。話の途中途中にわずかに隠し切れない激情が見て取れた。

カナン様の話が終わったとき、僕は混乱と胸の中に渦巻く怒りで気持ちの整理がなかなかつかなかった。

腐っていた国だとは聞いていた、だけどそんなことまでは史実として書物に記されてはいなかったからだ。

「いくらなんでも胸糞悪すぎる話だな。ヒト族がこの国を嫌悪するのがよくわかるぜ。だから、兄貴もそれを知って未だに竜族がこの国に来るのをよしとしないのかもしれねぇな」

「恥ずかしながら、この件の被害者に十分なことができているかと言われれば首を横に振るしかない。彼らはキャタルトンの王家と関わること自体を拒否しているからね。それに今話したことはあくまで俺が聞いた範疇《はんちゅう》でのことだ。実際にはもっと悲惨な目に遭った者たちも多いのだろう……」

僕はなんとか気持ちを整理して、カナン様の話と今回の病気について、そしてバルガさんの子供たちから得た情報を組み合わせていく。

「バルガさんもその事件に関わった騎士の一人だったということですね。もう一つ確認したいのですが患者たちはここから北の地域となんらかの関係はありませんか？　バルガさんが発症する直前に北に行って古い知り合いと会ったと子供たちに話していたそうですがその人がこの元騎士の中にいる可能性は？」

「ちょっと待ってくれ。確認しよう」

エルネストさんはカルテとは別の書類の束を騎士から受け取り、その中身を確認していく。

「確かに、王都より北に住んでいた者が多いな。最も北で見つかったのは鉱山の街リョダンの近くで冒険者をしていた者だ。ただ、バルガと会ったかまではわからない」

「なぁ、最初に多くの素行のよくない者と、少しだけ真面目な連中がいるって言ってたけどよ。それは、元騎士の連中とは関係ないのか?」

ガルリスの突然の言葉にガルリスを除いた僕たち三人は顔を見合わせる。時にガルリスはその純粋さ故か、単純すぎるせいで誰もが見落としていたことに目を付ける。

「ガルリス殿の言うとおりだ。ほとんどの患者は北の地域に住む、素行のよくない獣人のアニマ。だが……」

「それ以外は過去の事件に関わった、真面目に暮らしていた素行のいい元騎士のアニマたちってことですね」

「そういうことだな。ならばこの病は彼らを狙って誰かが意図的に?」

「いえ、それはまだわかりません。なんといっても数が少なすぎます。ただの偶然だということもあり得ますので結論を急ぐべきではないと……。ですが、一つの可能性がそこにあるのであれば、過去のその事件をよく知る人物にもう一度話を聞いてみるべきだと思います。カナン様、どなたか心あたりはありませんか?」

僕の問いかけにカナン様は逡巡を見せる。心あたりはあるはずだ、だが彼としても過去の忌まわしい出来事の被害者たちをそっとしておきたいと願っているのだろう。わずかな迷いを見せた後、彼はゆっくりと口を開いた。

「ここから北西に向かった場所。樹林地帯の奥地に村がある。過去に一度、消え去ったその村は再び生き残った者たちによって新しく作られた。その村の名は、ワイアット村という」

「え?」

「そう君が知っている人物がそこにはいるんだ。チカユキ殿とは彼らも親交があったと俺も聞いている。過去にワイアット村の住人であったヒト族のウィルフレド、そしてこの国の元騎士であの事件の中枢にいた虎族のランドルフ」

その名前に背筋が凍《こご》えるのを感じる。ウィルフレドさんとランドルフさん、僕たちが小さい頃たまにうちに来ていた人たちだ。ウィルフレドさんはヒト族なのに背が高く、しっかりとした体つきなのにその榛色《はしばみいろ》の瞳がいつも穏やかで、僕やヒカルはよく抱っこして遊んでもらったものだ。そんなウィルフレドさんの傍にはいつでもランドルフさんがいた。虎族のランドルフさんはゲイル父さんと少し似ていて、物静かであまり言葉を交わしたことはない。けれど、チカさんや父さんたちと同じ『番《つがい》』だという彼らはいつも仲睦まじく寄り添っていて……、まさか彼らにそんな過去があるとは思ってもみなかった。

「スイ、大丈夫か？」

僕の冷え切った背中にガルリスの大きな手が添えられる。手の平だけだというのにそのぬくもりは僕の固まってしまった思考を解きほぐしてくれた。

「うん、ありがとうガルリス……」

「話を聞くとすれば彼らが一番当時のことに詳しいはずだ。二人とも事件の中心にいた人物だからね」

彼らに聞けば何か新しい情報があるかもしれない、ああでもまさか……。まだ、何もはっきりとしたことは言えない。だけど、過去の事件と今回の事件が繋がっているとしたら彼らは確かに重要人物となる。でも、僕のような若造がそんなに簡単に彼らの過去に踏み入ってしまってもいいのだろうか？　その行為は、あの優しいウィルフレドさんと寡黙《かもく》だけど穏やかなランドルフさんの幸せな今を壊すことになりはしないだろうか？

僕の行いが正しいものだという保証はどこにある？

「スイ、どうした？　悩むぐらいなら俺がこのままレオニダスに連れて帰ってやってもいいんだぜ？　手がかりは摑んだんだろ？　あとは他の奴に任せても誰も文句は言わないはずだ。それでなくてもお前は忙しいんだからな」

ガルリスの言葉は甘い誘惑だ。僕を自然と甘やかそうとする。でも、ガルリスにその自覚はない、すべてが彼の本心なのだ。だけど、そんなガルリスの言葉が僕を後押ししてくれた。

「カナン様、僕はウィルフレドさんたちに直接話をうかがいに行ってみようと思います。今回の件に彼らが直接関係がないとは思いますが新たな手がかりが見つかるかもしれませんから」

「スイ君、無理をしなくてもいいんだよ？　こちらで人を派遣して調査をさせてもいいんだ。君が彼らと親しい仲であればなおのこと……」

カナン様の気遣わしげな視線に僕は首を横に振る。僕が出した答えにガルリスは何も言わない。いつもの仏頂面《ぶっちょうづら》でこちらをじっと見据えている。

「いえ、北へは向かうつもりだったんです。バルガさんの話を聞いた時点で鍵はこの国の北にあると考えていたので、それに僕は自分の目と耳で確かめないと気が済まない性質なので」

「君がそう言ってくれるならそれを止める理由はないけれど、何か俺にできることはあるかい？」

バルガさんやゼン君たちのことは言わなくてもカナン様なら大丈夫だろう。それならば気になるのは魔獣化する病のことだけだ。

「できれば、書状をしたためていただきたいです。すべての経緯を僕の口から話すよりも、そのほうが話が早いと思うので、あとはそうですね……。キャタルトン全域に、特に北の地域の医療従事者に通達を出してもらえますか？　この病——仮に『擬獣病』と呼ぶことにしましょう。『擬獣病』の詳細な情報を共有してください。特徴は深紅の瞳、そして肌に浮かぶ同じ色の文様と理性のゆっくりとした喪失です。疑わしい患者はすぐ王都で保護してもらうようにと。ただし、民に誤《あやま》った情報が広がらないようにくれぐれも情報の取り扱いには注意するように伝えてください。一番怖いのは恐怖と間違った情報が広がること、そして疑心暗鬼から来るパニックですから。あとはバルガさんが受けた依頼についての詳細をギルドから取り寄せてもらえますか？」

「ああ、すぐにでも。もとより、情報は伝えているのだがね。特にリョダンにいる医師は興味深い反応を示してくれた。彼の指示で患者の隔離もすぐに始めたんだ。冒険者ギルドのほうにも俺から連絡をつけておく」

レンス鳥を使って連絡を取れば、すぐにでもこの国全体に情報は広がるだろう。あの鳥はガルリスの翼より速く空を駆ける。そして、リョダンという街の医師。

僕にはその医師に心あたりがあった。

「スイ君、他には何かあるかい？」

「一つだけ聞いてもいいですか？」

「なんでも聞いてくれて構わないよ」

僕の言葉にガルリス、エルネストさん、カナン様、それぞれの視線が集まるのを感じる。

「もし今回のこの『擬獣病』の原因が人為的なものだった場合。それがこの国の過去と強く結びついていた結果だったとします。そのとき、カナン様はどうされますか？」

僕の言葉にカナン様は苦笑いを浮かべてからその表情を正した。

「難しいことを聞いてくれるね。だが、約束しよう。もし今回の『擬獣病』の広がりに犯人がいたとして、俺が一方的に処断をするようなことはないよ。この国は、過去のキャタルトンとは違う、法治国家だ。調査を重ねた上で俺は結論を出したいと思う。それに、今のところ幸い死人が出ているわけではない。まだ、取り返しのつかない状況ではないんだ」

僕が望む答えをカナン様はくれた、ならば僕がするべきことは一つだけ。

「だから、スイ君。君が知ったこと、調べて分かったことはすべて俺にも教えて欲しい。どんなことでもすべて包み隠さず。俺のことを信じてくれるだろうか？」

「カナン様とエルネストさんのことは、あのときからずっと信頼してますよ。はい、僕からも約束します。必ずすべてをお伝えします。そして、この『擬獣病』の真実を突き止め、すべての患者を助けると」

「ああ、ありがとう。本当にありがとう。だが、こうして見るとやはり……」

一旦言葉を止めたカナン様に、僕はその続きを視線で促した。

「君は、チカユキ殿に本当によく似ている」

その言葉はある意味最大の賛辞なのだろう。だけど、僕の後ろでガルリスが大爆笑しているのが気に入らない。

7. 新たな旅立ち

長旅に備えての食料や道具類をカナン様から提供してもらい、僕とガルリスはキャタルトンの王都を後にした。僕とガルリスは北へと向かい、王都から見れば北西の街で宿を取った。ちょうど、ワイアット村までの道のりとしては半分ぐらい来たはずだ。竜になったガルリスに乗っていけばあっという間にワイアット村につくだろう。だけど、それでは道すがらにあるかもしれない手がかりを見逃してしまう可能性がある。

キャタルトン北部地域は、王都の真北には死の砂漠が広がり、北西には熱帯雨林が広がるという僕が今までに経験したことのない気候帯でもあり、その環境に身を置いてみることで何か気づけることもあるかもしれない。だから、僕たちはあえてここからは徒歩で、さらに北上することに決めたのだ。

宿の部屋に入って一息ついても、僕の気持ちは一向に浮き立たない。それほどに、カナン様から聞かされた話は僕にとって衝撃的だった。擬獣病の治療方法を見つけることが簡単ではないことはもとより覚悟していたが、問題は病を取り巻くこの国の歴史と、そこに深く関わってきた人々だ。まさかここでウィルフレドさんやランドルフさんの名前が出てくるとは思ってもみなかった。

「ふぅ……」

ソファに沈み込むように腰掛けた僕の口からは、思わず溜め息が漏れた。

「スイ、茶でも飲むか？」

「淹《い》れてくれるの？」

それはいつも僕の役回りだったけれど、溜め息をついてしまった僕へのガルリスの気遣いだろうか。

「あぁ、お前みたいに美味くは淹れられんが」

「構わないよ。今は飲めればなんでもいい気分だから」

動く気力が湧かないこともあったけれど、僕はガルリスの小さな気遣いに、心の絆を感じて嬉しかった。

これからの行動次第で僕は、いや僕たちは大切な人たちとの絆を永遠に失うかもしれない。その不安が僕をどうしても臆病にしてしまう。

「そりゃ光栄だな」

大きな手で小さな茶器を操るガルリスの手つきは、お世辞にも器用とは言いがたい。でも、僕のためにお茶を不器用に淹れてくれるその姿がひどく愛おしかった。

「砂糖入れるか？」

「うん、二つほど入れてくれる？」

普段は純粋なお茶の持つ風味を味わいたくてあまり砂糖は入れないけれど、今日は、はっきりとした甘さが欲しい。僕の心がそれを求めていた。

「ほら、熱いから気をつけろよ」

「うん、ありがとう」

僕は渡されたカップを受け取り、ゆっくりと口をつける。お茶の甘さがゆっくりと舌の上で広がり、熱い流れが喉を通ってお腹に落ちていく。

「スイ」

「何？　……って、ガルリス!?」

ガルリスは僕の隣に腰を下ろすと、僕を軽く抱き上げそのまま自分の膝の上に乗せてしまった。

「なんだよ、これ」

「お前の家の伝統だろ？」

「それは……」

確かにチカさんはいつも父さんたちどちらかの膝の上に乗っているし、ヒカル兄《にい》も私的な場では基本的にテオ兄の膝の上だ。本人たちがいたって幸福そうだから構わないけれど、僕自身のこととなると話は変わってくる。……そういえばヨハンさんとリヒト兄ってどうなんだろう……。

「たまにはいいだろう……わかりやすく疲れてるみたいだしな」

「……別にそんなことはないよ」

僕はお茶をもう一口飲み込んで、我ながら説得力のない虚勢を張る。本当に僕って人間はかわいげがない。どうして心配してくれているガルリスに、素直に今抱いている不安を打ち明け縋《すが》れないのだろう？　誰彼構わず弱さを曝け出すことが正しいとは思わないけれど、誰よりも僕を理解してくれる相手にまで意地を張るとか……弱みを見せたら死ぬ病気にでも罹っているのか僕は。

「スイ、そういう嘘は俺には意味がねぇんだよ」

「……知ってるよ」

おまけに僕たちは『半身《はんしん》』。僕の行為はなんの意味も持たないのははっきりしているというのに。

「不安なんだろ？」

「うん……そうだね」

有無を言わさず暴かれないと、素直に頷くことすら僕にはできない。

「ランドルフとウィルフレドが関わってるかもしれねぇから、だな？」

「……うん。二人は、僕たち家族――特にチカさんにとっては大切な友人なんだ」

ガルリスの体温を背中に感じながら、僕は両手で熱を失っていくカップを包み込む。

「お前は二人が今になって過去の復讐のために病気を撒《ま》き散らしたと思うのか？」

「まさか！　彼らはそんなことをする人たちじゃないよ！」

僕の知るランドルフさんとウィルフレドさんはそんな人たちではない。それに、彼らの間にはかけがえのない存在も誕生している。そんな彼らが今になってというのはどうにも考えづらいことだ。

「なら、お前の信じる二人を信じりゃいい」

「信じてるよ……けど、考えちゃうんだ。彼らを今回のことに巻き込むのは正しいことなのかなって、幸せに今を生きてる彼らの生活を僕が壊してしまうんじゃないかってさ……」

どちらにしろ僕は彼らに過去のことを聞かなければならない。忘れたい、記憶の奥底に封じ込めておきたいであろう忌まわしい過去を掘り起こしてしまう。

「それでもお前はもう決めてるんだろ？」

「……うん」

そう、僕の中で既にすべきことは決まっている。それは変わらない事実なのだ。そうなのだけれども……。

「決めてるならあんまり悩むな。お前は賢い、俺より何倍もな。そんなお前が必要だと思ったことはなんだってすればいい」

「あ……」

ガルリスは僕を後ろから抱きしめ首筋に舌を這わす。

「お前はお前の信念に従ってお前の仕事を果たす。俺はお前を守る。俺が守るのは、お前の体だけじゃない

からな、心もだ」

「ガルリス……」

首筋から広がる熱さが甘い痺れになって、僕は体を震わせる。カップの中の冷めたお茶が揺れ、底に映った僕の顔が泣きべそをかいているように歪んで見えた。

「僕は……何も失くしたくないんだ。擬獣病に罹った人たちの命も、ゼン君やルゥ君の幸福な未来も、ウィルフレドさんやランドルフさんたちとの絆も……何一つ手放したくない」

それがどれほど虫のいいことか僕はわかっている。本来、人生とは取捨選択だ。何かを手に入れるためには別の何かを失くしたり減らしたりする。けれど、僕は人との絆を失うことが怖くて仕方ない。

「スイ、俺はお前の望みを叶えてやるために存在しているんだ。それこそ、お前が生まれたそのときからな。だから、お前が大切だと思うものも、まとめて全部守ってやるから心配するな」

「僕は欲張りだから大変だよ？」

「そんなことは知ってる。だから、お前を守れるのは俺ぐらいなのさ」

ガルリスが語る言葉には一片の誇張も嘘もない、そう僕には思えてしまう。彼は僕という人間の厄介さをすべて受け入れた上で守り愛してくれている。今の言葉も一度口にした以上、ガルリスは本気で僕の望むことすべてを守ろうと身命を賭《と》してくれるだろう。僕は自分が何かを望むたびに、その代償をガルリスに払わせてしまう。それでも僕はそれを止めることができない。とんでもない奴だと我ながら思う。

「ごめんね……」

誰よりも強いガルリスの『半身《はんしん》』なのに、僕はこんなに弱虫だ。

「俺はお前に謝られることなんてなんにもないぜ？」

ガルリスの手の平が、小さな子供にするように僕の頭をゆっくりと撫でる。大きくて少し乾いた皮膚の感触が心地好くて僕は目を閉じる。こうしてガルリスに心と体を委ねていると、僕は記憶の底にある揺り籠に揺られているような、温かな湯船に浸かっているような気持ちになる。

僕はカップをテーブルに置いてガルリスと向き合い、太い首に両腕を回してキスをした。少しだけ……今はガルリスの温かさに甘えてしまいたい。

「ん……」

ガルリスは僕の体をすっぽりと覆い包むように抱きかかえ、優しくゆっくりと舌を絡ませてきた。

「スイ、お前が欲しい」

「うん、知ってる」

ガルリスの分身は既に僕のお腹を突いて存在を主張している。優しくて温かくて本能に忠実な獣。口から紡《つむ》がれる言葉にも、肉体が欲する要求にも嘘がない。

「でも、まずはお風呂に――」

「そのままでいい」

「いや、汗とかかいちゃったし……」

「そのままのスイが欲しい。嫌か？」

嫌か、と尋ねられ僕は言葉に詰まってしまう。本音を言えば嫌――というか恥ずかしい。でも、ガルリスがそれも含めて僕を求めてくれるなら――。

「今日だけ、だよ？」

たまには愛しい『半身《はんしん》』のささやかな我儘《わがまま》を聞いてあげたい。

「だったら存分に味わわせてもらおう」

「あんまりねちこいのは嫌だからね……？」

冗談めいたやりとりをしながら僕を抱き上げ、ガルリスはそのままベッドに向かう。

「ああ、スイの味がする」

「ん……んあぁ」

横たえた僕の鎖骨をガルリスの長い舌がねっとりと舐め上げる。

「あふぁっ」

それだけの刺激に僕の中心が熱を帯び張りつめた。ほんの数日抱かれていないだけで僕の体は、はしたないほど飢え、浅ましくガルリスの雄を求め蠢《うごめ》く。

「ずっと我慢してたんだからな……」

耳元で熱い吐息と共にささやかれる低い声に、僕の体がわずかに震える。

「お前はどうだ？　俺が欲しかったか？」

「知ってるでしょ？　『半身《はんしん》』なんだから」

答えのわかり切った意地の悪い質問に、僕もまたかわいげのない言葉を返す。

「欲しくて欲しくてたまらねぇって、俺の心に直接スイの声が聞こえてるぞ」

にやりと獣の笑みを浮かべたガルリスは僕の下肢から衣服をまとめて剥ぎ取ると適当に放った。

「その声が聞こえるたびに、俺は理性を手放しちまいそうだったんだぜ?」

「あ、あぁぁっ!」

丸裸にされた下肢の中心を、ガルリスは大きな口の中にすべてすっぽりと収めてしまう。

「ふっん……っんぁぁっ!」

熱い舌が中に入ってきた瞬間、僕は腰を跳ね上げ高く啼《な》いた。欲しい、早くこの中心にガルリスの昂《たか》ぶりを与えて欲しい。

「早く……お願い、焦《じ》らさない……で」

胸の突起を弄《もてあそ》ぶガルリスの手に爪を立て僕は哀願した。

「そんなに煽って……知らねぇぞ?」

「ちょうだい……たくさん、ガルリスを僕に」

ギラついた捕食者の瞳に僕は頭の芯が痺れるのを感じて目を閉じた。


「ん……」

僕は心地好いぬくもりに抱かれ、重い瞼をゆっくりと開く。目の前には無邪気に寝ている愛しい竜の顔。そして僕を強く抱きしめ、密着するのは熱量のある大きな肉体。

胸元で輝くのはガルリスが竜族である証の竜玉。それは、青く澄んだガラス細工のように僕の顔を映し出す。そこに映し出されたのは、ガリルスとの肉体の触れあいと心の触れあいに蕩けてしまった自分の顔。ガルリスの前では自分はこんな顔を晒しているのだと知ってしまい、柄にもなく気恥ずかしさで頬が朱に染まるのが見えてしまった。

胸も腹筋もその下にあるものも、何もかもが大きく太く逞しい。

「ガルリス」

小さく呼びかけた僕の声は掠《かす》れていた。大切な使命を帯びた旅だというのに、昨夜は散々に抱き散らされ啼かされてしまったからだ。もっとも、数日ぶりに味わうガルリスを僕自身も激しく求めてしまったけれど。

「ねぇ、ガルリスってば」

僕をがっしりと抱きかかえたまま、規則的な寝息を立てているガルリスの高い鼻を摘《つま》んでみた。

「ん……ん？　スイ……か？」

そこまでされてようやくわずかに目を開けたガルリスに、僕は耳元でおはようとささやき唇に触れるだけのキスをする。

「スイ……」

「え、ちょっ、ガルリス!?」

何を勘違いしたのか、ガルリスは目を開くと同時に僕を組み敷き、首すじを軽く甘噛みしてくる。

「ちょっ、ちょっ、ちょっと！　もう朝だからね！」

「足りない」

「は!?」

「まだお前が足りない」

「昨日あれほどしたのに!?」

「全然足りねぇよ」

ガルリスは切なげに眉根を寄せる。僕はその表情に油断をしてしまい、組み敷かれたまま唇を奪われた。長い舌を根元から先端まで駆使してガルリスは僕の口内を味わい始める。


「ん、んぁっ」

僕の悦《い》いところを知り尽くしたその動きに、昨夜の火照《ほて》りを残す僕の体が反応し始めてしまう。まずい、これはまずい。なんとか理性を保たないとこのまま流されてしまう。今日も旅路を急がなきゃならないのに、朝から盛ってしまってはガルリスはともかく僕の体がもたない。

「スイのここも欲しがってるぞ」

「ふぁぁっ！」

ガルリスの節くれだった長い指が僕の後ろを暴く。それを浅ましいほど簡単に受け入れてしまう僕の体。

「あ……やぁ……」

途端に内腿を伝う昨夜の残滓《ざんし》に、さすがの僕も羞恥を覚えた。

だけど、欲しい。この濡れて昂ぶった体に再びガルリスを納め、思うさま彼を味わいたい。昂ぶった本能で理性の糸が今にも切れそうになってしまう。

「なぁ、いいだろ？」

「だめ！　だめだってば！」

僕はなけなしの理性を総動員して跳ね起きながら、

ガルリスの顔を摑んで頭突きを入れる。

「痛っ……！」

だがこの行為で必然的にダメージを負うのは僕だけだった。ガルリスの頭は思っていた以上に堅い。だけど、これでいい。僕もしっかりと目が覚めた。

「お、おい！　大丈夫かスイ？」

「ガルリス、頭固すぎじゃないの……」

「悪かったな！」

昂ぶっていたところを制止してしまったせいもあるのか若干不貞腐れたガルリスの頭を逆に撫でてやれば、まるで子供のように笑顔を見せてくれる。

彼を『ガルリスおじちゃん』と呼び慕っていた頃には想像だにしていなかった姿だ。混じり気のない純粋さ、まるで何百年もかけて形を成した宝石の原石のようなそれが僕の大好きなガルリスの根源だ。

「ん？　おい、なんか外が騒がしいぞ？」

「そういえば……ってガルリス！」

僕の制止など聞こえなかったかのように、ガルリスは逞しい裸体を一切隠すことなく窓辺に近寄りカーテンを開く。

獣化できる獣人、特にアニマは裸体を人目に晒《さら》すことに抵抗が少ない。それは医者として患者を診察していてもとみに感じる。

それでも、ガルリスは気にしなさすぎだと思う。自分の家だと思って寛いでねというチカさんの言葉を子供より素直に受け止め、普通に僕の実家を腰タオル一枚で歩き回っていた。それを見かけたゲイル父さんが危うく剣を抜きかけたこともある。

「スイ、人が倒れてるぞ」

「え？」

「どうやら冒険者みてぇだが、行き倒れか？」

「とにかく行くよ！」

どういった事情かはともかく、人が倒れているとなれば医者として放ってはおけない。僕は急いで衣服を身に着け部屋を飛び出した。本当はシャワーでも浴びてから外に出たかったけれど、今はそんなことを言ってる場合ではない。

ガルリスが窓から覗いていた先、宿の前の舗装もされていない道には既に人だかりができていた。

「すみません。僕は医者です、道を空けてください」

「あんた、医者なのかい？」

「そりゃあよかった。あいつを診てやってくれよ」

僕の言葉に人垣がさっと割れる。僕は割れた人だかりの間を縫って、路上で微かに痙攣《けいれん》しながらうめいている冒険者に近づいた。

「スイ、何かいるものがあるか？」

「ありがとう。できれば宿の人に事情を話して部屋を借りて、あとは担架みたいなものがあればいいんだけど」

「わかった」

僕の隣にいつの間にかいたガルリスに指示を出せばすぐに宿へときびすを返した。

「それにしてもなんなんだこいつは？」

「まるで魔獣みてぇだな……」

「呪われてんじゃあないか？　気味が悪い」

周囲からそんな声がチラホラとあがる。これはよくない。

鉤状に伸びた爪、縦に開いた瞳孔《どうこう》、毛深いでは済まない体毛の発生と皮膚の文様、だがまだ体は人の形を保っている。それでも症状がまだ軽いとはいえ、これらは明らかにバルガさんと同じもの――『擬獣病』だ。

暴れる様子もない目の前の患者を診察したように見せかけて僕は声を上げる。

「心配はいりませんよ。これは感情の昂ぶりと魔力の暴走で起きる獣体への変異不全。簡単に言うと興奮しすぎたり、体調が悪い状態で体が勝手に獣体になろうとしてそれに失敗した状況です。とても珍しいものですが命に別状はありません。魔力の流れを整えて休めばすぐによくなります」

僕は、はっきりと嘘をついた。確かに、獣体へと変化する際に失敗してしまうことはある。だが、それはほとんどが幼少期に起こるものだ。それにここまで異質な姿へと変化することはない。

だけど、『擬獣病』について何一つ正確なことがわかっていない以上、下手なことを言って皆の不安を煽る必要もないだろう。カナン様にも伝えたが何より怖いのは偏見に満ちた差別と恐怖、そこから沸き起こる患者を排斥《はいせき》しようとする動きだ。

僕の説明にひとまず納得したのか住民たちは落ち着

きを取り戻す。逆に苦しむその冒険者を心配そうに見ているぐらいだ。そこにガルリスが戻ってきた。

「宿の親父が一部屋貸してくれるそうだぞ。だがな、担架はなかった」

「そう……。ガルリス、彼を運んでくれる？　くれぐれも気をつけて」

気をつけて、にいろいろな意味を込めてガルリスに伝える。

「わかった」

ガルリスが目の前で苦しそうに横たわる獣人をその腕で軽々と抱き上げる。

こんなとき、ガルリスは余計なことは一切口にしない。医師としての僕の判断を信じ行動してくれる。目の前の患者の状態に何も言及しないのも僕の考えを理解してくれているからだろう。

僕は宿の一室へと患者を運び込み、寝台に彼を寝かせてもらう。

「ありがとう、ガルリス」

「ああ、だがこいつはそうなんだな」

部屋にはガルリスと僕と患者だけ、宿の主人に頼んで人払いもしてもらっている。

「うん、間違いないよ。『擬獣病』、だけどまだ人としての姿を保っているし、もしかしたら話を聞けるかもしれない」

もしまだ彼に言葉が残っているならば話がしたい。患者本人から直接罹患した際の状況や症状の進行を聞ければ、状況は一気に前進する可能性がある。僕はバルガさんにしたように人間のあるべき形、あるべき姿を思い描きながら目の前の彼に治癒術をかける。

淡い光が降り注ぎ、わずかだが顔を中心に元の姿を取り戻していく。ただし、これも一時のことだ。

「聞こえますか？　聞こえたら返事をしてください。僕は医者です。道に倒れていたあなたをここまで運んできました。名前は言えますか？」

どうか僕の質問に答えて欲しい。僕は祈るような気持ちで彼の言葉を待つ。

「お……お、お……ッ……おれ、は……フレ……ド」

「フレド……フレドさんですね？」

僕が確認すると、彼は弱々しいながらも、はっきりと頷いた。

「た、たす、たすけ……て、くれ」

「もちろん助けますよ、僕は医者ですから安心してください」

今の僕に彼を助ける力はない。できることといったらせいぜいが苦痛の緩和《かんわ》程度だ。その事実が歯がゆいけどありのままをすべて告げることがいいとは限らない。

「フレドさん。あなたの病気を治すために、僕に協力してくれますか？」

「あ、あ、す……る」

フレドさんは端から涎《よだれ》の垂れる口を懸命に動かして答えてくれた。

「喋るのも苦痛だと思いますがすみません。いくつか質問をさせてもらいます」

「あ……あ……」

フレドさんは苦しそうに浅い呼吸を繰り返しながら、それでも快諾してくれた。

「フレドさんはこうなる前、体に不調が出たときはどこにいましたか？」

「ここ……よりさら……にき……た」

やはり北。

「そこでは何を？」

「仕事……魔獣の、く、駆除《くじょ》」

「フレドさんは冒険者なんですね？」

バルガさんと同じ冒険者。そして、魔獣退治を請け負っている。これは大事な共通点だ。冒険者ギルドから得た情報では、冒険者であるバルガさんは名前のわからない魔獣を退治するためにキャタルトンでも最北に位置するリョダンからやや東にある街の近くで魔獣を討伐したようだ。名前がわからない魔獣、ギルドに依頼を出す人間がその魔獣に対する知識がなければそういう依頼も少なくない。バルガさんがギルドに残した記録にも魔獣の名前は書かれていなかった。

「何か変わったことはありましたか？」

「戦って……け、怪我、した……近くに、す、住む、薬師《くすし》……助けて……くれ、た」

「怪我をされたんですね？」

もし、バルガさんと同じ魔獣と戦って怪我をしたのであればその怪我が原因という可能性が高くなる。

「怪我を負わされた魔獣、それがどんな魔獣だったか覚えていますか？」

「グレ……ルル……だ」

それは、あまりに聞き慣れた名前だった。確かに凶暴で手強い魔獣だがこの世界のどこにでも存在するありふれた魔獣。その魔獣に怪我を負わされた人間など星の数ほどいるだろう。

「く、薬師の……ところに、む、昔の知り合い、騎士団の、仲間……いた……。そこ……で数日過ご……し、こ……こに」

グレルルの名前に困惑した僕の耳に聞き捨てならない言葉が飛び込んでくる。

「えっ、騎士団……？　フレドさんは騎士をされていたんですか!?」

「そう……だ……」

僕が騎士団のことを尋ねると、フレドさんは一度目を閉じた。

それが本当は聞かれたくない、誰にも知られたくない過去であるかのように。だから僕はある種の確信をもって尋ねた。

「フレドさん、あなたはランドルフとエルネストという名前を知ってますか？」

「あ……あ……、ラン……ドル……フ隊長……懐かしい……」

そう言うとフレドさんは長く息を吐き出し目を閉じた。少し疲れさせてしまったかもしれない。できれば昔の知り合いの名前やその場所を知りたかったがこれ以上彼に無理をさせるわけにもいかない。本来であれば暴走してもおかしくない意識を無理やり覚醒《かくせい》させているようなものなのだから……。だけど手がかりをまた一つ得ることができた。北と魔獣、そして過去の事件に関わるという元騎士たち。僕たちの辿っている道はあながち間違ってもいないようだ。

「フレドさん、貴重な情報をありがとうございました。今はどうかゆっくりと休んでおいてください」

僕はフレドさんが苦しまないように、念入りに術をかけて彼を深い眠りにつかせた。あとは、カナン様から連絡が来ているであろうこの街の医師に預け、王都からの迎えを待てばいい。

8．道のりは遠く

諸々の手続きを終えて、僕とガルリスは旅路を進む、目的地である『ワイアット村』を目指して。今は少しでも時間が惜しい。かといって、手がかりを見逃すわけにもいかず陸路を行かねばならない。

騎乗用の魔獣でも使えればいいのだけど、父さんたちのアーヴィスのように慣れた騎獣でなければガルリスの獣性に怯えてしまい使い物にならない。ここから先は、東の砂漠を背に樹林帯の中を徒歩で行くことになるがその旅路は僕にとって未知の世界だ。不安だらけだが、その一方でわくわくとした好奇心も湧き上がってきている。

「スイ、やっぱり偶然じゃないよな？」

荷物を背負い、隣を歩くガルリスが僕に問う。

「あくまでまだ可能性の段階だけど、元騎士と『擬獣病』の関係がどんどん深くなっているのは間違いないね。逆にこれが全部偶然だったらちょっと笑っちゃうよ」

「となるとだ、お前もある程度の覚悟は決めたってことでいいのか？」

カナン様の話によれば、ウィルフレドさんとランドルフさんはワイアット村と名付けたそこで過去にキャタルトンによって迫害に遭った人々を受け入れて暮らし、その取りまとめ役を務めているらしい。ガルリスが言っているのはそこの部分、もし今回の出来事がどういった手段によるものかはわからないが彼らの手によるこの国に対しての、いや加害者である騎士に対する復讐だった場合。

「うん、覚悟は決めたよ。だってガルリスが守ってくれるんでしょう？　やっぱり、僕は真実を知りたい。『擬獣病』に立ち向かって、問題を解決したい。それは、ゼン君やルゥ君との約束でもあるし、僕の医師としての務めだから」

ガルリスの大きな手のひらが僕の髪をくしゃりと撫でる。

「それにね、どこかで僕は信じてるんだと思う。ウィルフレドさんとランドルフさんにどんな過去があろうとも、僕が知っているあの人たちは決してそんなことはしないって。僕みたいな苦労も知らない若造が偉そうなことを言っても説得力はないけど、あの人たちはもう過去に囚われてはいない。チカさんと同じだと思うから」

　我ながら恥ずかしいことを言ってしまった。僕の髪をくしゃくしゃにしたガルリスもきょとんとした顔をしている。

「何さ、僕らしくなかった？」

「いや、そんなことはないぞ。チカユキの見た目と力を継いだお前がそうやってチカユキのことをわかってやってるのは、あいつも喜ぶと思うぞ。今度、俺が伝えておいてやろう」

「ちょっ！　絶対やめてよね！」

「なんでだよ、いいじゃないか。あいつのことだ、きっと泣きながら――」

「だからだよ！　父さんたちも絶対に似たような反応するんだから」

「ああ、まぁ確かに。あいつらはいつまでたっても子離れができてないからな。特にダグラスは見てもわかりやすいが、ゲイルも相当なもんだぞ」

　ガルリスにここまで言われるうちの両親。確かにそのとおりすぎて返す言葉が見当たらない。大好きで尊敬できる両親だがそれについてだけは頭が痛い。親離れ、子離れがどちらも驚くほど早いガルリスたち竜族から見れば、うちの親は過保護以外の何ものでもないだろう。

「とっとにかく、まずはワイアット村で今の状況を二人に伝えて何か知ってることがないかを聞こう。そして、手がかりがあればそれに従うし、もしなければそのまま北へ向かってリョダン周辺の聞き込みをするよ。あとは、フレドさんやバルガさんの足取りを追ってみようと思う」

「お前がそう決めたなら異存はないぜ。なぁスイ、お前の身も心も俺が必ず守ってやると言ったこの言葉に嘘はない。だが、ある程度の自衛も必要だぞ。お前はなんでも器用にこなしてそつがないが、変なところで情にあつすぎる。それが悪いことだとは言わねぇが、ある意味それはお前の弱みだ」

　今度は僕がガルリスにきょとんとした顔を見せる番だった。まさか、ここまで冷静にガルリスが僕のこと

を分析しているとは思わなかった。ガルリスの言葉に
小さく頷き、頭にのせられた大きな手の平に触れれば、そのまま引き寄せられて口づけをされる。
その口づけはまるで、大切なものへと印をつけるような優しさだった。

宿を出て早数時間。僕たちは、汗をかきながら生い茂る緑の中を歩いていた。チカさんの世界の言葉だとこのあたりの森は熱帯雨林と言うらしい。確かにウルフェアの大樹海やヘレニアのような深い森で見られる景色とは全く違う。僕の知る森ではない、その不思議な世界に好奇心がくすぐられる。

歩いているだけでじっとりと汗ばんでくる高温多湿な環境が植物の育成に影響を与えているのか、見知った形のものもそうでないものもとにかく大きい。かわいらしい形の花が僕の頭と変わらないサイズで咲き誇っているのを見ると、まるで巨人の国に迷い込んだかのような錯覚に陥ってしまう。

苔《こけ》の種類も豊富だ。青く光るもの、緑色に光るもの、中には紫に発光しているものまである。形や質感も平たいものから上等なビロードのようなもの、綿毛のようにフワフワとしたものまで実に様々で、急ぐ旅でなければ採集して研究したいとすら思う。自然の植物の中には、いつだって新しい薬を作るヒントが隠されているのだから。

「この花、本当に大きいね。それに色が毒々しいし、形も面白い」

僕は好奇心を抑えられず、肉厚な花弁を僕の背丈以上に広げている一つの花に近づいた。

「スイ！　そいつはだめだ！　離れろ！」

花弁に手を伸ばそうとした僕を、ガルリスがすごい勢いで抱き寄せた。厚い胸板で目の前が覆われる。

「うわ!?　ちょっ、えっ何!?」

「馬鹿、あれをよく見ろ」

僕はガルリスの指し示す方向、さっきまで僕がいた場所に視線を向け、その光景に唖然《あぜん》とした。

「何、これ……？」

僕がついさっき手を伸ばしかけていた巨大な花は、まるで動物のようにその花弁を蠢かせ、近くを飛んでいた虫を咀嚼《そしゃく》していた。いや、花に口はないから咀

嚼というのは正確ではないのだろう。けれども、僕の目の前でモゾモゾと動く花はどう見ても虫を食べている。

「そいつはな、近づいてくる虫や小さい鳥なんかを食うんだよ。そうやって花弁の中に閉じ込めて、獲物を溶かす汁を出すんだ。お前の腕くらいなら多分溶けるぞ」

ガルリスの説明に僕はぞっとした。好奇心もほどほどにしないと身を滅ぼしかねない。

「ずいぶん詳しいんだね、ガルリス。ここに来たことがあるの？」

「ずいぶんと昔にな。ドラグネアに近いだろ、ここは。それに俺たちは飛べるからな、気に入った場所で修業をする。そこに危険があればあるほど面白いんだぜ」

さっきまでとても頼りになる大人の顔をしていたガルリスが突然無邪気な少年のような顔になる。それは魅力的に僕の目には映るが、彼の危なっかしさでもある。

「俺もガキの頃、その花に触ってひどい目に遭ったんだ。まぁ、一晩水につけておいたらすっかりよくなったけどな」

「それはガルリスだからだよね……」

「蕾《つぼみ》みてぇな形で上から人を食いに来るのもいるから気をつけろよ？」

「そんなのもいるの!?　どんな生態系なんだよこの森……」

「俺はお前が知らないことのほうが意外だけどな」

悪気のないガルリスの言葉が僕の自尊心を少し刺激する。

「しょうがないでしょ、完全な専門外なんだもん。ウルフェアとかに自生する植物ならともかく、このあたりはまだ研究者の手も全然入ってないところだからね」

へぇ、そういうもんなのかとガルリスは頷く。実際問題、植物に関しては僕たちヒト族の医師よりウルフエアの奥地に住むエルフたちのほうが遥かに深い知識を持っている。まぁ、一人だけ例外的に植物と薬学の第一人者と呼ばれるヒト族もいるにはいるけれど……。

「もう少し歩いたら適当なところで休むぞ」

「うん、そうだね……ありがとう」

ガルリス一人ならばまだいくらでも歩けるだろう。

だけど、貧弱な我が身が情けない。

少しだけ進んだ先、わずかに開けた場所に手慣れた様子であっという間にガルリスがテントを張り終え、中で休むように僕を促してくれる。

「俺はちょっと周りを見回ってくるからな。ここから動くんじゃないぞ」

「了解了解。ガルリスも気をつけてね」

きっと、この周囲に自分の気配をばら撒きに行くのだろう。ガルリスや父さんたちみたいな強い獣性を持つ者の気配は何よりの魔獣避けになる。

「ふう……」

ガルリスを見送り、僕はテントの中で靴を脱ぎ足を寛げた。僕は荷物の中からシャルナの花の香油を取り出し、数滴手に取り足裏に馴染ませるようにマッサージを施すと鈍い痛みが走る。

僕みたいに歩き慣れない人間が無茶をすればすぐに足を痛めたり、マメができてしまう。既に足の裏の皮膚が少しだけ破れて出血してしまっていた。ガルリスの足手まといにはなりたくない、そのためには自分でできることはしておかなければ。


そこで僕はわずかな違和感に気づく。誰かがこちらをうかがっている気配がするのだ。けど、こんな森の奥で誰かに出会うことなんてあるだろうか？　それにこの気配は僕が幼い頃から知っているある種の気配に似ている。

急いで自分の足に簡単な処置をして、気配について確認しようかなと思案しているところにガルリスが戻ってきた。

「ずいぶん早かったね……って、もしかしてそれ食べるの？」

ガルリスがぶら下げてきたのは、なんとも毒々しい色合いの巨大な蜥蜴《とかげ》の姿をした魔獣。それがなんという名なのか僕にはわからない。

「なかなかの珍味なんだぜ？　嚙めば嚙むほど味が出るっていうのか？　それに、食料は多いにこしたことはないだろう」

「あー……、うん。いただくよ」

見た目だけで食べず嫌いをするのはよくない。食に対する飽くなき探究心も僕とチカさんのよく似ているところだ。オクタングやクラッケもあんなに美味しいのに、僕が食べてるとゲイル父さんが顔をしかめているることすらあるけれど……。何より美味しくいただくことは魔獣といえど奪った命に対する最大限の敬意だと僕は思うから。

そんなことを考えているうちに感じていた違和感は霧散《むさん》していた。僕の勘違い？　いや、でもあれは……。ガルリスに伝えるか悩んだけどもうちょっと様子を見てもいいだろう。

そうしてガルリスが慣れた手つきで捌《さば》いてくれた蜥蜴もどきのお肉を炙《あぶ》って、堅焼きパンとスープで簡単な夕食をとる。ちなみに、蜥蜴もどきのお肉は淡泊だけどガルリスの言うとおり噛めば噛むほど口中に旨味が広がってとっても美味しかった。

「さてと腹ごしらえも済んだし、湯でも沸かすか」

「お湯？　スープが足りなかった？　もうちょっと作ろうか？」

「いや？　お前、体拭きたいだろ？」

「え……そりゃ拭きたいけどなんでまた」

僕は少し驚いた。ガルリスは優しいけれど、ここまで細かいところに気が利くタイプではないはずだ。

「ヒト族ってのは三日風呂に入らなかったら死ぬんだろう？」

お湯を沸かしながら真顔でガルリスが聞いてくる。一体誰にそんなデマを吹き込まれたんだ。

「死なないけど、その気持ちはありがたく受け取っておくよ。ところで誰にそれ聞いたの？」

「ダグラスが言ってたぞ」

やっぱり……。ガルリスは妙に聡《さと》いところもあるのに、逆に純粋すぎてあり得なさそうな嘘にこそころっと騙《だま》されてしまう。主にダグラス父さんやユーキさんが犯人なのだが。

「よし、それじゃ脱げ」

「は？」

「拭いてやるから服を脱げよ」

湯気の立つ熱湯の中に素手でタオルを浸しながら僕にほれほれと催促するガルリス。あれで、火傷の一つも負わないんだから竜族というのは本当に計り知れない。いやそれよりも、今は聞かねばならないことがある。

「自分でできるから、それちょっと冷ましてくれる？

それもダグラス父さんの入れ知恵？」

「遠慮すんなって、ヒト族は伴侶との裸の触れ合いがないと寂しくてどんどん弱っていくんだろ？」

父さん……。どうせチカさんと一緒にお風呂に入ってることについてガルリスに聞かれて適当に答えたんだろう。まぁ、嘘の内容はともかくせっかくの好意を断るのも申し訳ない。

「それ、父さんのついた嘘だからね？　でも、やってくれるって言うんならお願いしようかな」

「それじゃ背中から拭いてやるよ」

「……うん、ありがとう」

父さんに騙されているとはいえ、こういうガルリスの純粋な優しさはいつも僕を満たしてくれる。僕は上着を脱ぎ、ゆっくりと肌を晒け出す。昨夜同じベッドで一糸纏わず体を繋いだというのに、なぜか少し気恥ずかしい。

「疲れてないか？」

ガルリスが僕の背中を優しく拭きながら尋ねてくる。

「まだ初日だよ？　でも想像していた以上に大変なところだねここは、僕一人じゃとても無理だったよ」

ガルリスの大きな手とほどよいぬくもりを持ったタオルが僕の背中をゆっくりと上下する。その刺激が心地好くて深い溜め息がでてしまった。

「ヒト族の体の弱さっていうのを俺は未だに理解できてないからな。獣人ならまだなんとなく理解できるんだが」

「それ、チカさんを誘拐したときのこと言ってるの？」

「ああ」

僕をお腹に宿したチカさんをガロッシュさんとユーキさんのためにレオニダスからさらったガルリス。そこに至るにはいろいろと事情や事件もあったのだが、何よりもチカさんがあっという間に傷だらけになり、体調を崩してしまったことが忘れられないのかもしれない。

僕たちヒト族の中でもチカさんの身体の弱さは特別なんだけど、そこの違いをガルリスに言ってもわからないだろう。

「下は自分でやるから、ありがとう」

「遠慮しなくていいんだぜ？」

「本当に大丈夫だから、ガルリスも少し休んでて」

僕はガルリスからタオルを受け取り、身体を清めていく。足にある傷をガルリスに見せたくなかったのだ。僕が全身を清め終わった頃、ガルリスは暇そうに蜥蜴もどきの残りの肉をかじっていた。

「それじゃ、今度はガルリスの番だよ」

「ん？　俺か？　俺は少々風呂に入らなくても死なないからいいぞ」

「ガルリスがよくても僕が嫌なんだよ。一緒に寝てくれるんでしょ？　このあたり夜は冷え込むって聞いたし」

ちょうど適温になった鍋の中の残り湯にタオルを浸しながら僕は答える。

「そういうもんか？　じゃあ頼むわ」

「はいここに座って、……ってなんで素っ裸になるの!?」

「ん？　いやこのほうが早いだろ？」

「もう、本当にデリカシーがないんだから……。まぁいいや、ほら座って座って」

僕はそんな言葉を照れ隠しに吐きながら、ガルリスの逞しい背中をゆっくりと上から下に辿るように拭き清める。逞しい体なんてそれこそ見飽きてる、過去に体を重ねた獣人も皆鍛《きた》え上げた素晴らしい肉体だった。それでも、僕にとってガルリスの身体というのは特別なものなのだ『番《つがい》』の香りとは違う微かに漂うガルリスのアニマを強く意識させる体臭に、僕の体は少し疼いた。

僕とガルリスは『半身《はんしん》』であっても『番《つがい》』ではない。故に、『番《つがい》』同士のみが共有するという特別な香りを持たない。僕の一族は両親兄弟をはじめほぼ全員が『番《つがい》』を伴侶としている。そんな彼らが言うには『番《つがい》』の香りとはこの世のいかなるものにも勝る至福の香りであり、時に癒やされ時に励まされ……時に狂おしく淫らに相手を欲する媚薬にすら勝るという。

残念ながら僕はその境地を生涯知ることはないだろう。それを寂しいと思うのは贅沢《ぜいたく》なのだろうか。うちの一族がちょっと異常なだけで世間一般の人間が『番《つがい》』に出会える確率というのは限りなく低い。

それでも僕は自分がガルリスの『番《つがい》』でないことが悔しくてたまらなくなるときがある。もし、ガルリスに『番《つがい》』が現れてしまったら？　逆に僕の前に『番《つがい》』

が現れてしまったら？　その不安は常に僕につき纏う。

僕はともかく、ガルリスのように獣性が強い獣人にとっての『番《つがい》』というのは何ものにも代えがたい存在だ。本来であればガルリスはその『番《つがい》』を伴侶にして、『半身《はんしん》』にするというのが正しい姿。だけどその席を僕は奪ってしまった。

もしも、ガルリスの『番《つがい》』がある日現れてしまったら——それは僕にとって最も考えたくない未来だ。

だけど、それでも僕の『伴侶』はガルリス以外に考えられなかった。

「スイ、何かまた難しいことを考えてるな？」

「そんなことないよ。鍛えられてて格好良い身体だなって思ってただけ」

僕は『半身《はんしん》』相手に意味のない嘘を吐く。

「なぁスイ、何度でも言うぞ？　お前は俺にとって最初で最後の相手だ。俺はお前以外の相手を知るつもりはないからな」

「知ってるよ」

その言葉がガルリスの本心であることは痛いほど伝わる。ガルリスにそんな器用な嘘はつけない。


それでも、獣人にとっての『番《つがい》』がすべてを覆《くつがえ》すほどの存在であることも僕は知っている。両親や兄弟の姿を見ていればいやでもそれを感じてしまう。そして、知っているからこそ怖い。

「お前はいつも自信たっぷりなくせに、時々臆病だな」

そう、僕は臆病だ。理論に基づいて考え、理屈と正論で解決できることは怖くない。でも……だからこそ、理論や理屈の通じないことが僕は怖い。獣人にとっての『番《つがい》』とは正にその極地だから。

「ねぇ……ガルリスはさ、『番《つがい》』の香りを嗅《か》いでみたいとは思わない？　『番《つがい》』を見つけた獣人が感じるっていう何ものにも代えがたい多幸感を味わってみたくないの？」

僕は自分の臆病な気持ちをそのままガルリスにぶつけた。

「思わん」

「え？」

まさかの即答だった。

「なんで？　『番《つがい》』だよ？　わかってる？　父さんとか兄さんたちのこと見てればそれがどんな存在かわか

るでしょ？」

「わかってるぞ。すべての獣人が求めてやまず、それでいてめったに見つからないのが『番《つがい》』だろ？」

「それならその運命の相手に巡り合いたいとは思わない？」

「思わないな」

またもや即答だ。ガルリスが僕に気を遣って答えているのではなく、ただ単純に本心をそのまま口にしていることが僕にはわかる。

「なんで？」

「俺にはスイがいる。俺の運命はお前だ」

「う……」

まっ直ぐすぎる言葉が嬉しくも痛い。なんて言ったらいいのか……若干の罪悪感を覚える。ガルリスに伴侶になってくれるように迫ったのは僕だからだ。

「世の獣人はどいつもこいつも『番《つがい》』を求めてる。だけどほとんどの奴は見つからねぇまま、気の合う相手を伴侶にする」

「そうだね」

僕の一族が特殊すぎるだけで、それが一般的な家族の形だ。

「俺は、俺の意思で『半身《はんしん》』を決めてそいつを伴侶にできた。俺は俺の意思で決めた一番の相手と生きていくことができるんだ」

「運命の『番《つがい》』よりも、自分で決めた『半身《はんしん》』に価値があるっていうの？　でも、もし『番《つがい》』に出会ってしまったら？」

「出会うことはないと思うがな。もし、出会ったとしてもそいつには悪いが俺はお前を選ぶ。別に『番《つがい》』を伴侶にすることを否定するわけじゃない。お前の両親や兄弟たちも『番《つがい》』である前に一人の人間として互いに愛し合っているのがよくわかるからな。けどな、これだけは自信を持って言える。俺は『番《つがい》』だからという理由だけでお前以外を選ぶことは絶対にない。自分のことは自分で決める、それが俺の誇りだからだ」

ああ、そうだ。ガルリスは恐ろしく誇り高いんだ。普段どれほど抜けていても、子供のような純粋さを持ち続けていても、自分の気持ちや心にどこまでも正直でありたいんだ。それは竜族という種であることも関係しているかもしれないけれど、ガルリスの生き方を

見れば一目瞭然だ。それは一見子供じみているようにも思える。だけど、自分自身に対して誠実さを貫くって、実はものすごく大変だ。長いこと享楽《きょうらく》に逃げ回って目先の欲に溺《おぼ》れてきた僕には良くわかる。人は己にないものに惹《ひ》かれると言うけれど、その理屈で言えば僕はガルリスの愚直さにこそ惹かれたのだろう。

いつでもどこでも小細工や駆け引き一切なし。あるのは剝き出しの心が一つ。それは傷つくことを恐れない、なんとも潔《いさぎよ》い在《あ》り方だ。

「それに、『番《つがい》』の香りってのはムラムラしたりもするんだろう？」

「……らしいね」

「それはまずいからな」

珍しく眉間に皺《しわ》など寄せて、ガルリスが難しい顔をする。

「そうなの？」

「今でも俺はお前の薬品と体臭の入り交じった匂いを嗅ぐとムラムラして仕方がないんだ。もしお前が『番《つがい》』で四六時中そんな香りを発せられたら、俺は時も場所も関係なくお前を抱き続けることになるからな」


「……、馬鹿」

最高の愛情表現を最低な言葉でしてくれるガルリスが愛しくて、僕は広い背中に頰を押しあて力強く脈打つ心音を肌で感じる。

僕は——僕たちはこの音を分かち合っている。『番《つがい》』の香りが特別であるように、『半身《はんしん》』の音もまた特別なものだと僕は思う。

「お前はいい匂いがする」

「僕もガルリスの匂い好きだよ。日の匂いっていうのかな、特にその真っ赤な髪の毛の匂いとかね」

『番《つがい》』じゃない僕たちは、それぞれ違う匂いを嗅ぐ。けれど、その違う匂いを好きだと思う気持ちは同じもの。僕にはそれで十分だ。


徒歩での旅を始めて数日。僕は熱帯雨林の歩き方にもだいぶ慣れ、思った以上に距離を稼ぐことができた。この調子で進めば、明日の昼過ぎにはワイアット村に辿りつけるだろう。

真実に迫れることは僕の好奇心を満たしてくれる。だけど、今は少しだけ胸の奥に引っかかりがある。

僕は多くの病人を救うという大義名分を振りかざし、ようやく過去の呪縛から解き放たれ平和に暮らす罪なき人の古傷を抉《えぐ》るのだ。正義とは時に残酷だ。正しさを理由に人の心の傷に触れても許されてしまう。触れられた側は誰を恨むこともできず、痛む古傷を抱いて泣き寝入ることしかできないというのに。

どんな命も等しく尊いと謳《うた》いながら、たくさんの人間を救うために一人の人間を傷つける。この世界は矛盾だらけで、それは医者の仕事とて例外ではない。『擬獣病』の謎に迫れる喜びとウィルフレドさんたちを傷つけてしまうであろう後ろめたさ。ちっぽけな僕の中すら矛盾だらけだ。その中で僕にできることは、僕自身が迷わないこと。そして大義名分を盾に後ろめたさから逃げないことだ。

「スイ、今日はずいぶん進んだが身体は大丈夫か？」

「この道行きにもだいぶ慣れたからね。でも、心配してくれてありがとう」

「まぁ、これ以上は明日に響くだろう。そろそろ休むか？」

「うん」

ここで意地を張っても仕方ない。僕は素直に提案を受け入れ、テントの中でガルリスが狩りをして戻ってくるのを待つ。これもすっかり習慣になってしまった。そして、同じようにわずかな気配を感じる。決して悪意ではないそれが気になってしまうがガルリスが気づかないということは僕の思い過ごしなのだろうか？

「スイ、戻ったぞ」

「ああ、今日も早かったね……。それで、それが今日の夕飯？」

僕はガルリスが抱えた珍妙な生き物を凝視する。小さく真っ黒なそれは、犬族と狐族の子を足して二で割ったような貧弱な身体に、翼竜のような翼が背中から生えた魔獣の仔だった。

ガルリスの腕の中で弱々しく息をするその生き物が僅かに小さな瞳を開けば、それはガルリスと同じ朱色に見えた。この子がもしかしてさっきまで感じていた気配かと思ったけど、こちらを観察していたそれとは明らかに雰囲気が違う。

「お前が食いたいならどうにかしてやるが、こんな小せぇのバラしても骨と皮ばっかで食うとこねぇだろ?」

「いやいやいや、冗談だよ。でも、どうして連れてきたの?」

ぼくの質問に少しガルリスが気まずそうに答える。

「なんか獲物でもいないかと見回ってたんだが、木の陰にそいつがうずくまってたんだ。こいつ、怪我してるみたいなんだけどよ、お前なら治せるだろ?」

「ああ、それで……」

どんな魔獣なのかすらわからない。もし、将来人を襲うような魔獣であれば見捨てるべきなのかもしれないけれどそれでも命というものは尊い。もし、仮にこの子が育って誰かを襲うようになったらそのときに討伐されるだろう。傲慢《ごうまん》な考え方かもしれないけれど、今生きようとしている命を助けられるのなら、僕は救いの手を差し伸べたいと思う。

きっとガルリスも同じ考えなのだろう。

僕はガルリスの手から黒い魔獣の子を受け取る。それは、驚くほどに軽かった。

「この子のことは僕に任せて、まだ獲物を捕まえてないんでしょ? そっちに行ってきていいよ」

「いいのか? そんじゃ、そうさせてもらうぜ」

そう答えると、ガルリスは再びガサガサと茂みの中に消えていった。

「さて、君の手当てをしなくちゃね」

『クギュ!』

「君、もしかして今返事したの?」

僕の思い過ごしかもしれないけれど、それは確かに返事のように感じられた。プライドと知能がずば抜けて高いアーヴィスですらこれほど幼いときにそれほどの知能はないはずだ。

「それじゃ身体をちょっと見せてもらうからね、痛いこととかはしないから噛んじゃだめだよ?」

僕はそう話しかけながら、小さな魔獣の身体にゆっくりと丁寧に触れていく。要領としては獣人の子供を診察するのとほぼ変わらない。

「翼の付け根から少し出血してるね。それに、後ろ脚を捻ったかな?」

『ギギミュー!』

僕が軽く後ろ脚に触れると、魔獣の子は『痛いから触るな!』というようにうめいた。

「ごめんごめん、優しくするから。えーっとそれに、翼の出血は……どこかに強くぶつけたか何かで引っ掻いたみたいだね」

『グミュー』

指を這わせた翼の付け根は、傷口を中心に熱を持って腫れていた。

「このくらいなら冷やして包帯でしばらく固定して、翼は薬を塗って安静にしておけばすぐに治るよ」

『ミギュ？』

「ちょっと冷たいの塗るからね」

『ヒキャァ!?』

「ああ、びっくりしたね？　でも、こうして冷やしておくと痛みや腫れが早く引くんだよ」

気がつけば僕は魔獣の子相手に会話じみたことをしていた。自分でもよくわからないけれど、不思議と目の前の小さな生き物と意思疎通ができているように思えたからだ。

「スイ？　お前、そいつと話せるのか？」

「うわ！　ガルリス、脅かさないでよ」

いきなり後ろから現れたガルリスに、僕は驚いて声を上げてしまった。

「まさか、僕にそんな力はないよ」

「そうなのか？　俺にはお前がそいつと話してるように見えたけどな」

片手に大きな蛇のような姿の魔獣をぶら下げてガルリスは首を傾げる。

「ところでガルリス、この子をどうするつもり？」

僕は手当てを終えた魔獣の子を抱き上げガルリスに尋ねた。

「あー、特に考えてねぇな」

「うん、そんな気はしてたよ」

こういうときのガルリスは、基本的に先のことなど何も考えていない。この子のことも、怪我して動けなくなってるからなんとなく連れ帰ってしまったのだろう。

「けど、これも何かの縁だろ？　元気になるまで面倒見てやるのはどうだ？」

使命を帯びた旅の途中だというのに、ガルリスはいとも簡単に言ってのける。

「お前は反対か？」

『キュイ？』

魔獣の子は円《つぶら》な瞳を僕に向け、小さく首を傾げた。

この仕草はずるい。こんなかわいらしい姿を見せられては、とてもではないが嫌などと言えるはずがない。

「嫌じゃないよ。この子は頭もよさそうだしね。だけど、この子の家族や仲間はいないのかな？　勝手に連れていっちゃっていいのかちょっと悩ましいんだけど」

「それは、大丈夫だろう。こいつを見つけたあたりで気配を探ったが同じような種族はいなかった。こいつと同じ魔力の匂いもなかったからな。怪我をしたから置いてかれたか、もともと一匹だったか……まぁ魔獣ってのはそういうもんだ」

『キュ！』

ガルリスの大きな手の平で頭を撫でられると、魔獣の子は誇らしげに胸を張る。

「そう、それなら連れていっても大丈夫だね。それで名前、どうしようか？」

行動を共にするならば、名前がないのも不便だ。さりとていずれ野に返す可能性もあるわけで、あまり情の移る名をつけるべきではない。簡単で呼びやすい、便宜上の名前がいい。あー、チカさんも昔こんなことがあったって言ってたなそういえば……。

「クロはどうだ？」

「クロ……黒いから？」

「そうだ。呼びやすいし覚えやすいだろ？」

「そうだね、悪くない」

ガルリスらしい安直ともいえる命名に、僕は少し笑ってしまった。

「君はこれからクロだよ、わかった？」

『ギミュ！』

偶然などではなく、クロは、はっきりと僕に返事をした。

「クロ、お前もこいつ食うか？」

『キュイ！』

「そうかそうか、食うか！　ちょっと待ってろよ」

『キューン』

ガルリスに声を掛けられるたびに、クロはこれでもかと幼獣のかわいらしさをアピールするかのように、愛くるしく甘い声で返事をする。僕に対する態度と違うように思えるのは気のせいだろうか？

結局この夜は、ガルリスのとってきた蛇のような魔獣をこれまたガルリスが捌いてくれて、僕が適当に調理したものを皆で分け合って食べた。まぁ、分け合ってと言ってもほとんどはガルリスのお腹に収まったわけだけど。クロもガルリスの手から嬉しそうに分け前をもらっていた。

「よし、腹ごしらえも済んだことだし、早いとこ休んで明日に備えるか」

「そうだね。ウィルフレドさんのところについておしまいじゃない、そこが始まりなはずだからね」

僕たちはそんな言葉を交わしながらいつものように眠りにつく……はずだったのだが。

「……クロ、そこで寝るの？」

僕とガルリスの間、というかガルリスの顔面に張りつくようにしてクロがいる。

「初めて人間と過ごすから不安なんだろ」

『フミューン』

そうです怖いんです、と言わんばかりにクロが甘えた声を出す。

「よしよし、怖くねえぞ。大丈夫だ」

『キュウン』

ガルリスに撫でられるとクロはご満悦《まんえつ》といった表情で鼻面を擦り寄せ、小さなピンク色の舌でガルリスの頬を舐める。

その光景を見て僕はふと気づく、もしかして僕はとんでもないライバルを招き入れてしまったのかもしれない。魔獣の子を相手に馬鹿げているかもしれないが、僕の直感がそう告げていた。

そして翌日。それははじめはジワジワと、やがて一歩歩くごとに強い痛みとなって僕の足を襲い始めた。

痛い、足が痛い。休憩中にこまめに靴を脱いだり、痛めた部分のケアはしてきたつもりだったのだけど。気がつけばこの有様だ。まったく僕はどれだけ貧弱なんだろう。おまけに『至上の癒し手』なんて大層な称号を持ちながら、自分自身に関しては掠り傷一つその力では治せないのだから不自由なものだ。

「スイ、ちょっと待て」

「え、どうかした？」

「いいからこっちに来い」

肩にクロを乗せたガルリスが僕を無理やり抱きかかえ、自らも座りその膝の上に僕をのせる。クロが小さな赤い瞳でキョロキョロと不思議そうに僕の姿を見ている。

「足、見せてみろ」

「あっ……、大丈夫だよ」

僕は咄嗟《とっさ》に嘘をついた。僕の強い気持ちが勝手に伝わってしまう『半身《はんしん》』であるガルリス相手に意味はないけど、僕の自尊心とガルリスに心配をかけたくないという気持ちが半々で。

「スイ、俺には隠し事をするな」

ガルリスは有無を言わさず僕の靴を脱がせた。

「血が出てるじゃねぇか、それに皮も剝けてるな。なんで黙ってた」

「ごめん……」

「謝るくらいならもっと早くに言え。俺が一番許せんことはお前が傷つくことだ」

「本当にごめん。だけど、もう少しだと思ったから」

逸《はや》る気持ちに取り残される脆弱《ぜいじゃく》な身体。ガルリスが真剣に怒っているのを感じて、ますます自分が情けなくなる。

「先を急ぐなら、ほら」

「え？」

向けられたガルリスの背中に僕は戸惑う。

「これが気に入らなかったら抱っこでもしてやるが？」

「いや……、ほら僕はもう大人だからさ」

「俺から見たら子供もお前も大差ないんだから遠慮すんな。それにチカユキたちだってよくやってるじゃないか」

それを言ったら、この世界のほとんどの人間はガルリスからみれば子供みたいなもんだろう。あと、うちの両親のあれは普通じゃないから。

「ほれほれ、昔はよく俺の背中に乗って走れとせがんだじゃないか」

「もう！　恥ずかしいからやめてよ」

僕はガルリスの広い背中を見つめる。確かにこの背中に何度も背負ってもらった。大好きなガルリスおじさんの背中、そこはリヒト兄やヒカル兄を差し置いて僕の特等席だったのだ。

「いいから乗れよ」

「……わかったよ。でも、重かったら言ってね」

「お前が重い？　笑わせるなよ」

『ミュー！』

ガルリスが心底おかしいといった風に笑う。その肩では微妙にクロが僕を威嚇《いかく》しているように見えるけど気のせいだろうか。

「よし、しっかり摑まっとけよ」

「え？　ちょっ、ガルリス!?」

一言僕に告げるや否や、ガルリスはまるで飛んでいるかのような速さで大地を駆け始めた。頬を打つ風。瞬く間に後ろへと流れゆく景色。その眺めは小さい頃に見ていたそれと何も変わらない。

ガルリスのしなやかな筋肉が躍動するのを僕は全身で感じ取る。僕はガルリスの生き生きと跳ねる身体が好きだ。今にして思えば、肉体と一緒に嬉しそうに弾む魂の波動が好きだ。幼い頃の僕がガルリスにおんぶをせがんでいたのは、彼の楽し気に躍動する肉体と魂を無意識のうちに求めていたのかもしれない。

『クキュ！　キュキュッミュー！』

ガルリスの胸元にしまわれたクロも、上機嫌で興奮した声を上げる。

木々の間をすり抜け岩から岩に飛び移り飛び越え、ガルリスはすごい速度で熱帯雨林を走り抜ける。その速さたるや、冗談抜きにアーヴィスをしのぐものがあった。

最初からこれを頼んでおけばよかったのだろうか？……いや、それも何か違うな。でも、今は懐かしくも愛おしいこの瞬間を楽しもう。

9. ワイアット村

　ガルリスが速度を落とすことなく駆け続けて数時間。息切れすることもなくこの長時間を走り続けるガルリスに改めて驚きながらも、緑が生い茂る森を抜けたその先、山肌を見せる山脈の麓《ふもと》に僕たちの目的地が見えてきた。

　かつて一度は消えた村、そして新たな住民によって作られた村がここワイアット村だ。

　ところで、僕には当面差し迫った問題があった。

「ガルリス、ありがとう。おかげ様でずいぶんと早く目的地につけたよ。だから、そろそろ降ろしてくれる？　ここ、もう村の中だし」

「そうだな」

「いや、そうだなじゃなくてさ」

「なんだ？」

「降ろしてってば」

　なぜかガルリスが村に入っても僕をしっかりと背負ったまま。胸元から顔を覗かせたクロがきょろきょろとあたりを見回している。

「足が痛むんだろう？」

「たいした傷じゃないから、こういうきちんとした道なら大丈夫。だからね？」

　僕の言葉にガルリスはしぶしぶといった様子で背中から僕を降ろしてくれる。まずいな、もうちょっとしっかりしないとガルリスまでうちの父さんたちやテオ兄みたいな過保護さが当たり前になってしまう。

「さてと、まずはウィルフレドさんのところに行かないとね。詳しい場所まではわからないし、誰かに聞こっか」

　ガルリスの背中から降りた僕は、あたりを見回す。まだ日が沈むまでには少しだけ時間があるはずだが急いだほうがいいだろう。村の中心を貫く道の先には市場のようなものが見える。そして、好都合なことに僕はそこで見知った人の姿を見つけた。

「ガルリス、あれ見て。行こう」

「ああ、けどな足が痛かったらすぐに言えよ？」

「わかったよ」

　市場の中で僕は目当ての人物の下へと歩みを進める。

右目の上から下までを縦断する刀傷、厳《いか》めしくも野性的な顔立ちをしていながら、その所作からは誠実な人柄が滲み出ている虎族の元騎士のところへと。

「ランドルフさん！」

村に入って早々にランドルフさんに出会えたのは幸運だ。だけど、突然掛けられた声にランドルフさんは驚き目を見開いている。

「ランドルフさん、ずいぶんとご無沙汰《ぶさた》しています。覚えておられますか？　レオニダスの――」

「君は、スイ君か!?」

僕が名乗るより早くランドルフさんが声を上げた。

「はい、兄の結婚式以来ですね」

「ああ、その節はずいぶんと世話になった。まさか、レオニダスの王族の戴冠式に賓客《ひんきゃく》として招かれるとは思ってもみなかったからな。今でもウィルはあのときのことをよく話す」

「ウィルフレドさんたちはチカさ――母の親友ですから当然ですよ。あっ、ご存じだとは思いますが隣にいるのはガルリスです」

「よっ、ガルリスだ。よろしく頼む。つっても面識はなかったよな？」

「チカユキ殿からよく話は聞いていたがこうして直接言葉を交わすのは初めてかもしれないな。ランドルフだ。こちらこそよろしく」

夕食の材料なのだろうか、食材が入った袋を左手に持ち替えるとランドルフさんは右手を差し出し握手をガルリスに求める。ガルリスもそれに応じていた。

「今日はチカユキ殿は？」

「いえ、僕たちだけです。どうしてもウィルフレドさんとランドルフさんにうかがわなくてはならないことがあって、ウィルフレドさんはお元気ですか？」

「ああ、元気にしている。私たちに聞きたいこと……というのが気になるがこれだけ急な訪問ということはよほどのことなんだな？」

「ええ、詳しいことはここに」

僕は荷物の中からカナン様の書状を取り出し、ランドルフさんへと手渡した。そこに押されたカナン様の紋を見てランドルフさんは目を丸くする。

「これはカナン王の……!?」

「ランドルフ？　そんなところで何やってんだよ」

「ウィル！」

不意に掛けられた声に、ランドルフさんが弾かれたように振り返る。そこには榛色の瞳とそれより少し濃い色の髪を持つ長身のヒト族が、買い物袋を両手に下げて立っていた。

「お久しぶりですね、ウィルフレドさん」

「んっ？　えっ、スイ君⁉　どうしてここにいるんだい⁉　もしかしてチカユキ君も来てるのかな？」

僕はランドルフさんと同じことを問いかけてくるウィルフレドさんに苦笑しながら首を横に振る。

「そうか、君たちだけか。いや、それよりようこそワイアット村に、歓迎するよ。あなたはガルリスさんでしたよね」

僕の前に立ち手を握るウィルフレドさんは、昔と変わらず背が高くがっしりとしている。獣人であるリヒト兄にも負けてないかもしれない。

「ウィルフレドさん、本当にお久しぶりです。ですが、僕たちは遊びに来たわけではないんです。先ほどランドルフさんにもお伝えしましたが、僕はあなた方にどうしても聞かなければいけないことがあって……」

「俺とランドルフにかい？」

「ええ、詳しいことはここではなく、できれば……」

「ああ、私たちの家に案内しよう。書状の中身もそこで見せてもらおう」

「立ち話もなんだしね。君たちの家に比べると粗末な我が家だけどここよりはましだから案内するよ」

ランドルフさんがウィルフレドさんにカナン様からの書状を見せ、小声で何かを告げればウィルフレドさんの顔が少しだけ曇った。僕はこれからそんな彼の過去を掘り返さなければならない、そう思うと足取りも重くなってしまう。

不意に背中に大きな熱量を感じた。それだけでそれが誰の物なのか分かってしまう。

「スイ、大丈夫だ。俺がいる」

『キュー！』

僕の不安な気持ちを悟られてしまったのか、その温もりの持ち主は僕の背中を優しく押してくれた。

日が落ちあたりの空気が少し冷え始める頃、僕たちはウィルフレドさんの家の暖炉《だんろ》の揺れる炎に照らされた室内で机を囲んでいた。

きっと話が長くなるだろうからとまずは夕食をご馳《ち》走《そう》になり、それから一息。

「それにしてもよく寝てるな。小さくてかわいいもんだ……お前が小さかった頃を思い出す」

ガルリスが覗き込んでいるのは、小さな籠の中でスヤスヤと眠るヒト族の子供だ。彼はウィルフレドさんとランドルフさんの二番目のお子さんで名前はマリウス君。その名はウィルフレドさんの亡くなったお母さんからもらったのだという。金髪の中にわずかに黒が混じるその髪はランドルフさんから、榛色の瞳はウィルフレドさん譲《ゆず》りのかわいらしい赤ん坊だ。

「この歳でちょっと恥ずかしいんだけどね。けど、ランディが独り立ちしてから少し寂しくなってしまって。俺はともかくランドルフはまだまだ先が長いと思うともう一人ぐらいはと思ったんだ……」

「ウィル、お前の魔力は決して少なくはない。こうしてマリウスが生まれたのがその証《あかし》だ。だから、私を置いていくようなことを言うのはやめてくれ」

「はは、そうだね」

軽い口調でウィルフレドさんはそれを流すけど、ランドルフさんの表情は真剣だ。

「そうですよ。基本的にヒト族は獣性の強い獣人と同じくらいに長命なんですから」

「まぁ俺ら竜族と比べてもあれなんだろうが、スイの家っつうか親父たちを見てるとあんまり余計なこと考えるのも馬鹿らしくなるぜ。チカユキはともかく、こいつの親父たちはまだまだ子供をほしがってるぐらいだぞ。ベルクもアーデもすっかり手が離れたからな。四つ子の次は何人生まれるか楽しみだ」

「ちょっとガルリス、恥ずかしいからやめてよ」

ガルリスの言葉に吹き出しそうになる。血の繋がった人間のこういう話は気恥ずかしいものだ。それに、父さんたちがそう思ってるのは本当だから。そして僕はウィルフレドさんから出た懐かしい名前を口にする。

「ランディ、いないんですね」

「そうなんだよちょうど時期が悪かったね。ランディもスイ君に会いたかっただろうに」

「たしか冒険者になったんですよね？」

歳が近い僕や兄たちをその背中に乗せては遊びに来

た我が家の庭を走り回っていたランディ。彼はウィルフレドさんとランドルフさんの最初の子供で虎族だ。最後に見たときは、ランドルフさんによく似た立派な青年になっていた。

「そうそう！　冒険者になって年がら年中あちこち飛び回ってるよ。浮いた話も聞かないしね。まぁ、それはスイ君のせいかもしれないけど」

「僕のですか？」

ウィルフレドさんは楽しそうな表情だけど僕にはその心あたりがない。

「おや、気づいてなかったのかい？　鋭いスイ君にしては珍しいね。ランディの初恋の相手は君だよ、スイ君」

「え……？　そんな雰囲気になったことないんですけど本当ですか？」

「あの子も大概鋭いからね。スイ君の中に誰かがいることに気づいてたから表には出さなかったんじゃないかな」

そう言ってガルリスを見るウィルフレドさんの視線はとても優しい。それに対して僕は少し恥ずかしさを覚えてしまう。

「お前は本当に罪作りな奴だな……」

「えっ、ちょっ、それをガルリスが言っちゃうわけ？」

お前は何を言ってるんだというガルリスの表情が少しだけ憎たらしい。それにしても色恋沙汰についての敏感さには自信があったんだけどランディのことは本当に想定外だ。今度会うときどんな顔をすればいいんだろう？

「そういえば、あの獣は魔獣の類いだろうか？　マリウスとじゃれ合ってたようだから害はなさそうだが見たこともない種族だな」

「そういえば、俺も見たことないや」

ランドルフさんとウィルフレドさんは、マリウス君の隣でピスピスと鼻を鳴らして眠るクロをしげしげと眺めている。

「ということは、この地域に多い魔獣ってわけでもないんですね」

「近くの森には頻繁《ひんぱん》に入るが、そのような姿の魔獣は見たことがない。幼獣と成獣で姿が大きく変わる種族かもしれんが……」

「ここに来る途中の森で見つけたんだが怪我をしてたんでな。スイに治療してもらって連れてきちまったけど、こんだけ懐くと野生に返すのは難しいかもしれねぇな」

ガルリスの大きな手の平が、クロの小さな背中を優しく撫でればその鼻がピクピクと動く。

「まぁ、そのときはそのときだよ。心を通じ合わせた魔獣と共に生活をする人が最近増えてるみたいだしね。まぁ、これもどこぞの異世界人がペットっていう概念を広めたせいなんだけど……」

「あはは、チカユキ君らしいね。彼とヘクトル様が力を合わせればこの世界の常識はどんどんと塗り替えられてしまうような気がするよ」

「ああ、それは僕も同感です」

まぁ、それが悪い方向に進むことはないだろう。二人の性格を考えれば絶対にあり得ないことだ。

「さて……マリウスをベッドに連れていこうか。そろそろ本題を、スイ君がここにわざわざ来た理由を聞かなきゃね」

楽しい時間の名残《なごり》を惜しむように、ウィルフレドさんはマリウス君を抱いて立ち上がる。その姿は、僕の話が決して楽しい内容ではないと予感しているようにも見えた。それでも僕は聞き出さなければならない、彼らにとってつらい記憶でしかないであろう過去を。

だからこそ、僕はマリウス君を抱いた幸せそうなウィルフレドさんの背中を複雑な気持ちで見送ることしかできなかった。

「お待たせ。さて、長くなりそうだしコフィーを淹れるよ」

少し皮肉げに笑いながら、ウィルフレドさんは燻《いぶ》した豆を挽《ひ》いて作る苦味のある飲み物を人数分用意してくれた。ガルリスは平気な顔をして飲んでるけど、僕はそこにモウの乳と砂糖を加えて少し甘くしないと飲むことができない。独特の風味自体は美味しいと思うのだけどそのままだと苦すぎるのだ。

「うむ……」

ランドルフさんは僕の差し出した書状に目を通し、眉間に皺を寄せる。席に着いたウィルフレドさんもランドルフさんと同様の反応だ。

「事の仔細はカナン様からの書状に書いてあるとおりです。今この国では獣人が魔獣のようになってしまう病、『疑獣病』と僕たちが呼んでいる病気が少しずつですが確実に広がっています。お二人ともご存じでしたか？」

「いや、知らなかったよ」

「私もだ、この村はあまり他の街との交流もない。医師も不在故にどうしてもそういった情報は遅れがちになってしまう」

二人の反応はまずは想定どおり。ここからが本題だ、カナン様にはあえてすべてを書状に書かないでおいてもらった。取っかかりはカナン様の依頼だとしてもここから先は自分の言葉で伝えておきたい。

「スイ君がその『擬獣病』を治療するためにわざわざこの国に来てくれたこともわかった。だけど、一つ腑《ふ》に落ちないのはどうして俺たちのところに？　これにはスイ君に最大限の協力をして欲しいと書いてある、そして謝罪の言葉もここにはあるんだ」

「ええ、お二人の疑問はごもっともです。ですが、先に僕からも謝らせてください。僕は今からお二人のとてもデリケートな部分に踏み込ませてもらいます。本当にすみません」

僕の言葉にランドルフさんとウィルフレドさんは顔を見合わす。

「スイ君、君が理由もなくそんなことをする子じゃないのはよくわかってるつもりだ。それは、今回の件に関わり合いのあることなんだね？」

「はい、『擬獣病』に罹患している患者にはある種の共通点があります」

「獣人のアニマで悪人だな」

ガルリスが珍しく口を挟んできたことに驚く。僕の緊張が伝わっているのかもしれない。それを受けてもう一度、自分の中で言葉を選び整理する。

「ガルリスの言うとおりです。獣人のアニマ、そしてその大多数は素行に問題のある獣人たちです」

「なるほど、それだけなら天罰だって俺も笑ってられるんだけどな。ざまあみろって、だけどそうじゃないんだよな？」

ウィルフレドさんの顔が嫌悪に歪んだ。その表情と纏う雰囲気が誰かに似ている……。そうだ、これはヒト族に対して罪を犯した獣人に対するキリル伯母様の反応と同じ。感情をなくしてしまったかのような凍《い》てついた瞳、だけどその奥底には計り知れない憎悪と侮《ぶ》蔑《べつ》が宿っている。

「ええ、彼らとは別の……だけど同じ共通点を持った人たちが少数ですがいるんです」

僕は一呼吸置き言葉を続けた。

「それは、キャタルトンの騎士であったこと。彼らは皆、過去のある事件の関係者なんです。そして、皆同じ時期に騎士を辞め国を離れている。ランドルフさん、バルガとフレドという名前をご存じですよね？」

ランドルフさんに大きな動揺は見えなかった。だけど目を閉じ、大きな溜め息をついたその横顔に、暖炉の炎が濃い影を作る。

「ああ、知っている。二人とも私の直属の部下だ。いや、部下だったというのが正しいな。名前が出たということは二人とも『擬獣病』に罹っているのか？」

「はい、まだ他にも王都のカナン様の下で何人かが保護されています。エルネストさんに聞いた限りでは皆、あなたの部隊の方のようです」

「そうか……、因果は巡ってしまうものだな。過去からは決して逃げられない、いやもとより逃げるつもりはないがどうして今になって……。それに彼らに罪はない、罪があるとすればそれは俺だ。『擬獣病』という病が天からもたらされた罰だというのであれば俺が真っ先に罰せられなければなるまい」

そう、ランドルフさんはこういう人だ。僕は自分が発した言葉を苦々しく味わいながら、その言葉をなんとか受け止める。

「ランドルフ！　そうやって一人でなんでもかんでも背負い込むのはやめろって言ったろ！　それに……それにあれはランドルフが悪いわけじゃない！」

『クキャ!?』

激昂《げっこう》して叫ぶウィルフレドさんに、丸まって眠っていたクロが驚いて飛び起きる。

「落ち着け、ウィル。そんな大きな声を出したらマリウスが起きてしまう」

「だけど！」

やはり僕の言葉は彼らの古傷を抉ってしまう。目の前のウィルフレドさんとランドルフさんの様子に僕の心が激しい痛みを訴えてくる。

「ウィル……。部下たちが、いやかつての友たちが罰せられるのであれば俺がそれから逃れるのは許されないことだ」

「ああ、もう！　どんだけ堅物なんだよ！　罰ならランドルフは十分受けてる！　俺の傍で俺を見続けて生きるっていう罰をだ！　俺のことを見ては、昔のことを思い出してるだろ？　子供たちと幸せな時間を過ごしても気づけばあんたは過去に引きずられてる。それでも、それを一生背負っていく覚悟なんだろ？　それぐらいわかってる！　だけど、スイ君がこうやってわざわざ来たってことは天からの罰だとかいうくだらないことのためじゃないはずだ。そうだよな？」

ウィルフレドさんの言葉がすくんでしまった僕の心を少しだけ後押ししてくれた。だから僕は言葉を紡ぐ。

「ええ、天罰なんていう簡単な結論に持っていくつもりはありません。僕はどうして『擬獣病』がそんな風にある特定の集団に広まったのかその真実を知りたい。それが、きっと『擬獣病』を治療するための鍵になると思うんです。ですから、ウィルフレドさん、ランドルフさん、当事者であるお二人から過去の事件について詳しく聞かせていただくことはできますか？　カナン様とエルネストさんから話は聞いているんです。ですが、僕はお二人の口から真実を聞きたい。そこに何か解決の糸口がある気がするんです」

僕はウィルフレドさんとランドルフさんが最も触れられたくないであろう場所に踏み込んでいく。握りしめた手がわずかに震え、心臓が早鐘を打っているのを感じる。そんな僕の緊張をガルリスの視線が少しだけ緩めてくれた。お前なら大丈夫、お前を信じているという気持ちがそこからは不思議と伝わってくるから……。

「ウィル、スイ君……。そうだったな、ああそうだ。私が逃げてしまってはいけないな……お前たちの強さを見習わなければ……。こんな形で再び過去と向き合うことになるとは思ってもみなかったが……、あのとき何が起きたのかそのすべてを語ろう。それがスイ君の役に立つのであれば」

「ありがとうございます！」

僕は向けられたランドルフさんの視線をまっすぐに

受け止め、彼が語る一言一句を聞き漏らすまいと耳を傾ける。そしてその情報を必ず役に立てて見せる。それが過去を再び暴く僕が彼らに報いる唯一の方法だ。

「ウィル……お前にとってはつらいことも多い話だ。それに、お前自身のことも……。マリウスのところに行っていろ」

「今さらいらないよ。そんな気遣いは」

ウィルフレドさんがランドルフさんを支えるように寄り添う。それはまぎれもなく苦しみも悲しみ、そして喜びや怒りを共に乗り越えてきた『伴侶』の姿だ。ウィルフレドさんの言葉にランドルフさんは一度目を閉じ、そしてゆっくりと口を開いた。

「知ってのとおり、かつてキャタルトンという国は一部の王族と貴族たちが特権と富さを独占する国だった。その歪な社会を支えてきたのが悪名高い奴隷制だ。弱き者を奴隷とし、労働力として酷使した。その中には性奴隷として扱われたヒト族も含まれていた」

「俺みたいにね。まぁ、生きて解放されたんだから幸運だったほうさ」

ウィルフレドさんの口元が歪む。何年たっても、どれだけ愛されていても、心にかけられた性奴隷の呪《じゅ》は決して消えない。それにウィルフレドさんはあえて名前を出さなかったのだろうけど、チカさんもその一人だ。いつも幸福そうに微笑んでいるチカさんにもウィルフレドさんと同じ過去がある。チカさんは過去との折り合いをどうつけているのかそれはチカさんにしかわからない。

「そんな国で貴族であった私もまた騎士となった。国のやり方に疑問を感じることは多々あれど、私は騎士の仕事そのものには概《おおむ》ね誇りを持って臨《のぞ》んでいた。騎士は民を守るために存在すると思っていたからだ。あのときまでは……」

苦渋に満ち溢れた顔でランドルフさんは、コフィーを一口喉を鳴らして飲み込んだ。

「キャタルトンの王都から北西、山脈の麓に野盗が集まってできた隠れ里があると言われた。それはここ、ワイアット村のことだ。治安を守るため、一人残らず捕縛《ほばく》し王都に連行すべし。それが私の隊に与えられた王命だったのだ」

僕はその先の言葉をただ待つ。

「私は隊を率いて村を制圧しにかかり、……一時間とかからず任務は終了した。野党の巣窟《そうくつ》のはずが、彼らは抵抗らしい抵抗もせずに縄打たれ、一様に諦めと絶望に染まった顔をうつむかせ護送馬車に積まれていった。今思えばヒト族があまりに多いことをその場で疑問に思うべきだったのだ……。その中にウィルとその家族もいた」

「俺たちにとっては、騎士かどうかなんて関係なかったんだ。ただ、息を潜《ひそ》めて隠れていた俺たちヒト族が見つかったという時点で諦めしかなかったんだよ。ようは、逆らおうが逆らうまいがそこで終わりだったんだ」

僕はかつて人づてに聞いたキリル伯母様の過去を思い出す。奴隷狩りと呼ばれる奴隷商に直接襲われたキリル伯母様の村は略奪の限りを尽くされ、抵抗する者は皆殺しにされたという。

「腑に落ちないことがありながらも、私は捕らえた者たちを護送した。途中でヒト族と獣人、そして子供たちを分けるよう指示されことも今思えば奇妙な話だった。そのときは、盗賊である当事者とその家族を分けて処遇するのだと思っていたのだが……」

「そうして俺や家族や村の皆は、ほうぼうに売り飛ばされたってわけだ」

努めてさばさばと事の顛末《てんまつ》を語るウィルフレドさんの顔には、歪な形の笑みが張りついていた。

「それがすべて性奴隷や奴隷を得るための虚偽の任務だと知ったのはすぐのことだった。エルネストはそういったことに鼻がきく人間だったからな。すぐに、村人の行方を捜したがその痕跡はきれいに消されていた。そうなってしまえば、俺にはどうすることもできなかった」

僕はランドルフさんの背負っている業《ごう》の重さに息苦しさを覚えた。自分の意識しないところで取り返しのつかない罪を犯してしまう、これほど恐ろしいことがあるだろうか。今まで信じていたものが足元から崩れていくその恐怖を想像しただけでも吐き気がする。

「その事実を知った友や部下たちはキャタルトンという国を見限った。バルガやフレドもそのうちの一人だ。だが私は国に残り騎士を続けた。浅ましく騎士という地位にしがみついた私は、彼らからすれば命を下した王族と同じだったはずだ」

「違うだろ。あんたは国に残って俺たちを探し続けた。地位と権力を手に入れて、俺たちを助ける方法を模索《もさく》した。騎士団長にまで上り詰め、カナン様という希望を見いだしてキャタルトンという国を根本から変えたんだ。ランドルフの友達や部下ならきっとわかってくれてるよ」

「ウィル、ありがとう……」

ランドルフさんの大きな手に自らの手を乗せたウィルフレドさん。その姿はまるで傷ついた我が子を労る母のようにすら見える。

「ランドルフのほうから見た話はそんなところかな。俺のほうの話もしたほうがいいんだよね？」

「ウィルフレドさんがいいのであればぜひお願いします」

僕が頭を下げるとウィルフレドさんが小さく微笑んだ。被害者の立場であるウィルフレドさんの体験はきっとランドルフさんのもの以上に様々な意味を持つ。それを語ることがウィルフレドさんにとってどれだけつらいか、僕はなぜか泣きそうになる自分を必死に抑えてウィルフレドさんの言葉を待った。

「さっきも言ったように俺は売られた先で性奴隷をしてた。そのときにはずいぶん育ってたし、見た目もこんなだからあんまり客がつかなくてね。おかげで生き延びられたんだけど、そこに客としてやってきたのがランドルフだったんだ」

その言葉にコフィーのカップを持っていた手が止まってしまう。そこまではカナン様から聞いていなかった。さすがにガルリスも目を丸くしている。

「無理やり連れてこられたらしいんだけどね、だけどランドルフは俺のことを抱かなかった。俺に寄り添って寝るだけで、だけどそれからランドルフは何度も俺のことを買ったんだ。ただ俺の傍で眠るためだけに」

いつの間にかガルリスの肩の上に移動したクロも大人しく話に聞き入っているかのようだ。彼らの驚くべき出会いに僕は言葉すら出てこない。

「まぁそうやって長いこと過ごしてれば不思議な気持ちになるもんでね。その頃には少しずつランドルフに惹かれていってたんだと思う。そして、スイ君たちの事件があってカナン様が国王として即位して俺たちは解放された。俺を保護してくれたのはランドルフだったんだ」

そこで一度言葉を切り、ウィルフレドさんは窓の外へと視線を移した。

「そこでもランドルフは献身的に俺の世話をしてくれたよ。あっ、俺は性奴隷になってから足の腱《けん》を切られてたんだよね。だから、歩くことすらできなくて大変だったんだけど何から何までランドルフがやってくれた。ちなみに足の腱はいろいろあってチカユキ君が治してくれたんだよ」

あっけらかんと告げられる衝撃の事実。性奴隷という存在がどういったものなのか僕はやはり理解し切れていなかったようだ。足の腱を切る？　そんな非道な行いをされても逆らうことができない存在……だめだ、やっぱり僕にはそれが現実のものだと受け入れることができない。

「スイ、顔がしかめっつらになってるぞ」

ガルリスの言葉に我に返っても表情をうまく作ることができない。だから……、多分、ここで力を抜けば僕は泣いてしまう。だから……、できない。

「いいんだよ。俺がされたことを怒ってくれてるんだろう？　それだけで十分だ。さて、話を続けるけどそうやってランドルフと生活を共にしていたある日突然告げられたんだ。俺と家族や村の皆を奴隷にしたのは自分だって」

「いや、それはおかしいだろ？」

ガルリスの率直な言葉がウィルフレドさんに投げかけられる。だけど、僕にはランドルフさんの気持ちが少しだけわかる気がする。彼は、誰かに自分を罰して欲しかった。それほどに彼は背負ってしまった業に苦しんでいた。そして、その相手にウィルフレドさんを選んだのだ。

「そうなんだけどね。だけど、そのときの俺にはそんな余裕はなかったんだ。何より両親は死んだことがわかって、弟のマルクスは行方不明だったから……。それに性奴隷の呪のことは知ってるかい？」

「そういや聞いたことがあるな。定期的に獣人の精液をもらわないと体が――」

「ガルリス！　それ以上はだめだよ。ウィルフレドさん、知ってますから……すみません」

ウィルフレドさんが少し困ったように眉を寄せてしまった。僕がガルリスに声を荒らげたからだろう。だけど、すべてを口にしてしまうのはあまりに申し訳なかった。性奴隷の呪を刻まれた者は定期的に獣人の子種を体内に受け入れなければ、体が疼いて驚くほど敏感になって悶え苦しむことになるのだ……それも性的な方向で。しかもその呪いを解呪する方法はただ一つ。そんな呪いを自分に刻んだ獣人という種族と交わり子を孕まねばならないのだから。

「まぁ、そういうわけで俺はもともと絶望してたんだよね。正直、死んでしまおうって思ってた。そこにランドルフから衝撃の事実を突きつけられたわけで俺の怒りと憎しみの矛先《ほこさき》はすべてランドルフに向けられた。ランドルフのことをそのときにはもう好きになってしまっていたから……だから余計にその事実に耐えられなかったんだと思う。だから俺は――」

そこでもう一度、ウィルフレドさんが言葉を切った。

「ランドルフが一番、苦しんで絶望する復讐を選んだ。ランドルフの目の前でこれぐらいの短剣をね、自分で胸に突き立てたんだ」

僕はウィルフレドさんの言葉に息を呑む。復讐……そうか、ランドルフさんとウィルフレドさんは『番《つがい》』だ。獣性の強いランドルフさんがそれに気づかないわけがない。ウィルフレドさんもそれに何かの拍子で気づいたとすれば、自分という存在を決して手の届かないところに追いやること。それは、獣人のアニマにとっては何よりも、我が身が切り裂かれるよりもつらい地獄を味わうことになるだろう。

ガルリスもその事実に気づいたのだろう、幾分二人を見つめる表情が険しくなっている。

「俺たちは『番《つがい》』だからね。けど、結局それもチカユキ君に助けられて失敗したんだよ。足はそのときにチカユキ君が治してくれたんだ。それからも悩み続けた、どうすればいいんだろうってね。そんなとき俺と同じ立場にいたチカユキ君の言葉にはずいぶん救われたよ。そして、俺は生きていくことを決意したんだ。そんな俺にランドルフはすべてを捨ててついてきてくれた。俺といることがどれほどつらいことかも知った上でね」

あたりを沈黙が支配する。聞こえるのは暖炉で薪《まき》が爆《は》ぜる小さな音とわずかな呼吸音のみでまるでこの世界には僕たちしかいないように感じてしまう。

僕は限界だった。やっぱり、僕はまだまだ世間知らずの子供だ。好奇心に負けて、大義名分を掲げて彼らを傷つけた。本当にこれしか方法がなかったのだろうか？　表情を作っておくことなどもうできなかった。涙腺が完全に決壊したように大粒の涙が溢れてぽたぽたと染みを作っていくのがわかる。

「スイ……」

ガルリスの声が聞こえるけど顔を見ることができない。

「スイ君、君は優しい子だね。俺たちのことを思ってくれているんだろうけどいいんだよ。全部は終わってしまったことだから……」

立ち上がったウィルフレドさんが僕の頭を優しく撫でて、そして涙を拭うための小さなハンカチを手渡してくれる。僕はそれで止めどなく溢れる涙を押さえながらなんとか声を絞り出す。

「ウィルフレドさん、ありがとうございます。ですが、一つお聞きしてもいいですか？」

「この際だ、なんでも聞いてくれていいよ」

それは、一番聞きたい答えを求めるための質問。

「ウィルフレドさんは憎しみを完全に捨てることができましたか？　復讐を諦めることは難しくありませんでしたか？」

「スイ君、それは……」

「ランドルフいいんだ。だけど……はは、これまた難しいことを聞いてくれるね」

僕の質問に大きく反応したランドルフさんを制して、ウィルフレドさんは苦笑いを浮かべた。

「どれだけ失礼で答えづらいことかわかっていて、その上で聞いています。すみません」

「そうだね……。スイ君が聞いたことを完全に割り切ることは一生できないと思う。だけど、ランディやマリウスがいることがその答えだよ。チカユキ君にとって君たちがいるのと同じようにね。それに、何より俺はランドルフのことを愛してるから」

ウィルフレドさんが今度は心からの笑顔を僕たちとランドルフさんに向けてくれる。ああ、僕が欲しかった答えはこれだ。心の中を覆っていた霧が晴れていくのを感じる。それは、カナン様から話を聞いたときから消し切れなかった小さな燻《くすぶ》り。今回の『擬獣病』にウィルフレドさんが関わっているのではないかという懸念《けねん》。方法はさておき能動的に自らが動き、復讐をしているのではないかという疑惑。違うと信じていても、彼にはその動機が十分にあったから……。

だけど、ウィルフレドさんではない。絶対に違うと言い切れるのはウィルフレドさんの言葉と笑顔を見たから。それは、チカさんという存在を最も近くで見て育った僕だからこそ持てる確信にも近いものだ。

思えばここに来たのも僕が抱いてしまったその疑念が憂慮であることを証明したいという思いが強かったからかもしれない。

「ウィルフレドさん、ランドルフさんありがとうございました。そして、本当にすみませんでした。僕は僕が知りたいと望むことのために本来であれば他人がずかずかと踏み込んでいい領域ではないところまで踏み込んでしまいました……。それに僕はあなたたちをわずかといえど疑っていたんです」

「ああ、なるほど。そうか、ランドルフの部下が狙われてるっていうんであれば俺にも十分な動機があるんだなそういえば。いやぁ、自分たちのこととなると上手いこと頭が回らないもんだな」

「私の過去のことであれば気にしないでくれ。事実は事実だ。だが、ウィルは『擬獣病』には一切関わっていない。それは我が剣にかけて誓おう」

「ランドルフ、大げさだよ。スイ君が俺のことを信じてくれてるのは見ればわかる。それに、過去のこともいつかは子供たちにも話しておかなければと思っていたんだ。だから、ちょうどいい予行演習になったよ」

「それでも、もう一度謝らせてください。他人の僕に知られたくないことも多かったはずです。こんなことがなければ、僕がここに来なければお二人がつらい過去を語る必要なんてなかったんですから……すみませんでした」

席を立ちもう一度大きく頭を下げれば、二人からもう一度同じことを言われてしまい、席に着くことを促されてしまった。席に着いた僕の前で、ウィルフレドさんとランドルフさんが穏やかな笑みを浮かべている。その光景にようやく僕の緊張もほぐれたようで肩が軽くなった気がする。しかし、ウィルフレドさんは関わっていないとしてもやはり過去の騎士団員という共通点は気になる部分だ。

「なぁ、俺はあんまり言葉の選び方はうまくねぇからまずいことを聞いたら悪いんだが」

「俺たちなら大丈夫だからなんでも聞いてもらっていいですよ。ね、ランドルフ」

「ああ」

「聞いた限りだとそのお前さんのいた村の生き残りっていうのはお前さんだけなのか？　今のこの村はどうやってできた？」

さすがガルリス、僕が聞きづらくて聞けなかったことをまさに直球で聞いてくれる。本人は一切悪気がないんだから逆にすごいと思う。

「今のこの村にワイアット村の元からの住人はほとんどいないんですよ。俺の弟のマルクスや数人ほど生き残って再会した人もいますけど、マルクスはウルフェアにずっと住んでますし、他の住人もこの村からはまず出ませんから……」

「今のワイアット村は過去のキャタルトンで虐《しいた》げられた者たちが身を寄せて助け合って再建したものだ。私の過去を知った上で皆それを受け入れてくれている」

「弟、生きてるのか？」

「ええ、奴隷商人から運よく逃げ出した先で親切な獣人に助けてもらったみたいで今は本当に幸せそうにしてますよ」

「そうか、それは本当によかったな。ってことは、お前さんが知る限りの村の生き残りはシロってことか」

「ちょっと待ってガルリス、『擬獣病』の原因が人為的なものだとはまだ決まってないんだからね。疫病や風土病、魔獣からの感染、原因はいくらでも考えられる」

慌ててガルリスの言葉を否定するがウィルフレドさんを疑った時点で僕にはそれを言う資格はないのかもしれない。

「わかってる、わかってる。すべての可能性を検討してその上で答えを導き出すんだろ？　俺が聞いたこともお前が考えていたこともその可能性のうちの一つだ。そうだろう？」

確かにそのとおりだ。そのとおりではあるのだけれど……。ガルリスに言いくるめられてしまうのはなんだか悔しい。

「コフィーを新しく淹れよう。ちょっと待っててくれるかい？」

そんな僕の気持ちが顔にでも出ていたのだろうか、ウィルフレドさんが席を立つことで助け船を出してくれたような気がする。

「ありがとうございます。あっ、モウのミルクも一緒にいただけますか？」

「わかってるよ。砂糖も多めにだろう？」

「俺にもスイと同じのを頼む」

そのまま飲むのにも飽きたのかガルリスが横から注文をつけてくる。それにウィルフレドさんがおかしそうに笑い、頷いて暖炉の傍へと向かう。

「そういえばランドルフさん、バルガさんに最近会ったりはしてないですよね？」

「ああ、彼が騎士を辞めて以来顔を合わせたことはないな。どうしてそんなことを？」

「いえ、違うとはわかってたんです。ですがバルガさんもフレドさんも『擬獣病』を発症する前にキャタルトンの北の地で古い知り合いと顔を合わせたと聞いたもので、その古い知り合いが誰か分かればもっと詳しい手がかりが摑めると思ったんです」

「北……か、ここから北というとそんなに街は多くない。ドラグネアに最も近いリョダンの他にいくつか小さい街が点在しているだけだ」

ウィルフレドさんたちやワイアット村の住人の関与が否定された今、やはり当初の予定どおりこのまま北へと向かうしかないだろう。リョダンでもしかしたら新たな情報を得られるかもしれないし、フレドさんから聞き出すことができなかったその昔馴染みや薬師に会うこともできるかもしれない。

「このまま北へ向かうつもりなのか？」

「もともとその予定だったんです。リョダンにはちょっとしたつてもありますし、僕はこの国のことを知らなさすぎます。気候や生態系にしても実際にこの目で見て肌で感じてみないとわからないことも多いので」

僕の言葉にランドルフさんがわずかに首を傾げ思案し、すぐに何かを決めたようだ。

「ならば、その旅には私も同行しよう」

まさかの申し出だった。

「あの、ランドルフさん。確かに過去の事件と騎士たちの存在は今のところ『擬獣病』と繋がっています。ですがそれは決して確信ではありませんし、原因がそこにあるのかはわかりません。たまたま、運悪く病に罹ったのが獣人のアニマで元騎士だった彼らが含まれていたという可能性だってあるんです。もし、そのことに責任を感じておられるのでしたら……」

「無関係であればそれで構わない。だが、どちらにせよ私の知己《ちき》が病に冒され苦しんでいるのだ。それを無関係だと見過ごすことなどできはしない」

ランドルフさんの思いは本物だろう。本来であればそのことを喜んで受け入れなければならないのだろうけど、どうしても懸念が残ってしまう。

「お申し出は本当にありがたいです。ですがランドルフさん、今僕が言った逆の可能性もあるんです。『擬獣病』そのものが人為的なもので、過去の事件に関わった騎士や獣人たちを選んでその標的にしている人物がいるとしたら？　その人物は過去を忘れず、これが本当に復讐だとしたら、あなたはその矢面《やおもて》に立つことになってしまうんですよ？」

「そうであればなおさらだ。私に復讐を止める権利はない。だが、それでもその者に復讐を止めさせたいと私は願う。復讐はされる者よりも、する者を深く底のない沼へと引きずり込んでいくようなものだ」

「ランドルフ……」

ランドルフさんの決意を込めた言葉に戻ってきたウィルフレドさんがトレイを机の上に置きその肩へと手をかける。ウィルフレドさんがランドルフさんのすべてを許しても、ランドルフさんは決して自身を許すことはない。それがわかるだけにウィルフレドさんはもどかしいのだろう。そして復讐をする者のつらさもランドルフさんは痛いほど理解している。

「同行しても構わないだろうか？」

「ええ、ランドルフさんがそこまで覚悟されているのであれば僕に止める理由はありません」

「旅は人数が多いほうが楽しいからな」

頭の上に乗ったクロに餌をやりながらガルリスが口笛を吹く。心なしかクロも喜んでいるように見えるのはなぜだろう。

「そういうことなら俺も行くよ、ランドルフ」

そして、ウィルフレドさんが思いがけないことを口にした。

「ウィル？」

「もし、終わったと思っていた過去にまだ続きがあったなら、その結末を俺は自分の目できっちり見届けたい」

静かに言い切ったウィルフレドさんの榛色の瞳には強い光が宿っていた。

「本当にいいのか？　お前にとって、つらい事実が出てくるかもしれないぞ？」

「つらいことならもう嫌というほど味わった。それでも今の幸せが俺にはあるから大丈夫。それに、ランドルフを一人にはできないよ」

「……構わんだろうか、スイ君」

真剣な表情でランドルフさんを見つめるウィルフレドさん。こちらを向いたランドルフさんの表情は、ウィルフレドさんの表情をそのまま写し取ったかのようだ。ここまで強い決意を秘めた人たちの気持ちを無下《むげ》にすることなどできはしない。

「はい、こちらこそお願いします」

「けどよ、お前らが二人共いなくなったら、マリウスはどうするんだ？」

膝に移動したクロを撫でていたガルリスが、思い出したように口を挟んだ。

「連れていく……というのも難しいですよね。ここからリョダンに向かうとなるとまた熱帯雨林を抜けて、次は砂漠の近くを通ることになりますし……」

「ああ、ヒト族のあの子にまだ旅は厳しい」

「マリウスのことなら心配ないよ。お隣のエリックさんに頼んでみる。それに、この村の皆は家族みたいなものだから、マリウスも人見知りをしないしね」

どうしたものかとランドルフさんがウィルフレドさんに目を向けると、ウィルフレドさんはこともなげに解決策を提示した。

「エリックさんというのもヒト族なんですか？」

「うん、俺より年上で落ち着いた人だから大丈夫。子供の扱いも上手だしマリウスも懐いてるから、あとはランドルフがいないとちょっと村の自衛が心配だけど急いでランディに戻るように連絡するよ。もしかしたら、スイ君に会えるかもって伝えたらきっと飛んで帰ってくるだろうからね」

「我が息子ながら否定はできん」

腕を組み首を振るランドルフさんを見て、僕とウィルフレドさんは声を出して笑う。そして一旦解散となり、ウィルフレドさんとランドルフさんは早速近所への挨拶《あいさつ》と旅支度に取りかかる。その日僕たちはウィルフレドさんの家に泊めてもらい翌日、リョダンに向けて出発することにした。

10. 『番《つがい》』と『半身《はんしん》』

「暑いね、さすがに」

村から熱帯雨林を抜けて北に向かって歩くこと数日。僕の足元は早くも黄土色の砂地へと変わり、目にする景色も肌に触れる空気も別の世界と見紛うばかりになっていた。熱帯雨林の中で感じた湿った熱気とは違う、肌を刺すような日差しと焼けるような暑さ。これでもキャタルトンの東に広がる『死の砂漠』にはまだ足を踏み入れてすらおらず、本来の砂漠の隅っこに過ぎないというのだから恐れ入る。

日よけの外套で日差しを遮りながら、僕は水筒の水を一口含んで喉を潤す。水は大切にしなければいけないけれど、惜しみすぎて脱水症状を引き起こしては目も当てられない。

「本当に何もないなぁ……」

見渡す限りどこまでも続く砂、砂、砂。抜けるように青い空と黄色い砂だけの極端に単純化された色彩に、僕は軽い目眩《めまい》を覚えた。『砂の海』という砂漠の呼び方があるとチカさんが教えてくれたけれど、本当に地平線以外何もない。時折ある変化といえば、転がった岩や空を舞う鳥、ポツンポツンと生えている棘《とげ》だらけの砂漠の植物シャボナくらいだ。そういえばシャボナの中には内部に大量の水を蓄《たくわ》えていて、砂漠で迷った旅人に貴重な水を提供してくれるものがあると聞いたことがある。シャボナの作る水ってどんな味がするんだろう。興味はあるけれど、今余計なことをする体力は正直ない。

「スイ、足は大丈夫か？」

「大丈夫だよ。きちんと手当てはしてるから、本当に無理になったらガルリスをきちんと頼るから、ね」

「それならいいが……」

砂地を歩くことは思っていた以上にしんどい。森の中を歩くのとも違う、踏みしめた一歩に安定感がないからひどく疲れる。でも、同じヒト族のウィルフレドさんが頑張っているのに、僕だけ弱音を吐くわけにはいかない。

「ウィルも大丈夫か？」

「ああ、問題ないよ。俺はこのあたりには慣れてるんだ。知ってるだろ?」

「……そうだったな」

額の汗を拭いながら答えるウィルフレドさんに、ランドルフさんは少し悲しげな笑みを返す。己が騎士団を率いて攻め込んだ伴侶のかつての故郷のことを思い出しているのだろうか。

「スイ君、きつかったら無理をしないでくれよ。このあたりでの行程は慣れた人間でも限界を見極めるのが難しい。君に何かあったらチカユキ君に申し訳が立たないしね」

「俺が背負ってやるって言ってもこいつは本当に頑固だからな」

『クキュークキュー!』

ガルリスの外套の陰からクロがそうだそうだと言っているように小さな鳴き声を上げる。なんだか馬鹿にされているようで少しだけ悔しい。確かにガルリスの体力ならあっという間にこの道のりも踏破《とうは》してしまうだろうけど、僕という枷《かせ》がなければガルリスはきっとウィルフレドさんとランドルフさんの速度に上手く合わせることができないだろう。それは二人に余計な負担を強いてしまう。僕のことに関してはどこまでも細かいくせに他のことに関してはとにかく大雑把《おおざっぱ》なのがガルリスだ。

「だから、頼るときはきちんと頼るってば。僕は医者だよ? 自己管理も大事な仕事なんだからそこはわきまえてるよ。それにね、意地だけじゃないんだ。自分の足でこうやって一歩ずつその土地のことを知る、それが現地調査の大切な第一歩。だから、もう少しだけ僕の我儘を許してよ」

ガルリスはやれやれといった表情で無言で自分の分の水筒を僕に手渡してきた。小さくありがとうと呟きながらそれを受け取る僕の頭をガルリスの手が優しく撫でる。正直、大人になった今となってはこうやって人前で頭を撫でられるのは恥ずかしくもあるのだけれど、子供の頃からの癖が互いに抜けないのだからしょうがない。

そんな僕たちの様子をウィルフレドさんが何やら意味深な笑顔で見つめていることに気づいたところでランドルフさんが声を上げた。

「今日は日没前までなるべく進み、日が傾き始めたら火を焚《た》いて野営の準備をするとしよう」

「それがいいだろうな、このあたりも夜は冷え込む。それとランドルフ、あんたは獣体になれたよな?」

「ああ、もちろんだ」

獣人のアニマにとって獣体になれるかなれないかというのはある意味その強さを聞いているに等しい。ランドルフさんは気を悪くした風ではないけどガルリスは相変わらずぶしつけすぎる。

「それなら野営の準備ができたらあんたも匂い付けを手伝ってくれ、夜になれば砂漠の魔獣たちも姿を見せ始める。ここいらの魔獣は砂に埋もれて姿が見えないから極力遠ざけておきたいからな」

「なるほど、承知した」

『キューキュキュー』

ガルリスの胸元から顔を出したクロが僕も頑張るという風に声を上げる。すっかりガルリスに懐いてしまったクロ。その関係に少しだけやけてしまうのは我ながら大人げないなと思う。

しかし僕が見る限り、ここには命の息吹というものが感じられない。たまに見かける生き物は、空を舞う大きな鳥と岩陰を這う爬虫類《はちゅうるい》くらいだ。そんな中で、日が沈むと現れるという魔獣の生態にはとても興味がある。これほど寒暖差があるところで生きていくにはきっと特殊な体の構造なり、力なりがあるはずだ。道すがらそのあたりを一番詳しそうなウィルフレドさんに聞いてみよう。

そして、僕たちはリョダンに向けて着実に歩みを進める。野営の準備に入ったのは僕の足が限界を迎える寸前のことだった。


「すごい……」

野営の準備を終えた僕は自分の荷物から取り出した日差しよけの外套とは違う、寒さをしのぐための上着を羽織りながら、夕暮れ空に目を向けた。

燃え盛る太陽が光の帯を引いて何もない地平線に沈みゆき、少しずつあたりが暗くなっていく。夕闇が広がりゆく中で、夕日の残照が砂漠の砂にわずかにその名残を残す。黒の中に広がる朱、それは愛しい人の姿を否応なしに僕に想起させるのに十分だった。それはとてつもなく荘厳《そうごん》な光景で、芸術にあまり興味のない僕の心をも強く揺さぶる。

「ウィル、これから一気に冷え込む。これも二人で使ってくれ」

ランドルフさんが大きな毛布を取り出し、僕とウィルフレドさんをすっぽりと包んでしまう。こういうランドルフさんの気遣いというか過保護さはゲイル父さんと少し似ている気がする。ヒト族を伴侶にすると皆こうなってしまうのだろうか。

「なるべく早く戻る。ここから動くんじゃないぞ」

「ちょっ、ランドルフ。スイ君が見てるから……、俺のほうがこのあたりのことは詳しいんだから大丈夫だって。ほら、行ってきなよ」

「待ってろよスイ！　ついでに何か美味いもん獲《と》ってくるからな！」

「あーうん。あんまり期待しないで待ってるよ」

伴侶たちの背中を見送ると、僕とウィルフレドさんは焚火を前に並んで腰掛けた。

「すまないね、スイ君。恥ずかしいところを見せてしまったかな」

「いいえ、そんなことはありませんよ。『番《つがい》』の伴侶を愛おしく、大切に思うのは自然な気持ちです。それに、父たちはもっと強烈ですから」

僕はランドルフさんが包んでくれた毛布の前をきゅっと合わせながら小さく笑う。完全に日が落ちると途端に、吐く息が白くなり、真冬のような冷気が肌を刺してきた。それと同時に森の中で感じていた、視線にも似た気配を感じる。目の前のウィルフレドさんは気づいていないようだが今ははっきりとわかる、これはヨハンさんと同じ類いの気配。それならば、放っておいてもいいだろう。それに僕たちに害なすものであればガルリスが魔力の残り香で気づくはずだ。取りあえず今はそのことは忘れよう。

「はは、確かに最初見たときは驚いたよ。それでも、ご両親の仲がいいのはいいことじゃないか」

僕と同じように毛布にくるまり、明るく笑うウィルフレドさんに僕はただ眉を下げて苦笑するしかない。僕の実家を初めて訪れた人は最初に強い戸惑いを見せ、最終的には『そういうもの』と理解し悟りを開いたような表情で帰るのだ。

「そういえば、ずいぶんとチカユキ君にも会ってないな。迷惑でなければまた会いに行きたいよ」

「お待ちしてます。チカさんもきっとウィルフレドさんに会いたいと思ってますから、そのときはランディやマリウス君も一緒に連れてきてくださいね」

これは社交辞令ではない。チカさんはずっとウィルフレドさんのことを気にかけていた。ランドルフさんがいるから大丈夫だと思っていても、心配せずにはいられない。それはウィルフレドさんと似た過去を持つチカさんにしかわからない気持ちだろう。

「この間も話したけどチカユキ君には本当に世話になったんだ。チカユキ君には命を救ってもらった、それにランドルフとのことも……。最後の一歩を進むための背中を押してくれたのはチカユキ君だったからね。性奴隷の呪を解くことを決心できたのもチカユキ君と君のお父さんたちとの仲睦まじい姿を見たからというのもあるんだよ」

「そう言ってもらって、両親も喜んでると思います。多分今頃もどっちかの膝の上でチカさんがご飯食べてるでしょうから」

「やっぱり今でも膝の上なのかい？」

「ええ、膝の上です。我が家の子供たちは、アニムスはアニマの膝の上で食事を食べるのが当たり前だと思ってるぐらいですよ」

敵《かな》わないなぁと呟き笑うウィルフレドさんに、僕は沸かしたお湯で淹れたシャルナのお茶を渡す。ウィルフレドさんはそれを受け取るとゆっくりと口にした。

そして、僕は二人きりの今だからこそもう一度言わなければならないことを口にする。

「ウィルフレドさん……先日の事、本当にすみませんでした」

ゆっくりとそして深く頭を下げる。

しつこいと言われようと何度だって謝りたい。過去を語ってくれた二人の様子を見れば、それがどれだけ辛いものだったかなんて誰でも容易に想像できる。

しかも、二人の出会いがまさかチカさんや父さんたちと同じように性奴隷とそれを買う立場だったということが更に僕の罪悪感に拍車をかけていた。

「なんだ、まだ気にしてたのかい？　もう謝らないでくれよスイ君。君は君がすべきことをしているんだ。俺が力になれることなら、過去を語ることぐらいなんでもないんだよ。……それに、何よりも俺は本当のことが知りたいんだ」

ウィルフレドさんは焚き火の揺れる炎を見据えながら、噛みしめるように『本当のこと』と口にした。

「俺が巻き込まれた最悪の物語は、曲がりなりにもハッピーエンドを迎えたはずだった。けど、それはまだ終わってなかったんだろ？　ここまでなんの因果か生かされてきた俺だ、物語の最後まで付き合って見届けるさ」

一体ウィルフレドさんのこの強さはどこから沸いてくるのだろうか。奴隷とされた過去、それはきっと語られたこと以上に凄絶なものだったはずだ。僕はそれを自分の身に置き換えて想像することすらできないというのに。

「ウィルフレドさん、それはあくまでまだ可能性の一つです。けれど強いですね、ウィルフレドさんもランドルフさんも。全部乗り越えてお互いに向き合って……僕はまだ正直、ほんの少し揺れています。この物語の真実を暴くことが本当にハッピーエンドに繋がるのかと……」

「強くなんてないさ。俺は今でもあのときの怒りと憎しみを忘れてない。死んでいった父さんと母さん、村の皆のことは絶対に忘れられないし、許せない。人の恨みなんて、そんな簡単に消えやしない。忘れたくても忘れられない、それは結局のところ死んで土に還るまで消えないんだ」

ウィルフレドさんは自身の持つ負の感情を否定も肯定もせず、ありのままに曝け出す。

「君からしたら、こんな感情をいつまでも持ち続ける俺は間違ってると思うかもしれないけど、それが俺なんだ」

「人が持つ感情に間違ってるも正しいもないと思います。僕はそれを家族から学びました」

僕たちの一家は端から見れば誰もが羨むような幸せな一家だろう。だけど、それでも個が持つ感情は様々だ。ヒカル兄は兄弟に対するコンプレックスを抱えていた、リヒト兄も自分という存在が僕たちに負担をかけているのではないかと悩んでいた。それでもそれぞれがそれに折り合いをつけて生きている。それは僕やチカさん、父さんたちだって同じはずだ。

人が自然に抱く感情に本来善悪などないのではないかと僕は思う。暑ければ暑い、寒ければ寒いと感じるのと同じで、その感情をどうやって制御して生きていくか、そこが大事なんじゃないだろうか。

「それでも俺はもう誰も憎みたくないし、恨みたくないとは思ってるんだよ。俺のそういった感情を一番敏感に感じとるのはランドルフだからね。……それを隠そうとした頃の俺の心は苦しくて不安定で、ランディを授《さず》かるまでは心のバランスを崩しかけたこともある」

ウィルフレドさんの端整な顔が自嘲《じちょう》に歪む。そして、ウィルフレドさんが口にした事実に少し驚く、これはチカさんももしかして知らないことかもしれない。

「ランドルフはそんな俺を見て言ったよ。心を偽《いつわ》るのも隠すのもやめろって。言いたいことはなんでも言え。どれだけ自分を罵《ののし》ってくれても構わない、ありのままの感情をぶつけてこいって。その感情を含めて俺のことを愛してくれてるって、俺を思う気持ちは変わらないって言ってくれた」

ウィルフレドさんの横顔が一瞬泣きそうに歪んだ。

「だから俺は無理に心を隠すのはやめた。時間が俺を変えるに任せて、その時々のありのままの自分をランドルフに見せることにしたんだ。そうしているうちにランディが生まれて、決して忘れることはないけど過去と少しずつ折り合いをつけていけるようになった気がするんだ。俺が歳をとったからかもしれないけどね」

「ランドルフさんは不器用な人ですね。だけど、その愚直なまでの誠実さと愛があったからこそ今のお二人の幸せに繋がってるんじゃないですか？」

僕は素直に思ったことをそのまま口にした。

「ああ、あいつは本当に不器用だ。自分から貧乏くじを引くタイプだな。けど、そんなランドルフが俺は好きだよ。ランドルフの『番《つがい》』が自分でよかったと今では心の底から思えてる」

そう言って笑ったウィルフレドさんの表情はどこか達観した風にも見えて本当に格好よかった。ウィルフレドさんとランドルフさんの関係は、もはや互いに対して『許す許さない』『許される許されない』の話ではなく、自分自身との折り合いの段階まで来ている。

彼ら二人は何度となく躓《つまず》きながらも繋いだ手を離さずに、複雑な道のりを歩んできたのだ。

そんな幸福な二人を祝福する僕と、妬《ねた》ましいと思ってしまう浅ましい僕が現れては消える。それは彼らが僕とガルリスが持たない『番《つがい》』という運命の結びつきを持っているからだ。

「というわけで湿っぽい話はやめやめ。『擬獣病』のことは今考えてもしょうがないことだろう？　それにこんなおじさんの話より、俺はスイ君の話が聞きたいな」

「え、僕のですか？」

思いがけないウィルフレドさんの言葉に、僕は少し焦《あせ》った。僕の中の小さなわだかまりを見透かされたような気がしたからだ。

「スイ君が昔からガルリスさんが大好きだっていうのはチカユキ君から聞いていたけど、まさか伴侶になっているとは思わなかったよ。だけど、よく考えればこの国が変わるきっかけは君たちの事件だったよな？　運命ってのはそういうもんなのかね」

その言葉が僕の心に小さな棘を刺す。僕が未だに割り切れないことの一つ。さっきも自分の中に湧いて出たこと。それは、ガルリスと僕が運命の『番《つがい》』ではないという事実。

「ウィルフレドさん、運命って一体なんなんでしょうね……。ウィルフレドさんとランドルフさんがそうであるように僕の家族は皆、運命の相手である『番《つがい》』と結ばれているんです。だけど、僕とガルリスはそうじゃない……」

「……すまない。少し無神経な言い方をしてしまったかな」

「いえ、違うんです。責めてるわけじゃなくて、僕が勝手にぐずぐず悩んでるというか……、少し長いんですけど聞いてもらえますか？」

「ああ、聞いたのは俺のほうだよ。こんなおじさんでよければいくらでも若者の相談に乗ろうじゃないか」

湯気の立つカップを乾杯の仕草で高く掲げたウィルフレドさん。そんなおどけた様子の彼の気遣いに感謝をしつつ僕はガルリスと自分の関係をウィルフレドさんに伝えた。

僕がガルリスの『半身《はんしん》』だということ、『半身《はんしん》』という存在がどういうものであるのかということを順を追って説明する。そして僕が『半身《はんしん》』であることを盾にガルリスに迫り、『伴侶』という立場に落ち着いたことを。

『番《つがい》』とは違う、後付けされた『半身《はんしん》』という強固な契約で、ある意味ガルリスを縛ってしまっている僕の気持ち。それをウィルフレドさんならばわかってくれるかもしれないと思ったからすべてを話した。失礼なことだとは思いながら、彼もまた少なからず『贖罪《しょくざい》』という後付けされたものでランドルフさんを縛ってしまっているからだ。

僕がすべてを話し終えるまでウィルフレドさんは一切口を開かず、頷きながら話を聞いてくれた。

「なるほど『半身《はんしん》』ね。この世界はまだまだ不思議なことでいっぱいだな。正直ちょっと驚いたよ」

「小さい頃は『半身《はんしん》』だということを意識したことなんてなかったんです。ただ純粋にガルリスおじさんが好きな無邪気な子供だったんですけど、気がつけばガルリスが欲しくて欲しくてしょうがなくなっていたんです」

「それで自分から『伴侶』にしてくれってガルリスさんに迫って『半身《はんしん》』の契約を完了させたと」

「ええ、ガルリスの逃げ道を塞いで……我ながらよく悪知恵が働いたと思います」

僕は自嘲めいた笑みを浮かべる。ガルリスの口から何度も気持ちは聞いている。それが嘘だとは思わない。だけど、それでも僕は『番《つがい》』という約束された繋がりを持つ両親が、兄弟が羨ましかった。いっそ『半身《はんしん》』なんていうガルリスを縛る鎖がないほうがまだ割り切れたのかもしれない。

「んー、ごめんねスイ君。俺には君がどうしてそんなに悩んでるのかわかってあげられないよ」

「え？」

ウィルフレドさんの言葉に僕は心底驚いた。思わず手に持っていたカップを落としそうになったほどだ。

「君はガルリスさんのことが好きだ。ガルリスさんが君のことを好きなのも間違いない。見てればわかるよ。それだけで十分じゃないかい？」

「それは……。無い物ねだりだっていうのはわかってるつもりなんです。それでも僕はガルリスを縛る『半身《はんしん》』ではなく、『番《つがい》』でありたかった……」

パチパチと焚火にくべた木の爆ぜる音があたりに響

く。空を見上げれば二つの月が僕たちを見下ろしていた。ウィルフレドさんは何かを少し考えてそれからゆっくりと答えてくれた。

「俺はこう考えてるんだ。『番《つがい》』っていうのはもともと互いを好きになる予定だった相手に神様がちょっとおまけをしてくれたんだって」

「おまけ……ですか？」

「そう、おまけ。好き合う者同士が少しでも早くくっついて愛し合えるようにって後押しをしてくれるっていうのかな。だから、『番《つがい》』として結ばれた人たちがもし『番《つがい》』じゃなかったとしてもきっと同じ人を愛して結ばれる。俺はランドルフが『番《つがい》』だから好きになったわけじゃない、ランドルフだから好きになったんだ。それは獣人のランドルフも同じだって俺は信じてる」

その言葉は僕にとってある意味求めていたものだったのかもしれない。

ウィルフレドさんの言葉一つ一つが僕の中に染み入っていくのがわかる。

こんなに外は寒いのに僕の中では少しずつぬくもりが広がっていく。

「なぁスイ君。君は今までに『番《つがい》』じゃない伴侶たちの下に後から『番《つがい》』だった相手が現れたって話を聞いたことがあるかい？」

「そういえば……聞いたことがないですね。結ばれた後に『番《つがい》』が現れたらもめにもめそうですけどレオニダスでも記録になかったと思います」

「俺は皆がどうしてそれを不思議に思わないのか逆に不思議だよ。まぁ、それだけ世間では『番《つがい》』に巡り合うことが奇跡なんだとは思うけど。だからさ、愛し合った者同士にはもう他の『番《つがい》』は存在しないんじゃないかって考えるほうが納得がいかないかい？　たとえ魔力の授受ができなくても、『番《つがい》』の香りを感じられなくても心から愛した相手がその人にとっての『番《つがい》』なんじゃないかな」

ウィルフレドさんの考え方はとても面白いと思う。

それに理論的で僕が一番望んでいる答えでもある。

愛し合う相手が『番《つがい》』であることは確かに悦《よろこ》びかもしれない。

だから『番《つがい》』と結ばれることも、そうじゃない相手と結ばれることもなんら違いはないとウィルフレドさんは僕のために言ってくれているのだ。

『半身《はんしん》』っていうのは相手の気持ちがわかるんだろう？」

「今のところは僕からガルリスへの一方通行なんですけどね」

そうじゃなければガルリスがチカさんを好きだったなんていう恥ずかしい勘違いは決してしない。

「ってことはスイ君の気持ちはガルリスさんへ筒抜けなんだよね？」

「そうみたいですね。僕の強い気持ちは全部わかるって言ってましたから……」

ガルリス以外と関係を持った相手のことすらすべて知られてるとはさすがに言えない。

「ならそれがガルリスさんの答えだよ」

ウィルフレドさんの言葉に一瞬だけ躊躇して僕は言葉を返した。

「ガルリスは、『お前が俺に望むことが俺のお前への答えだ』って言ってくれました。この言葉を素直に受け取ってしまっていいんでしょうか……」

「スイ君、それはものすごいプロポーズの言葉だと思うよ。ガルリスさん、見かけによらず意外と情熱家タイプなのかい？　それにね、ガルリスさんの『半身《はんしん》』である自分を彼の枷だと思う必要はないんじゃないかな。ガルリスさんがそれを望んでるのは間違いない。ランドルフを見てきた俺にはそれがよくわかる」

僕が考えていたことなんてウィルフレドさんにはお見通しだったのだろう。すみませんと小声で謝れば、何がだい？　と笑顔で返されてしまった。

「人を好きになるってこんなにも難しいことだったのかって今さらながらに考えてしまいます。うちの両親を見てるとそのあたりに悩みなんてなさそうだったので自分はもうちょっと上手く立ち回れると思ってたんですけど……」

「きっとチカユキ君たちも君たち大切な子供には見せないだけで多かれ少なかれいろいろあったはずだよ。親になってみればね、それはわかるんだ」

ウィルフレドさんに相談することで僕は僕の中で既に出ている答えになんとか折り合いをつけたかったのかもしれない。兄弟や、ましてチカさんにはとても相談できないことだから……。

そして、その目的はウィルフレドさんのおかげで十分に果たせた。

結局のところ僕はやっぱりガルリスが好きだということ、大事なのはそこなんだと思う。

「ありがとうございます。ガルリスとの関係を見直すいい機会になった気がします」

「こちらこそ、おじさんの長話に付き合ってくれてありがとうね。スイ君とガルリスさんが互いをどう思ってるか、まだ数日しか一緒にいない俺でもわかるんだから。大丈夫、自信を持つんだ。あー、でもランディには本格的にスイ君のことは諦めるように言わないといけないな」

「いえ、それは……。おっお湯……、もうちょっと沸かしときましょうか」

「そうだな、あの二人もさすがにこの寒さはこたえてるだろう」

突然出たランディの名前に挙動不審を隠せない自分を笑いながら、僕たちはお湯を再び沸かしてお茶の準備をする。


大きな獲物を持った、愛する伴侶たちが戻ってくる姿を思い描きながら。その頃には森でもそうであったように、既に僕の感じていた気配は遠ざかっていた。

11. 鉱山の町リョダン

ウィルフレドさんたちの村を出て数日。砂漠の端を縦断した僕たちは、目的地であるリョダンに到着した。

山間の街リョダンは鉱山とそこで働く鉱夫たちの街であり、一歩足を踏み入れた途端荒々しい活気と熱気が押し寄せてくる。リョダンに入ってすぐ、宅配ギルドに寄って熱帯雨林や砂漠で採取した魔獣や動植物のサンプルをすべてレオニダスにいるチカさんの下へと送っておいた。そういったものを調べるために分析の専門家がいるのだ、彼らに任せておけば何か今回の『擬獣病』の手がかりがそれらから得られるかもしれない。

「いい街だな」

一歩踏み入れただけでも肌で感じる決してお上品とは言えない街の空気に、ガルリスの口角が愉快そうに上がる。確かにガルリスの気質にはこの街の空気は合っている気もする。

一方ウィルフレドさんは大柄で荒々しい獣人たちが闊歩《かっぽ》する街を見て、フードを目深に被り直す。折り合いを付けたとしても過去の記憶は彼の中に残り続けている、それに自衛をすることは僕たちヒト族にとって大事なことでもある。治安のよさ、殊にヒト族の暮らしやすさに関しては定評のあるレオニダス市街においてさえ、素顔を晒して歩くことを好まないヒト族も多い。

「一時ヒカル兄さんがここに住んでたことがあるんです。確かに荒事の多い街のようですがそこまで治安が悪いわけじゃないみたいですよ。それに、僕たちにはガルリスとランドルフさんがいますから」

僕はウィルフレドさんの緊張を和らげようと声を掛けた。

気休めではなく、この二人がいて僕とウィルフレドさんが危険な目に遭うことはまずないだろう。逆に言えば、この二人がいてだめならばそれはどうにもならないということだ。

「わかってるんだけど、どうしてもね。それで、この街にはスイ君の知り合いがいるんだったよね？」

ランドルフさんはウィルフレドさんを守るように寄

り添いながら、街の様子を注意深く観察している。

「ええ、医学校時代の先輩がここで診療所を開いているんですよ。とても見識の深い人ですから何かを知ってるんじゃないかと期待してるんですが」

「場所は知ってんのか？」

相変わらずクロを肩に乗せたガルリスが尋ねてくる。一応ここは街の中なんだからクロは隠しておいたほうがいいような気もするんだけど……。

「ううん、でもそのあたりにいる人に聞けばすぐにわかると思うよ。とにかく存在自体が目立つ人だから」

「お前も大概だと思うんだが、そんなに目立つ奴なのか？」

ガルリスの言葉どおり、僕もウィルフレドさんと同じように頭までをすっぽりと外套で覆っている。ヒト族な上にチカさん譲りのこの容姿は、どうしても人々の視線をいろいろな意味で集めてしまうから。

「めちゃくちゃ目立つよ。そこを歩くだけで誰もが先輩を振り返るくらいにね。淡く光を発する白金の髪を腰まで伸ばして、紫水晶の瞳を持つエルフなんてめったにいないでしょ？」

僕の言葉に三人、特にウィルフレドさんとランドルフさんが驚きの声を漏らした。

竜族やヒト族と違ってエルフはそこまで数が少ない種族ではないものの、街中で見かけることは稀《まれ》だ。彼らが知識と探求の民であり、その多くが生まれ育った森の中で様々な研究に一生を捧げることがほとんどだというのがその理由。レオニダスに移り住んでいる者は変わり者と仲間たちから言われているほどに。

かつてのドラグネアのように国是《こくぜ》として鎖国をしているわけではないため、森への出入りは原則自由。だが、彼らの伝統的なコミュニティは特殊であり排他的であることも事実だ。

そんなエルフ族において、僕がこれから訪ねる予定のセイル先輩は異質の存在だろう。学生時代に聞いた話だとエルフの中でも大部族の族長の一族でありながら、彼は自らの意思で森を出て子供か孫のような年齢の僕たちと医学校で机を並べ医術を学んだ。エルフの中でもさらに稀少で高位の種族たるハイエルフじゃないかって噂もそういえばあったはず。

もともと薬学、治癒術に長《た》け、手先の器用なセイル先輩は生活様式の違いにも難なく順応し医学校を主席で卒業した。エルフの伝統的な知識と医学校で教える最先端の医術を比較検証した先輩の卒業論文は素晴らしく、教材のひとつとして今も授業で使われているほどだ。

学業優秀かつ容姿端麗なセイル先輩は、アニマ、アニムスの別を問わず全校生徒の憧れの的だったけれど、そのあまりに神秘的な姿故に近寄りがたい存在でもあった。まぁ、それは先輩が人前であまり喋らず、素の性格がバレていないからだろうけど……。そんな先輩と僕はとても気が合ったし、先輩もチカさんのことを尊敬していたせいかヒカル兄ともずいぶん親しくしていたようだ。セイル先輩の発想はいつも斬新で、僕にとって先輩とのお茶の時間は下手な討論会などよりよほど刺激的かつ有意義であった。

僕とヒカル兄は、たびたび先輩の部屋でお茶と菓子をご馳走になり楽しい時間を過ごした。そうした縁から、テオ兄の即位に際し自らの身の処し方に悩んだヒカル兄がお世話になった恩人でもある。

「あの、ちょっとお聞きしたいんですけど。セイルというエルフの医者のいる診療所は――」

「なんだ？　オメェらあの美人先生んとこに用か？」

「よそモンだよな？　どっから来た？　鉱夫になりてぇ……って感じでもねぇなぁ」

昼間から飲んでいた鼬《いたち》族らしき男に声を掛けると、すぐさま数人に囲まれた。後ろでウィルフレドさんが緊張で息を呑むのがわかる。

「古い知り合いなんですよ。教えてもらえますか？」

「オメェ、ヒト族だよな？　なんか前にもおんなじようにヒト族が訪ねてきたことがあったような……？　まぁいーか、診療所ならここの先行って八百屋を右に曲がったとこにあるぜ」

「っつーか、お前さんもなかなか可愛いじゃねぇか！　俺が案内してやるよ」

一瞬だけランドルフさんが身構えたのを感じたが彼らの言葉と態度で警戒を解いたようだ。見た目の柄の悪さを裏切り、ずいぶんと親切な獣人たちは僕たちを診療所までわざわざ案内してくれた。

鉱山の街リョダン、荒々しくも人情味溢れるいい街だとヒカル兄が言っていたのを思い出す。この街の荒くれ者たちにもまれながら、あのおっとりとしたヒカル兄が懸命に働いていたかと思うと、弟として感慨深いものがある。

「こりゃまたえらく賑《にぎ》やかだな。本当に診療所か？　お前んとことはずいぶん違うじゃねぇか」

喧騒《けんそう》に包まれた診療所に、ガルリスが目を丸くする。

「うん、本当にヒカル兄が言ってたとおりの場所だね」

確かにセイル先輩の診療所は、レオニダスのそれとはまるで雰囲気が違った。常に誰かが走り、怒鳴り、うめき、しょうもない喧嘩を繰り広げている。まるで野戦病院だ。自分で紹介しておいてこんなことを言うのも無責任だけど、よくこの場所であのヒカル兄が心折れずに頑張り抜いたものだ。やっぱりヒカル兄もチカさんの子、大人しそうに見えて実は……という意外性を持っているのかもしれない。

「おい！　よせよお前ら」

不意に上がった怒声に何ごとかと振り返ると、さっきまで僕の隣にいたガルリスが左右の手に一人ずつ獣人を吊り下げていた。

「ちょ、何してんのガルリス？」

「ん？　こいつらがしょうもねぇことでけんかしてるから止めただけだぜ」

見ればガルリスに摘まみ上げられた二人は、延々と頭突きでもし合っていたのか額から血を流している。

「なんだこらテメェ！　よそモンはすっこんでろや！」

「テメェから潰すぞボケェ！」

ガルリスに摘まれたまま、二人の獣人は威勢のいい啖呵《たんか》を切る。ちなみに彼ら二人は格別小柄なわけではない。むしろ日々の労働に鍛え上げられた肉体は逞しく引きしまっている。ただ並び立つガルリスの体格があまりにも規格外なだけだ。彼らの今後の人生を考えると、喧嘩を売る相手は選んだほうがいい。

「お前らなぁ、診療所に来て怪我増やしたら馬鹿だろ？」

あ、ガルリスに馬鹿って言われてる。

「うっせぇやい！　アンちゃんには関係ねぇべ!?」

「そーだそーだ！　無駄にデケェ図体しやがってしゃ

らくせえ！」

あぁ、本当に血の気が多いんだなぁここの人たち。

「通行の邪魔だボケ！　喧嘩なら外でやってケリつけてから戻ってこいやアホンダラ！」

そこに通りかかった小柄な猫科の獣人が、両手に医療器具を持ったまま喧嘩両成敗とばかりに三人の足を素早い動きで蹴り飛ばした。ガルリスはとんだとばっちりだったけど、傍目には騒ぎを起こした馬鹿三人組に見えるから仕方ない。

「そんで、おまえら何？　患者？　それとも付き添い？　受付したか？」

「いや、……私たちは……」

矢継ぎ早に質問してくる相手にタジタジとなる詰るランドルフさん。その見かけによらず押しの強い相手に実は弱いのかと不思議な親近感を感じてしまう。

「あの、あなたはもしかしてラキさんですか？」

「ん？　お前、なんで俺の名前知ってんだ？　どっかで会ったことあるか？」

小柄な獣人は不思議そうな顔をして僕をじっと見つめる。

黒髪混じりの銀灰色の髪に金色の瞳。左が少し欠けた大きくピンと立った耳に、先端の曲がった鉤尻尾。ヒカル兄から聞いた威勢がよくて言葉遣いは荒っぽいけど、とてもよくしてくれたという同僚の姿そのものだ。

「やっぱりそうなんですね。ラキさんのことは兄からよく聞いていましたので」

「兄……？　あ、もしかしてお前はヒカルの――」

「はい、兄のヒカルが大変お世話になりました。はじめまして、僕は弟のスイといいます」

僕はヒカル兄がお世話になった分まで心からの感謝をこめて頭を下げた。ヒカル兄がこの診療上に馴染むまでにずいぶんと目の前の彼に助けてもらったというのは何度も聞いた話だ。

「そうか……ヒカルの弟か。懐かしいなぁ。あっいや呼び捨てにしちゃまずいのか？　そういや、ヒカルはレオニダスの――」

「ラキさん、それは内緒です。ここで働いていた兄さんは、ラキさんの友人のただのヒカルですから」

ラキさんの顔に人のよさそうな笑みが広がる。リョダンの人たちは所作も感情も荒いけれど、裏表というものを感じさせない。そういった意味でもガルリスとよく似ている。

「セイル先生に会いに来たんだろ？　手が空いたら顔出すように伝えとくから、適当なとこに座っててくれ。あ、それからそこのデカイの！　勢いで蹴っちまって悪かったな！　次からは避けろよ！」

どうやらラキさんに蹴らないという選択肢はないらしい。

先輩を待つことおよそ二時間、気がつけば僕は患者の処置に加わっていた。患者の数に対して明らかに医師の数が不足している、そんな状況を目の前にしてただ座って待つなんて僕には無理だ。見ればガルリスやランドルフさんまで患者の保定を手伝い、ウィルフレドさんは雑用を手伝っていた。ランドルフさんは、元騎士なだけあって基本的な応急処置の知識もあるようだ。テオ兄さんが金銭や資材の援助はしているみたいだけど、人材不足はどうしようもない。医師や看護師といった専門職は一朝一夕《いっちょういっせき》に育つほど、簡単なものではないのだから。

「久しぶりだな、スイ。しかし、君は変わらないな」

ようやく診察が一段落したとき、懐かしい声が僕の名を呼んだ。

「セイル先輩こそお変わりもなく」

僕は数年振りに再会した先輩に、お世辞ではない言葉を投げかけた。

エルフ族というのは、基本的に誰も皆等しく美しい。チカさんいわくこの世界の人間は皆容姿が整っているというけれど、そんな中でもエルフ族の美しさは際だっている。そんな見目麗《みめうるわ》しいエルフ族の中でも、僕が知る限るセイル先輩は飛び抜けていると思う。

細いがしなやかな筋肉によって形作られ、長い手足が目を引く肢体。透明感のある白磁《はくじ》の肌に、上等の絹糸だけをえりすぐったかのような白金の髪。小さな顔の中で一際目を引く紫水晶の瞳。

初めて会った時から、この人は何ひとつ変わらない。百年後もこのままなのではないか、そんな気さえしてしまう。

「ヒカルは元気か？」

「はい、いろいろとあるみたいですけどなんとか元気にやってます。ここでのこともよく話してくれますよ」

「それはよかった。王族をクビになったら、いつでも歓迎すると伝えておいてくれ」

　先輩の物言いに、僕は思わず吹き出した。そうだ、セイル先輩はこういう人なのだ。容姿にそぐわない端的な言葉遣いで、思ったことをほぼほぼそのまま口に出してしまう。口を開けばその姿とのギャップに誰しもが固まってしまっていた。先輩を口説く相手は数知れずいたけれど、この性格を知って誰もが勝手に玉砕してしまうのだ。ちなみに僕はそれなりに長い付き合いであるにもかかわらず、先輩がアニマなのかアニムスなのか未だに知らない。本人に聞いても「さあ、どっちだと思う？」とはぐらかされるばかりで教えてくれないのだ。

「スイがここに来たということは、俺に聞きたいことがあるからだろう？」

「……先輩その物言いは何か気づいてますね。既にカナン様から連絡が来ていると思いますが獣人の魔獣化——『擬獣病』について僕は調べています」

「なるほど、あれを『擬獣病』と名付けたのはスイか。的を射《い》た名だ、名付けたのが君ならば納得がいく」

　この物言い、セイル先輩は確実に何かを知っている。セイル先輩は診療をしばらくラキさんたちに任せ、僕の話を聞くための時間を作ってくれた。

「好きなところに座ってくれ」

　先輩は僕たちを小さな食堂に通し、座るように指示を出しながらお茶を淹れてくれた。相変わらずものすごく適当な淹れ方なのに、びっくりするほど香り高く美味しいから意味がわからない。

「先輩、知っていることを教えてください。あれはただの病ではないかもしれないんです」

「そうだな、スイ。君はどこまで知っている？」

　謎々でも楽しむかのように、先輩は長い人差し指で自分の眉間を数回コツコツと叩き動きを止めた。

「罹った者は徐々に理性を失い魔獣のように変化する。身体的な特徴としては、肌に浮かぶ特徴的な文様、深紅の瞳、ねじれた長い鉤爪。健康状態には問題が無く、その病態は肉体と精神の変質を主としたもの」

「ああ、そのとおりだ」

「罹患した者の共通点としては、獣人のアニマであることが大前提です。そしてキャタルトンの北の地域に患者が多い」

僕たちのやりとりを三人は固唾《かたず》を呑んで見守っているという様子だ。

「ここまでの情報を元にすれば、この地域独自の植物や魔獣からの感染症が原因ではないかと考えました。もしくは、土地に根付いた風土病のようなものも可能性としてはあります」

「なるほど」

「ですが、引っかかる点が数点あるんです。患者の共通点としてもう二つ、素行の悪い獣人が多いこと、そしてその中に過去のある事件に関わった元騎士がまるで選ばれたかのように存在しているということ」

僕の答えに先輩は満足げに微笑み、その瞳の光を強くしたのがわかる。

「何者かが作為的に病を広めているという可能性も考えています。それも踏まえて、先輩が知っている『擬獣病』の情報を僕にください」

「さすがだな、君の推論はずいぶんとその答えに近づいている」

「ちょっ、ちょっと待ってくれ！　その言い方だとあんた……『擬獣病』のこと知ってて何もしてないように聞こえるぞ⁉」

ウィルフレドさんが驚くのも無理はない。正直僕だって先輩の物言いには驚いている。先輩は『擬獣病』についてなんらかの確信を持っているようにしか見えないからだ。だが、相手は先輩だ。先をあまり急いでもしょうがないことも僕にはわかる。

「セイル先輩、紹介が遅くなりました。こちらはウィルフレドさんとランドルフさん、ワイアット村という村の住人でさっき言った過去の事件に関わりのあった人たちです。ついでに、これがガルリス。僕の伴侶の竜族です」

ワイアット村という単語に明らかに先輩が反応したのがわかる。だがそれ以上に……。

「竜族……竜族か、面白い。今度一度、その体を触らせてくれるだろうか？　特に竜玉の仕組みを詳しく教えてくれ。できれば竜の姿との違いも観察させてもらえるとありがたい」

「セイル殿、どうか今はウィルの質問に答えていただきたい」

「そうですよ先輩。ガルリスなら今度いくらでも観察させてあげますから」

「おい、本人にも了解ぐらいとれよな。まぁ、スイの知り合いなら構わねぇからいくらでも調べさせてやるぜ。だから、質問に答えてやってくれよ」

ランドルフさんとガルリスの言葉にセイル先輩は足を組み直し、お茶に口をつけてゆっくりと飲み干した。

「獣人の魔獣化――『擬獣病』については俺の一族に伝わる古文書に、記述があったと覚えている」

「え!?　本当ですか？」

エルフの古文書とは、言い換えれば古《いにしえ》の叡智《えいち》そのものだ。それが医学書でなくとも学ぶべきことは山ほどある。そもそもそれらの多くは門外不出の秘伝書であり、おいそれと手に取って読めるものではない。

「読んだ記憶が確かにある」

「その本はどうしたんです？　今手元にあるんですか!?」

「焼失した」

「え？」

今、この人はなんと言った？

「焼失した」

「あぁぁぁっ！」

僕は思わず頭を抱えて叫ぶ。先輩はエルフ族に伝わる古文書の意義を、その重さをわかっているのだろうか？　下世話な話、それを手に入れるためなら一生遊んで暮らせるぐらいのお金を出す好事家《こうずか》もいるというのに！

「以前、ここに住み込んでいた弟子の不注意で燃えてしまったが内容を覚えていないわけではない、ただ……」

「ただ？」

「失われた病だ。さらりと流してしまった。病態と血液感染することは覚えているが」

「あっ、だから」

「この国の王に患者を個別に隔離するように伝えた。死ぬ病ではない、ただ『擬獣化』した者が自然治癒したという記録はなかったはずだ」

先輩の言葉に力が抜けてしまう。先輩は、決して記憶力が悪いわけじゃない。むしろよすぎるぐらいだ。けれど、その分探究心も並外れていて、あらゆる知識をその身に蓄えてしまうため膨大な量の記憶と知識の中から弾き出されてしまうものがあるのだ、特に興味の薄いものは。だけど『擬獣病』みたいな特殊な病が先輩の興味を引かなかったというのは少しおかしい。

「お前はエルフなのに頭が良くないのか？」

「ガルリス――――!!」

腕を組んで憮然《ぶぜん》と言い放つガルリスの後ろ頭を思わず引っぱたいてしまった。そうじゃない、そうじゃないんだよと説明するのも時間がおしい。

『ピギャ！　ピャー!!』

僕の平手打ちにも微動《びどう》だにしないガルリスの肩に乗っていたクロが、僕に向かって貧弱な翼を広げ威嚇してくる。

「ん？　そういえばその魔獣の子は……」

セイル先輩はすっとガルリスに近づき、クロに顔を寄せ少し首を傾げた。

「君、この子をどこで手に入れた？」

密着せんばかりの距離で、先輩はガルリスの顔を見上げて尋ねる。形だけ見れば、美貌のエルフが逞しい竜族に迫っているように見えて妙な嫉妬心《しっとしん》が芽生えてしまいそうだ。

「ん？　どこでって、ワイアット村に行く途中の熱帯雨林に落ちてたのを拾っただけだぞ」

アニマ、アニムスを超越した美貌に迫られながら、その姿が目に入ってすらいないかのようにガルリスはいつもとまるで変わらない様子で答える。

「クロがどうかしたのか？　もしかしてお前のペットだったたか？」

「いやいや、そうじゃない。だが……、月の導きかもしれないいな」

先輩の物言いが引っかかる。それに先輩は僕が答えに近づいていると言っていた。先輩は何かを知っていて隠している？　いや、まだ断定するには早すぎる。

「さて、古文書は焼失したがその内容を知っている人間はいる」

その場にいる全員の視線が先輩へと集まる。

「誰なんです!?　どこにいるんですか!?」

思わず僕も先輩に詰め寄り問い詰めてしまった。

「古文書を焼失した張本人、俺の弟子だ。ここから東に高山帯に沿って数日行った街で医師をしている。ベッセという砂漠の入り口の街だ」

「その方のところに行けば、古文書の内容がわかりますか？」

事態が大きく進展する予感に僕の胸が高鳴る。大きな手がかりが、特に『擬獣病』を治すための手がかりがそれには書かれていた可能性が高い。

「優秀な弟子だったからきっと覚えているはずだ。俺が紹介状を書けば問題ない。名をエンジュという、ヒト族だ」

「エンジュ？」

セイル先輩が口にした名前にウィルフレドさんが反応した。

「ウィルフレドさん？」

「あ、いや……なんでもない」

ウィルフレドさんは首を横に振り、窓の外に視線をそらす。

「エンジュは目が見えていない。そこには気を配ってくれ」

「……」

ウィルフレドさんの顔がはっきりと曇る。これは間違いなく何かありそうだが、今は追求すべきではないだろう。

「彼は俺の元患者だ。治療を終えてもここを去らず俺の下で学び、人の役に立ちたいと辺境のベッセで診療所を開くと出ていった」

「ずいぶん立派な心がけだが、目も見えねぇのに一人でか？」

ガルリスの疑問はもっともだ。この国で盲目のヒト族が一人で生きていくなど危険極まりない。

「いや、ロムルスという名の虎族が一緒にいるはずだ」

「なっ!?」

今度はランドルフさんが目を見開き声を上げた。

「な、なんだよランドルフ？　いきなりでかい声出すなよな」

「す、すまんなウィル……。しかし、ロムルスとはまさか……」

「もしかしてお知り合いですか？」

質問の形を取りつつも、僕はある種の答えを確信していた。

「直接本人に会わんことには断言できないが、昔私の率いていた隊に私の他にも虎族が一人いた。彼の名前がロムルスだ」

「そりゃ、珍しい偶然もあったもんだな」

『ギュギュッ』

腕組をして頷くガルリスにクロまでが同意するように鳴いた。

一気に点と線が繋がっていく。フレドさんの言葉を僕は思い出していた。北で昔馴染みと出会って怪我を薬師に治療してもらったというその言葉を。

「さてスイ、今夜はこの診療所に泊まっていくといい」

「えっ……でも」

先輩の言葉で僕の思考は中断される。

「この時間からここを出てベッセに向かうのは無謀だ。手狭だが部屋を用意しよう」

「本当にいいんですか?。お忙しいのにお世話になるのも……」

「世話はしない」

「え?」

「自分のことは自分でやってくれ。それに、宿賃代わりに夕飯を作ってもらう。久しぶりにおにぎりが食べたい」

なるほど、そういうことか。うん、そのほうがこっちも気兼ねしなくていい。それに、ヒカル兄がお世話になったお礼もしたいし、先輩にはまだ聞きたいことがある。

「おにぎりの他にもいくつか作りますよ。先輩、ワショク好きでしたよね?」

「それは楽しみだ」

セイル先輩は艶やかに微笑んだ。それは花が咲いたような笑顔というよりは、日の光を強く反射する貴重な天然石の笑みだった。

12. 美貌のエルフ

レオニダスの実家を思わせるような賑《にぎ》やかな夕食の後、僕たちは明日に備えそれぞれ宛がわれた部屋へと引き上げた。

「なぁスイ、エルフってのは見た目と違ってずいぶんたくさん飯《めし》を食うんだな。あの細い体のどこに入るんだ？」

昔ヒカル兄が使っていたという部屋の小さな内風呂に入ったガルリスが、腰にタオルを巻いただけの姿で出てきた。

小さくてもお風呂のある貴重な部屋をヒカル兄に使わせてくれたのは、セイル先輩の配慮だったのか、はたまた、ただの偶然だったのか。

「セイル先輩は多分特別。昔からびっくりするぐらいよく食べてたから、下手な獣人よりよっぽど食欲旺盛だよ。学食でもその食べっぷりに皆驚いてたもん」

そう、先輩は外見と言動、食べる量のギャップがとてつもなく大きいのだ。だが、それがいいという根強いファンがいたのも事実。

「変わった奴だな。俺の鼻でもアニマかアニムスなのか区別がつかねぇ」

「ガルリスでも？」

魔力を嗅《か》ぎ取ることで相手の情報を読み取れる竜族の中でも、その力が特に強いガルリスですら見定められないとは驚きだ。

「魔力の匂いも独特だな。強《し》いて言うならお前やチカユキ、ユーキに近いがそれとも違う。変な奴だが俺は嫌いじゃないぜ」

「なんとなくわかるよ」

ガルリスに変な奴と言われる先輩……。いや、それより僕は少しだけ情報を整理しないといけない。

「ねぇガルリス……エンジュっていう名前を聞いたときのウィルフレドさん、様子がおかしかったよね？」

「ん？　そういやそうだな」

質問という形であえてガルリスに尋《たず》ねると、ガルリスも軽く首を傾げる。

「エンジュという名前とウィルフレドさんの反応、ロムルスという名前に対するランドルフさんの言葉。そして、フレドさんが北の地で会ったという人たち。僕は、一番望んでいなかった答えを導き出さないといけないかもしれない……」

「たとえそうだとしてもお前は引き返したりしないいんだろ？　なら、あんまり考え込むな。答えが目の前にぶら下がってんならなおのことな」

「ちょ、ガルリス」

ガルリスは先に僕が入っていたベッドに、腰のタオルを投げ捨て全裸で入ってきた。そのこと自体は別に珍しくもない。ガルリスはベッドで眠るときは基本素っ裸だ。でも、ここは仮にも先輩の家……。何より明日はまた早朝から徒歩の旅、ガルリスにとっては散歩感覚でも、僕にとっては行軍だ。いや、いっそガルリスに竜になってもらったほうがいいだろうか？

「これだけ一緒にいるのに、もうずいぶんとお前を味わえてない」

「ん……ふぁ、ん……」

思案する僕にガルリスは覆い被さり、貪るように唇を重ねてきた。

「ん……ッはぁ」

ガルリスの長い舌が僕の口の中で蠢《うごめ》くたびに、悦《い》いところがいくつも同時に擦り上げられ、僕の腰は、はしたなくも震えて踊る。ああ、だめだ。このままだとまた流されてしまう……でも、許されるならこのまま流れに飲み込まれ、溺《おぼ》れてしまいたい……。

『ギュエ！　クェエーッ!!』

「――っ！」

「痛ぇ！」

クロの放った耳をつんざく鳴き声に僕は我に返り、頭を引っかかれたガルリスは跳ね起きた。

「もっ、もう！　今夜はだめだよガルリス！」

僕は胸元にシーツをかき集め、自分のことは棚に上げてガルリスを叱りつける。

『キュエ！』

そんな僕を、クロが「お前だってその気になってたくせに」と咎《とが》めるような目つきで見上げてきている気がする。かわいいけどかわいくない奴だ。

「なんだよ……また、おあずけかよ」

「何か他にして欲しいことあればしてあげるけど？　マッサージとか」

僕は小さな子供のように、うなだれいじけてしまったガルリスの頭を抱き寄せる。

「……そうだな、あの歌を歌ってくれるか？」

「えっ、そんなことでいいの？」

「しばらく、聞いてないからな。あれを聞くと気分が落ち着く」

子供のようにいじけたガルリスが、子供のように機嫌を直し僕に抱きつく。

ちなみにあの歌というのは、僕たち兄弟が幼い頃チカさんに歌ってもらっていた子守唄だ。それはチカさんの母親、僕にとってはお祖母さんに当たる人が歌っていたチキュウの歌だという。僕はそれほど歌が得意じゃないけれど、ガルリスはたびたびそれを僕に歌ってくれとせがむ。

「――――」

小さく息を吸い込み、僕はガルリスのためだけの歌を唇から紡《つむ》ぐ。

「ん……」

僕の声を聞きながら数回身じろぎし、歌が中盤にさしかかる前に胸の上に乗せたクロと一緒にガルリスは他愛なく眠りに落ちてしまった。その寝顔は本当に子供のように邪気がなくかわいらしい。こんな図体の男にかわいいなんて、僕はどうかしているのかもしれない。それでも、僕はこの強く逞《たくま》しくかわいい男が大好きなのだ。

僕は眠るガルリスにささやきかけるように最後まで歌を歌い切って、深い眠りに落ちた一人と一匹の姿を確認して静かに部屋を抜け出した。


「セイル先輩、まだ起きてますか？」

僕が向かった先はこの診療所の主の部屋。僕のノックに反応して、耳に心地いい少し高めの声が中に入るようにと促す。

「どうした？　おにぎりは美味かったぞ？」

白衣からゆったりとしたローブに着替えた先輩が椅子の上で足を組んで出迎えてくれた。その瞳は僕の来訪を予感していたかのように見える。

「チカさん直伝ですからね。お口に合ったようでよかったです。それより、さっき聞けなかったことを聞きに来たんです」

「そうか、そこに座るといい」

促されるままに小さな木製の椅子に腰掛けて先輩に向き合い単刀直入に言葉をぶつける。

「先輩、『擬獣病』のこと本当はもっと詳しく知ってますよね？　それに先輩はこの事件の核心に迫っている。それに間違いはありませんね？」

「俺は何も嘘は言っていないが？」

確かに先輩は嘘はついていない。『擬獣病』のことも知らない、覚えていないとは言っていないのだ。単純に知っていることを小出しにしただけ、まるでその先は自分で見つけろと言わんばかりに情報を選んで与えてきた。

「ええ、そのとおりです。ですが、なぜなんですか？　僕が考えていることが間違っていなければ先輩は今回の事件の真実に既《すで》に辿りついている。それなのに、どうして動こうとしないんです？」

「そうだな。俺は忙しいんだ」

「誤魔化《ごまか》さないでください。もし、『擬獣病』が死に至るような病であれば先輩はすぐに動いていたはずです。僕の尊敬する『医師』である先輩はそういう人です。でも、先輩はそうじゃないことを知っていた」

「なるほど、面白いな」

「だから、先輩は待っていた。この事件を解決しに来る人間を、違いますか？」

僕の言葉にセイル先輩は満足げに頷《うなず》く。

「……どうしてそんな回りくどいことをするんですか？　僕には先輩の考えが理解できません」

「そうだな、それに答える前にお茶を一杯淹《い》れてもらえるか？　久しぶりにスイの淹れたお茶を飲みたい」

「先輩……」

こうなってしまうと本当にお茶を淹れなければ先輩は動いてくれない。僕は仕方なく既に沸いていたお湯と部屋の片隅に用意されていた茶葉を使って手早く先輩の分だけお茶を淹れる。

「少し渋みが強いな。焦《あせ》りが滲《にじ》み出てしまっているぞ」

「先輩！」

一口飲んだ先輩が真顔でそう告げてくることに思わず声を荒らげてしまった。

「そんなに焦るな。そうだな、スイの言うとおり俺は答えに辿りついている。状況認識や推測が間違っていなければだが」

「なら……」

「だがこれは俺の物語ではない。俺が動いてもこの物語は終りを迎えることはない。いや、悲劇となる可能性が高い」

先輩らしくないずいぶん回りくどい言い方だ。

「それはどういう意味なんです？」

「ウィルフレドというヒト族、ランドルフという獣人、ワイアット村というかつて一度消えた村。クロという小さな魔獣と彼らを伴って現れたヒト族の医師とその守護者である竜族」

まるで呪文を唱《とな》えるかのように先輩の口から紡がれる言葉。

「彼らが現れたことで物語の登場人物はすべて揃《そろ》った。ようやくこの物語は終幕へと向けて動き出す。スイ、これはお前の物語だ」

「ちょっ、ちょっと待ってください。僕たちはたまたま……」

「俺は運命論者ではないが信心がないわけでもない。この巡り合わせは二つの月の導きによるものだと考えれば納得がいく」

「いや、一人で納得しないでくださいよ！　……ですが、これ以上聞いても何かを教えてくれるつもりはないんですね？　『擬獣病』の治療法についても」

先輩の笑顔が言外にそうだと答えている。

「さあ、明日も早いのだろう。そろそろ戻って休むといい。スイ、大丈夫だ。お前なら『彼ら』を必ず救うことができるだろう。必要なときは俺も力を貸す。安心しろ」

これ以上先輩を問い詰めても何も得るものはなさそうだ。ゆっくりと席を立ち、先輩に挨拶《あいさつ》をして部屋の扉を閉めてガルリスの下へと廊下を歩く。先輩が言う『彼ら』それは誰のことを指しているのだろうと胸の奥で考えながら。

13. 空の旅路

まだ日が昇り切らない時間に目を覚ました僕はしがみついてくるガルリスをなんとか引き剝《は》がして、先輩たちに見送られてリョダンを旅立ちベッセへと向かう。

もう既に現地調査の段階は終わってしまった。それであれば、先を急いだほうがいいと僕が提案し、今は竜となり空をゆくガルリスの背中の上に僕たち三人は座っていた。ちなみにクロはガルリスの傍《そば》にいられないからか不貞腐《ふてくさ》れた様子で僕の鞄《かばん》の中に入っている。

最初はずいぶんと戸惑っていた二人だけど、ようやくこの環境にも慣れたようだ。落ち着いたように見えるウィルフレドさんとランドルフさん。だけどその心中は穏やかではないだろう。何せ、二人にとって馴染みのあるであろう名前が目の前に突きつけられたのだから。

「ウィルフレドさん」

「なんだい?」

「エンジュ、という名前にもしかして聞き覚えがありましたか?」

「それは……」

ウィルフレドさんは一度ビクリと肩を震わせ、何か考え込むように口を閉ざした。どうしても今聞き出さなきゃいけない話でもないから、僕は急《せ》かすことはしない。ウィルフレドさんの気持ちに委《ゆだ》ねてもいいだろう。だけど、予想に反してすぐにウィルフレドさんは口を開いた。

「昔……俺がまだワイアット村で家族と暮らしていた頃、家の近所にエンジュって名前の子が住んでたんだ。その子はヒト族で……」

「今から向かうベッセにいるエンジュという人物がウィルフレドさんの知るエンジュさんであれば、彼はワイアット村の生き残り……ということになりますね」

「けど、俺の村が襲われたとき、エンジュ君は子供だったんだ。弟のマルクスよりもっと幼いくらいの……。よく笑う明るい子だったけど、体はあまり強いほうじゃなかったから……」

自分に言い聞かせるように、ウィルフレドさんは拳《こぶし》を握りしめた。

「もし、俺たちと同じように奴隷になっていれば生きてはいないと思う。だけど、エンジュっていう名前だけならともかくランドルフの……」

「ウィル……」

うつむくウィルフレドさんの背中をランドルフさんがなだめるように撫でる。

同じ村で生まれ育った同胞に生きていて欲しい気持ちと、『擬獣病』に関わる人物であって欲しくない気持ち。ウィルフレドさんは相反する感情の間で揺れていた。

「なぁ、ランドルフ。俺はともかく……」

エンジュさんがウィルフレドさんの知る人物であればそれは限りなく黒に近く、ランドルフさんとの因縁《いんねん》も計り知れない。だからこそ、ウィルフレドさんはランドルフさんに一緒に来るなと本当は言いたいのだろう

「ウィル、どんな現実が待っていようと私は逃げない。それに、もし彼らが過去の私たちと同じように苦しんでいるのであればその力となりたいと私は願う」

「ああ、そうだな。あんたはそういう人間だったよ。なぁ、スイ君」

「はい」

「もし、エンジュが俺の知るエンジュだったとしてもすぐにそうだと結論を出さないでもらえるかい？　できれば俺たちに時間をもらいたいんだ」

ウィルフレドさんの傍でランドルフさんも小さく頷いている。

「もちろんです。僕は医者ですよ？　最優先事項は『擬獣病』の原因解明と治療方法の確立です。犯人を見つけて処断するのは僕の仕事じゃありません。ゆっくりと焦らずいきましょう」

「ああ、ありがとう」

力なく肩を落としたウィルフレドさんをランドルフさんがしっかりと支えている。僕の言葉なんてなんの慰めにもならないのかもしれない。この旅では自分の無力さばかりを痛感させられて自分の弱さが本当に嫌になる。

『なんだなんだ、お前ら暗すぎないか？』

「ガルリス……」

こんなとき、場の空気を読まないガルリスの存在が

ありがたいのかそうでないのかわからない。僕たちを背中に乗せて空を飛びながら、それがなんでもないことのようにガルリスは言葉を続ける。

『あのな、ウィルフレド。エンジュって奴がお前の知ってるエンジュだったらお前は嬉しくないのか？　死んだと思ってた奴が生きてたんだぜ？』

「それは……、もちろん嬉しい。あの子と俺たち兄弟は本当の兄弟のようにして育ったから……」

『なら、まずはそのことを期待しておけばいいんじゃねぇか？　人間死んじまったらそれでおしまいだ。だけどな、生きてればどうにかなるもんだぜ？　なぁ、ランドルフ』

「ああ……、ああその通りだ。私はウィルが生きていてくれたから今も生きていられる」

　ガルリスらしい前向きすぎるほど前向きな意見に、ウィルフレドさんの顔が一瞬泣き出しそうに歪む。けれど、すぐにその表情は決意を秘めた強い意思を持ち始める。

「そうだ、そうだな。エンジュ君が生きていてくれるなら俺は嬉しい。マルクスにだって会わせてやりたい。きっとあいつも喜ぶはずだ」

『会えるさ、いや会わせてやろう。大丈夫だ、きっと全部上手くいく。そうだろ？　スイ』

「そうだね、ガルリスの言うとおりだよ」

　なんの根拠もないガルリスの言葉は、しかし不思議と人の心を明るくさせる力を持っている。ガルリスの言葉に救われるのはこれで何度目だろう。ガルリスの裏表のない言葉につられ、ウィルフレドさんの顔にも笑みが戻っていた。

『クェ！　キュキュッ！』

「ありがとう、俺を励ましてくれてるのかい」

　いつの間にか僕の鞄から飛び出していたクロ。ウィルフレドさんは自分の周りをパタパタと飛び回り小さな鳴き声を上げ続ける小さな魔獣を柔らかく抱きしめた。

　もう少しでベッセにつく、そこで僕たちは様々なことに向き合うことになるのだろう。そう、セイル先輩が言っていた僕の物語が最終章を迎えるのだ。どうかその物語がハッピーエンドであることを僕は願わずにはいられない。

14. ベッセという街

「これは思っていた以上に……」

ガルリスの背中で過ごすこと数時間。僕たちは、砂漠の入り口の街ベッセについた。

「街っていうより村、だよな？　ワイアット村のほうがまだ……」

あたりの様子をうかがいながら、ウィルフレドさんが遠慮がちに感想を口にする。

「確かに、街って感じではないですよね」

レオニダスが都市、リヨダンが街だとするならば、ベッセは村もしくは集落だろう。ウィルフレドさんの言うようにワイアット村よりさらに閑散としている。

「まずは情報を集めねばなるまい」

「そうですね。まずは、目的地へ向かいましょうか」

適当な住人を見つけて、診療所を開いているというエンジュさんのことを尋ねればすぐにわかるだろう。

僕は早速通りすがりの若者に愛想よく声を掛ける。耳の形からして犬族かと思われる彼は、頬にできたての傷がある若者だ。

「あ？　なんだ見ない顔だな？　……それにヒト族か」

その言葉にそういえば外套をかぶっていなかったことを思い出したが今さらだろう。目の前の人物は物珍しそうに僕をジロジロと見る。よそ者が珍しいのかヒト族が珍しいのか。

「おい、近いぞ」

『キュイー！』

「あ、悪いな。あんたの恋人だったかい？」

クロを頭に乗せたままのガルリスに凄まれると、彼はすまんすまんと謝った。わずかな警戒が残っているようだが人懐っこさを感じさせる物言いだった。

「で、他所の人がこんな何もないとこになんの用だ？　先に言っとくけど、面白いもん本当に何もないからな。砂漠に入るのは悪いことは言わねぇからやめたほうがいいぜ」

「エンジュというヒト族の医師と、ロムルスという名の虎族を探しているんですけどご存じですか？」

「あぁ、エンジュ先生とロムルスさんが目当てか。二人ならだいたいいつも診療所にいるぜ」

「その診療所はどこに？」

今にも飛び出していきそうな様子でウィルフレドさんが問いかける。

「ん？　あんたもヒト族か？　エンジュ先生の知り合いかい？　診療所なら俺もこれから行くとこだから案内してやるよ」

「あなたが診療所へ？　どこか具合でも悪いんですか？」

思いがけない申し出に感謝しつつも、僕は少し気になって聞いてみる。

「ああ、ちょっと屋根直してて踏み抜いちまってこの有様さ」

そう言って彼はシャツをめくり上げるとわずかに赤く色づく脇腹を見せてくれた。

「ちょっと失礼」

「んへ？」

触って痛みの度合いや腫脹《しゅちょう》、内出血の有無、骨の損傷を調べてみる。脇腹の骨は骨折していたとしても温存するぐらいしか手段がないのだけれど触った反応や触診した限りでは骨にも異常はなさそうだ。


「単純な打撲ですから数日もあれば自然に治ると思いますよ。痛みが続くようだったら何か貼り薬でも処方してもらえば治まるはずです」

「なんだ、あんたも医者なのかい？」

そう言われて自分が完全に無意識に患者を診察する医師になっていたことに気づく。ガルリスのやれやれという視線が痛い。

「そっそうなんですよ！　それでちょっと調べ物があってエンジュ先生を訪ねてきたんです！」

慌てて取り繕い、そのままエンジュという人物の情報を引き出すことにする。診療所への道を進みながら彼にそのまま話しかけた。

「エンジュ先生はどんな方ですか？」

「ああ、エンジュ先生はたいしたもんだぜ。最初は目の見えない医者なんてって皆馬鹿にしてたんだけどさ、エンジュ先生の作る薬はよく効くんだよ。本当に目が見えてないのか不思議に思うぐらい腕がいい。まぁ、ロムルスさんが俺たちの様子をエンジュ先生に伝えてるからかもしれねぇけどな」

なるほど、視診ができない状況でどうやって診察をしているのか不思議だったがロムルスさんがエンジュさんの目の代わりを務めているのか……。それを元にエンジュさんが最終的な診断と治療、薬の処方を行っていると。手間のかかるやり方だけど、目が見えない人間が医師をするというのはそういうことだ。外科的な処置はさすがにできないだろうがこの村であれば適切な薬を処方できるという存在だけでもありがたいはずだ。

「エンジュ先生はさ、ろくに薬代を払えねぇ貧乏人にも親切なんだ。俺もこの前ツケで診《み》てもらったし」

エンジュさんについてウィルフレドさんも聞きたいことがあるのだろう。質問をしかけてその言葉を飲み込んだのがわかる。容姿を聞いてしまえばそれは確信に変わってしまうから戸惑う気持ちもわからないでもない。僕はその代わりに質問を続けた。

「そうなんですね。エンジュ先生に医術を教えた人を僕はよく知ってるんですけど、その人の教えを受けたエンジュさんの腕は僕も保証しますよ。あっ、もう一つ聞いてもいいですか？」

「へぇ、あのエンジュ先生の先生か。そりゃ立派な人なんだろうなぁ。ん？　俺に答えられることなら構わんぜ？」

お世話になっている人が褒められるというのは嬉しいものだろう。声のトーンが少し上がったことがそれを証明している。

「エンジュ先生と一緒にいらっしゃるロムルスさんというのはどんな方ですか？」

「ロムルスさんね。あの人は無愛想だけど親切な人だよ。目の見えないエンジュ先生だけじゃできないこともあるだろ？　それを助けてよくやってるよ。それになんといっても腕っぷしが強い！　ロムルスさんが危ない魔獣を退治してくれるからこの街は平和なもんだ。盗るもんなさすぎて、もともと泥棒の心配はない街だけどな」

彼の話を聞く限り、エンジュさんもロムルスさんもここでの評判はとてもいいようだ。それに、二人の関係性も悪くないように感じられる。

「あ、俺エンジュ先生にツケにしてもらったときのお礼を持っていきたいから市場に寄らせてもらっていいかい？」

「ええ、もちろんです」

エンジュさんたちの暮らすベッセというこの街がどういうところなのか見ておくのも悪くない。僕たちは彼の買い物に付き合いがてら、小さな市場を物色した。

といっても、ベッセ唯一の市場は野菜、果物、干魚、肉に卵、乳製品と衣料雑貨などのこぢんまりとした露店が数軒ほど軒《のき》を連ねているだけだ。

そこには数人の獣人の姿も見える。

「あれは……！　やはり、そうだったか……」

市場を眺めていたランドルフさんが不意に声を上げた。

「ランドルフ？」

「ああ、すまない。スイ君、あそこにいるのがロムルスだ」

ランドルフさんの言葉に僕とウィルフレドさんは一瞬固まってしまう。ランドルフさんがその名と姿を知っているということは目の前のロムルスさんがそうだということを示しているからだ。

「確かに虎族だな」

ガルリスの言葉どおり、ロムルスさんの耳と尻尾は虎族特有の模様を持っている。

ロムルスさんの歳の頃は父さんたちより少し若いくらいだろうか。身長はランドルフさんよりいくらか低いものの、肩幅や体の厚みでは負けていない。毛量の多い硬そうな髪はオレンジがかった濃い茶色で、唇の下から顎《あご》にかけて同じ色の無精髭が伸びている。髭と同様にあまり手入れをされていないように見える前髪に隠れがちな赤茶色の瞳からは感情が読み取りづらい。

そんな彼にランドルフさんがゆっくりと近づいていき、声を掛けた。

「ロムルス・イルト・ラステイン」

彼のフルネームであろう名を呼んだランドルフさん。それに気づいたロムルスさんの目が見開かれる。

「……」

明らかにランドルフさんの姿に気づいたであろうロムルスさん、しかしそのまま無言で顔を背けてしまう。

「ロムルス……、お前が私を憎む気持ちはわかる。だが、お前の協力が必要なのだ。頼む……！」

深く頭を下げるランドルフさん、それでもロムルスさんは目をそらしたままだ。

見かねた僕はロムルスさんの前に進み出る。

「はじめましてロムルスさん。僕はレオニダスから来た医師のスイといいます。『擬獣病』と呼ばれる獣人が罹《かか》る病気について調べてここまで来ました。そのためにエンジュさんに会いたいんです。リョダンにいるセイル医師からの書状もあります。確認してもらえますか？」

僕が口にした『擬獣病』、そしてセイル先輩の名前を出せばロムルスさんは明らかな反応を返してきた。けれど僕の差し出した書状を手に取り、そのままそれを無表情で突き返してくる。

「あ、あの、俺、用事思い出したからちょっと一回家に帰ってくるわ！」

僕たちの雰囲気にただならぬものを感じたのか、ここまで案内してくれた若者は足早に去っていってしまった。

「帰ってくれ……」

ロムルスさんから出たのは強い拒絶の言葉、それでもその表情からは何も読み取ることができない。

「おい、お前――」

『ミュー！』

「ガルリス」

僕は不満の声を上げようとしたガルリスとクロに首を横に振る。

ここから先は僕の役割じゃない、ランドルフさんの役割だ。

「なぜ今になって現れたんです……。隊長、帰ってください……」

「もう隊長ではない。革命とほぼ同時に騎士の位は返上した。今はただの冒険者だ」

「そう……ですか。それでも、あなたはここにいてはいけない……。帰ってくれ、頼むから……」

まるで絞り出すかのように小さな声を発するロムルスさん。

だけど、僕たちもここで引き下がるわけにはいかない。

それはランドルフさんやウィルフレドさんとて同じことだ。

「ロムルス、お前が今どういう状況なのか私にはわからない。それでも、私にはここに来た理由がある。バ

ルガやフレドが『擬獣病』に罹っているのだ」

「…………」

知った名をあげられてもロムルスさんの表情が変わることはない。そしてついにランドルフさんはウィルフレドさんの手をとった。

「ウィル、構わないか？」

「ああ、俺は大丈夫だよ」

「ロムルス聞いてくれ。彼の名はウィルフレド、あのワイアット村の生き残りだ」

ワイアット村。その単語が出た瞬間、ロムルスさんの表情が初めて感情をあらわにした。その顔は明らかに引き攣《っ》り、喉仏が大きく上下する。前髪で隠れていてなお、その目が見開かれたのがわかった。

「やはりそうなのだな……。なればこそ、私たちがここから帰れない理由がわかるだろう？」

「そんな……、嘘だ……」

「嘘じゃない！　なぁ、あんたエンジュのこと知ってるんだろう？　歳はいくつだ？　髪の色は？　瞳の色は？　どんな顔してるんだ？　頼む、教えてくれよ！」

張り詰めていたものが限界を迎えたのだろうロムルスさんの胸元に摑みかかって必死に訴えかけるウィルフレドさんの姿に息を呑《の》んでしまう。

「そんな嘘をついてなんになる。なぁ、ロムルス。こうなった以上、私たちができることで何が最善かそれは一番お前がよくわかっているのではないか？」

「頼む、あんたの知ってるエンジュと俺の知ってるエンジュが同じかこの目で確かめたいんだ！　頼むよ！」

見ているこちらが痛いほどに拳を握りしめ、歯を食いしばるロムルスさんと彼に真っ向から向かい合うウィルフレドさんとランドルフさん。

過去の因果に縛られた苦しみに満ちた出会い。

その姿を僕は黙って見守ることしかできない。

「スイ、しっかりしろ。最後まで見届けると決めたんだろ？」

「う、うん。そうだね。しっかりしなきゃ」

肩に置かれたガルリスの手からゆっくりと何か温かいものが僕へと流れ込んでくる。

その流れにのるようにしてクロがガルリスの肩から僕の肩へとやってきた。

彼らに後押しされるかのように僕は視線をロムルス

さんへと戻した。

「……隊長、いやランドルフさん……。彼はもしかしてあなたの……？」

「そうだ。私の罪を知った上で共にいてくれる。かけがえのない存在だ。お前たちを不幸の底にたたき落としておきながら、私は今幸せなのだ。それを許してくれとは言わない。だが、お前が背負っているものをどうか共に背負わせてくれないか……？　頼む、この通りだ」

ランドルフさんが今一度深く、とても深く腰を折る。

「あなただけの罪ではない……。あなたがあんな事を許す人間ではないことを俺たちは知っている。それでも、その重さに耐え切れなくてあなたに責任を負わせて俺たちは逃げたんだ。この罪はあの場にいた俺たち全員が共に背負うべきものなのに……」

「……ロムルス」

「……わかりました。案内します。ですが、これだけは忘れないでください。どんなことがあろうと、俺はエンジュの傍にいます。エンジュが選ぶものを俺は共に選ぶ。このことだけは覚えておいてください」

それは暗《あん》に自分は敵に回る可能性もあると示唆《しさ》しているように思える。

それでも彼らの答えは一つだけだろう。

「ああ、それで構わない。お前がお前の選択を違《たが》わぬように私もウィルの隣で彼と共に道を選ぼう」

「ランドルフ……」

既にウィルフレドさんの目からは涙が雫《しずく》となってしたたり落ちてしまっている。それをランドルフさんが優しく拭《ぬぐ》う。

「ついてきてくれ……。そっちのあなたたちもだ」

僕たちを引き連れて黙々と歩くロムルスさんが、街の中心から少し外れた場所に建つ一軒家を指さした。

「あそこだ」

「ガルリス、あんまり大きな声出したりしちゃだめだからね？　目の見えない人って他の感覚が敏感になってたりするから」

「お前、俺をなんだと思ってるんだ……」

『ギュルルゥ』

「ガルリスだから言ってるんだよ」

憮然《ぶぜん》とするガルリスの肩の上で、クロも同じ表情をしていているように見える。

そんな僕たちのやりとりを背にロムルスさんが勝手口を軽くたたき、中へいる人物へと声を掛ける。

ここに、エンジュさんがいるんだ。

ウィルフレドさんを見ればランドルフさんに手を握られて、まっすぐに家の中を見据えている。

ああ、彼らの再会でセイル先輩が言った僕たちの物語はまた新たな場面をむかえるだろう。

それがこの物語をどう動かしてしまうのか、今の僕には予想すらつかなかった。


次巻「恋に焦がれる獣達２『番』と『半身』」下巻へ続く

因縁の地と僕の思い出

深紅の竜となったガルリスの背中の上で彼《か》の地へと向かいながら僕はかつての記憶に思いを馳《は》せる。

それはまだ僕がずっと小さかった頃の記憶。レオニダスの幸せな家庭に生まれたスイとして優しいものだけに包まれていたころのもの。

その記憶はつい最近までひどく曖昧なもので。おぼろげには覚えている、だけど記憶力に自信があるはずの僕にしてはあまりにそれは不鮮明なものだった。

僕がそのことを明確に思い出したのはガルリスと真の『半身《はんしん》』としての契約を交わした時。今覚えば、僕があの時の記憶に押しつぶされてしまわないようにガルリスが本能的に『半身《はんしん》』の力を使って僕の心を守ってくれていたのだろうか？　あのガルリスにそんな器用な真似《まね》ができるとも思えないけれど……、そのタイミングで僕の過去の記憶が完全に蘇ったという事実だけは確かだ。


当時チカさんはキャタルトンで発生し一気に蔓延《まんえん》した疫病対策への助力を請われ、父さん達と共に現地へと向かうことになった。後から聞いた話ではこの時点で既に、キャタルトンの王を廃するといういわゆる謀反の動きはあったらしい。

チカさんにとっては辛《つら》い記憶しかない土地、しかも今とは違う過去のキャタルトンへの同行に、父さん達は強く反対したと聞く。

だけど、疫病が蔓延しているというのも事実。そうなると苦しむのはいつも虐げられる弱い人達。チカさんにそんな人達を見捨てられるわけもなく。最初は父さん達だけが行く予定だったらしいが、チカさんにしては珍しく頑《かたく》なに自分もついていくと意見を曲げなかったのだ。

難色を示す父さん達を何とか説得し、チカさんは医師としてキャタルトンへ赴くことを父さん達に承知させた。一見気弱そうだけど、実のところ我が家で一番頑固なのはチカさんかもしれない。特に人命が関わること、そこに医師として自分にできる事があるとなれば、チカさんは絶対に譲らない。

仮にそれがかつて自分を虐げた相手であっても、目の前に患者として横たわっていれば治療してしまう。チカさんはそういう人だ。

万全の準備を整えて出かける両親を幼心に心配しながら見送った。チカさん達が行くところが危険なところだと僕は理解していたからだ。ヒト族の僕やヒカル兄と違い、小さい頃からどこにでも着いていっていたリヒト兄ですらそのときは留守番だった。

「行ってくるよ、皆。ほら、そんな顔をしないで、すぐに戻ってくるからね？　お祖父《じい》ちゃん達が居てくれるから大丈夫だよ」

僕たちを抱きしめ、順番に優しく頭を撫《な》でてくれたチカさんの温《ぬく》もりを良く覚えている。父さん達も抱っこしてくれたっけ。だけど、父さん達の旅装があまりに物々しくて、まるで戦場に行くように感じられて、僕は両親の事が心配で心配で離れるのが嫌で嫌で堪《たま》らなかった。だから僕は――。

「ねぇガルリス、覚えてる？　あの時の僕はさ、チカさんや父さん達の事が心配で置いていかれる事が我慢できなくて、一度は納得するふりをして、後からガルリスに『連れてって！』っておねだりしたんだよね。我ながら驚きの行動力だよ」

僕はガルリスの赤い鱗《うろこ》を撫でながら話しかける。

『もちろん覚えてるぞ。お前は泣きべそをかいて、お母さんやお父さん達が死んじゃう!!　って俺にしがみついてきたもんな。いやぁ、あの頃のお前は素直で可《か》愛《わい》かったよな』

「ちょっと聞き捨てならないんだけど！　まぁ、素直じゃないっていう自覚がない訳じゃないけどさ」

『今のスイも可愛いぞ？　けど、チビだったお前はお前で本当に可愛かったんだ。いや、お前の兄弟も可愛かったけどな。お前は特別だ』

ガルリスは言葉を濁すことをしない。

ヒト族で遊び人だった僕にとっては可愛いや特別という言葉は聞き慣れたものだ。その程度の言葉はこれまで散々数多《あまた》のアニマだけでなく、アニムスからも言われて来た。それなのにガルリスからの直球すぎる言葉は何度聞いても照れくさくて、僕はどうにも身の置きどころがなくなってしまう。それはきっと、ガルリスだけが僕の特別だから。

『お前、ほんと俺のこと大好きだよなぁ』

「う、うるさいよ!?」

『いてっ』

『半身《はんしん》』故《ゆえ》の共感で僕の心の高鳴りを感じ取ってしまうガルリスが、こういう時ばかりは少し憎たらしくて、僕は愛《いと》しい竜の大きな鱗を軽く引っ張ってやった。

やろうと思えばガルリスは『半身《はんしん》』である僕の全てを知り得るのに、僕はガルリスのことが分からない。この不公平な『半身《はんしん》』という仕組みは何とかならないのだろうか？　……僕だってガルリスの全てを知りたい。

「僕の泣き真似にあっさり騙《だま》されたくせに」

『はっ!?　あれ泣き真似だったのか？』

「自分の中にある感情を膨らませて、泣きたい時に泣く。出来るアニムスならそれぐらい当然の技術だよ」

ちょっと悔しいので本気で泣いていたことは秘密。

『くっくっくっ、アニムスは怖いな。そう考えるとチカユキはアニムスとしては落第だな』

「チカさんは良いんだよ。素の反応がいちいちアニマの心をくすぐってるし、あの人の目には父さん達しか映ってないからね」

『……まぁ、一理あるな』

ガルリスですら言葉を濁すうちの両親達、そろそろ落ち着いても良い頃なんだけど。あぁ、帰ったらまた新しい兄弟が出来てたらどうしよう。

＊＊＊

結局僕に泣きつかれたガルリスは泣き続ける僕を抱えてチカさん達の後を追いかけたのだ。

街から林へ、林から森へ、森から小さな山へ、そうして気付けば殺風景な広い岩場へ。後ろから前へと飛ぶように流れて行く景色は、瞬く間にその様相を変えていった。その目まぐるしさに、僕は退屈する暇なんて一秒たりともなかった。

というか、いくら幼子とはいえ人一人を抱きかかえ、休憩もなしに全力疾走出来るガルリスの体力は完全に化物だ。

どうして竜の姿にならなかったのかと尋ねれば、師匠にバレるからだという言葉が返ってきた時は、心から申し訳なく思ったものだ。

そして、僕とガルリスはチカさん達にその日のうちに追いついてしまった。追いついてからがこれまた大変だったことも良く覚えている。なぜ僕を連れてきたのかとガルリスに詰め寄る父さん達、そしてチカさんは僕にもその理由を問う。

その時のチカさんはいつもの優しくて何でも許してくれるチカさんとは違っていた。僕を子供扱いせず、一人の人間としてその真意を聞こうとしてくれていたのだ。だから、僕も全てを正直に話した。父さん達やチカさんがただただ心配だったと、自分の知らないところに行ってそのまま帰ってこないんじゃないかと、心配でいてもたってもいられなかったのだということを。

僕の言葉を聞いた三人は互いに顔を見合わせ、そして僕に謝った。怒られるとばかり思っていた僕はそれに心から驚いた。心配させてすまなかった、もっと僕の気持ちを考えるべきだったという言葉。子供の我《わ》が儘《まま》だと、僕の思いを切り捨てない父さん達の気持ちが本当に嬉《うれ》しかった。

そうして僕は初めて父さん達の旅に同行することを許された。ただ、今回の旅で行くところは本当に危ないところだから絶対に自分達の側を離れないようにと約束をさせられて。僕はその約束を守ると誓った、だけど父さん達や母さんの側に居られるという喜びと初めての冒険にときめく心を抑えることは出来ず、この約束を破ってしまって結局大事件を引き起こしてしまうのだが……。

僕を両親の元へと送り届けたガルリスはキャタルトンまで同行してすぐにレオニダスへと戻っていった。もう泣くんじゃないぞとゲイル父さんに抱かれた僕の頭を撫でてから。

＊＊＊

「そういえばあの時のことレオニダスに戻ってから周りにバレなかったの？」

「バレたなぁ……びっくりするぐらいの大騒ぎになっ

てたからな、お前の家は」

「だよねぇ」

僕の両親、特に父さん達の僕たち兄弟に対する過保護っぷりは分かりやすいが親族一同も似たようなものだ。

いや、そうでなくても子供が一人突然家から消えたのだ。大騒ぎにならない方がおかしい。

帰宅したガルリスを待ち構えていたのは完全武装のバージル祖父ちゃんとリカム祖母《ばあ》ちゃん、僕がいないと泣きわめくヒカル兄を必死に慰めながらも生来の強面《こわもて》が更にとんでもないことになったテオ兄、僕のことを心配して耳を垂らしたリヒト兄に殺気を漂わせながら寄り添うヨハンさん、心配のし過ぎで騎士団やアルベルト叔父様《おじさま》にめちゃくちゃな命令を出していたヘクトル祖父ちゃん。

そして、モノクルの奥の瞳を底光りさせるセバスチャン。

想像しただけで当事者となってしまえば、絶体絶命以外の言葉が浮かばない。気の弱い人でなくてもショック死しかねない地獄の絵面《えづら》だ。


「さすがの俺でもやばいと思ったぞ、あれは」

「やばいと思わないほうがやばいよ」

「まぁ、でも物理的な仕置きを受けるのはまだましだったな。何よりきつかったのはリヒトとヒカルの二人から受けたお説教だ」

集まった全員から普通の人間ならばそのまま天に召《め》されかねない一撃を受けた後、正座したガルリスは涙をようやく止めたヒカル兄とリヒト兄からお説教をされたらしい。

「あんな小っさい奴らが目に涙浮かべて懇々と説教してくるんだぜ？　胸が痛むやら、申し訳ないやらで」

「僕の我が儘なんか聞かなきゃ良かった？」

「いや、そういうことじゃない。それとこれとは違う次元の問題だ。俺は誰を泣かせたとしても、結局はお前が最優先だからな」

「はぁ、ほんと性質《たち》が悪い……」

「ん？　何だ？」

「何でもないよ」

本当にガルリスはずるい。図らず僕を喜ばせる言葉をいきなりポロリと口にする。他人を傷つける痛みを十分に知りながら、それでもガルリスは僕のことを一番に考えると言っているのだ。これほど強烈な口説き文句が他にあるだろうか？

この照れている気持ちもガルリスにはバレバレだとしたらそれはそれで本当に恥ずかしい。

「話がそこで終わればまだ良かったんだけどね。あの後、僕が更に馬鹿なことをしたせいで皆に大迷惑をかけちゃったから」

「お前がやらかしたからあの国は良くなったんじゃないのか？」

「それはあくまで結果論だよ」

「相変わらず小難しいことを考えてるんだな。行動したその結果で、幸せになる奴が増えるのは良いことだろう？」

「まぁね」

ガルリスの単純さは時に物事の核心をつく。世の中の大多数にとっては、物事の動機や過程よりも結果が大切なのだ。

僕がキャタルトンで誘拐されたあの事件をきっかけに、腐りきっていたあの国は目覚ましい変革を遂げた。

それは揺るぎない事実だ。

「けどな、二度とお前をあんな目にあわせたくないっていうのも俺の本音だからな。お前があんなに怯《おび》えて泣いているのを感じたのは、後にも先にもあの時だけだ。俺は肝を潰したぞ」

「それは……、ごめん。だけど怖かったんだ、本当に。僕もまだ子供だったからね」

生まれて初めて味わった絶望的な不安と恐怖。完全なる自業自得だったけれど、あの時知った魂が凍るような孤独と絶望を僕は生涯忘れないだろう。

＊＊＊

両親と合流して数日後、無事にキャタルトンに到着した僕はチカさん達のことが心配で堪らなかったことなどどこかに忘れてきてしまっていた。

それほどに、新しい世界は僕にとって魅力的だったのだ。そんな僕の様子に両親が気付いていたのかは分からないけど、僕達は先方が手配しておいてくれた宿にひとまず落ち着いた。

キャタルトンの王家とは別のルートで招かれたとはいえ、その別の勢力にもこの国で十分な力があったのだろう、案内された宿はとても立派な建物だった。

「アルベルトおじさんのおうちみたいだね！」

「そうか？　うちの国はもうちょい趣味がいいと思うけどな」

見るもの全てが新鮮ではしゃぐ僕をダグラス父さんはひょいと抱き上げる。

そういえばチカさんと父さん達のスキンシップの激しさに慣れていたせいで抱っこというものにこの頃は全く抵抗感がなかった。実際のところ、いわゆる思春期を迎えるまで父さん達に抱っこされるのは当たり前のことだった。そんな僕がある年の誕生会の席で『もう人前で抱っこしないで』と卒業宣言をしたら、ヘクトル祖父ちゃんは意識を失い、ダグラス父さんはチカさんの胸で咽《むせ》び泣いた。そしてゲイル父さんはといえば、部屋の片隅でこの世の終わりのような顔をして宙を見つめていた。

ヒカル兄が成人後もヘクトル祖父ちゃんとダグラス父さんの激しい抱っこ攻撃に晒《さら》されたのは、僕が早々に卒業宣言してしまったことが一因かもしれない。

「とにかくご連絡をくださった騎士団の方にお会いしてから、すぐにでも患者の診察と治療にあたりましょう」

「そうだな」

一刻も早く病人を救いたいと逸《はや》るチカさんに、ダグラス父さんは眉を下げる。チカさんの医者としての使命感は誰にも止められはしないと分かっているからだ。

「スイはどうする？」

ゲイル父さんがチカさんに問いかける。

「私達の側にいるのが一番安全なんでしょうが……。感染のリスクを考えると現場につれていくことはできません。こちらの建物の中であれば安全なんですよね？」

「ああ、俺達をこの国に呼んだ者達の仲間が守ってくれているそうだ」

「それであれば、今日はスイにはここでお留守番をしてもらって明日以降、感染の危険性などを考慮した上でどうするか決めるのはどうでしょうか？」

「それでいいんじゃねぇか？　スイ、好《い》い子でお留守番できるな？」

「うん、わかったよ。お母さん、気を付けてね。病気になったりしたら嫌だよ？」

「大丈夫だよ、スイ。私の側にはいつでもお父さん達がいる。私は病気から自分の身を守る術《すべ》は知っているし、他の危険からはお父さん達が守ってくれる。だから心配しないで、ね？」

父さん達も任せろと言わんばかりに強く頷《うなず》いている。

「お母さんもお父さん達も絶対に元気に戻ってきてね？」

「うん、ありがとうスイ」

チカさんはしゃがんで僕の頭を撫で、頰に優しいキスをしてくれた。

「それでねスイ、絶対にこのお部屋から出たら駄目なんだ。この国はスイがいつも遊んでいる所とは全く違うんだよ。小さな子供が一人で外に出たらとっても危ないから」

「誰かが外から来ても絶対に鍵を開けるんじゃねぇぞ。下の連中にも言い含めておくからな」

「何かおかしなことがあったらどんなことでも構わない。大声で助けを呼ぶんだ。いいな？」

父さん達は口々に僕に注意事項を言い聞かせ、後ろ髪を引かれる様子で最後にこちらを一度振り返り出かけていってしまった。

「行っちゃった……」

一人ポツンと取り残された僕は、無駄に広い豪華な部屋の真ん中で溜息《ためいき》を吐いた。せっかく大好きな家族と旅が出来ているのに、この部屋に閉じ込められるのであれば何の意味もない。

本当は三人についていきたかったけど、僕がついていってもお仕事の邪魔になってしまうことも分かっている。分かっているけれど……。

「どうしよっかなぁ……」

僕は自分の荷物から一冊の本を取り出し、栞《しおり》を挟んだ途中から読み始めた。今も僕の部屋の本棚に収まっているその本は、誕生日にチカさんからもらったものだ。子供にでも分かりやすく人体の機能や構造を解説したまさに医学の入門書。ちなみにガルリスはこの本を開いて三分で寝た。

どれ程の時を読書に没頭して過ごしただろうか。僕は既に本の内容をほぼ暗記していた。本と一緒に持ってきたノートには、当時せいいっぱいていねいに書いた文字でわからない部分や、質問したい事柄をびっしりと書き込んでいく。チカさんは忙しい時間をやりくりし、それら全ての質問にきちんと答え、時には新しい本を与えてくれた。そもそもこの世界の医学関係の書物はほとんどがチカさんの手によるものだ。チカさんは僕の母親でありそして師でもあった。医師を志すものとしてこれほど恵まれた環境はなかっただろう。

「おなかへったな……」

小腹が空《す》いた僕は、チカさんが宿に入る前に僕のために買ってくれたサンドイッチをもそもそと齧《かじ》る。野菜とハムとチーズの入ったそれは決してまずくはなかったけれど、だだっ広い部屋で一人で食べる昼食はあまり味がしなかった。

思えば子供の頃の僕は、一人でご飯やおやつを食べるということがまずなかったのだ。

食卓や居間のテーブルにはいつも家族がいたし、ご近所のミンツさんやグランツとミルスの兄弟がいることも珍しくなかった。

僕が今みたいに妙にひねくれて育ってしまったのは決して環境に問題があったわけではない。むしろ僕は恵まれすぎていた、僕の子供時代は孤独や不安とは無縁の幸せに満ち溢《あふ》れたものだったのだから。

「つまんないなぁ……」

何種類かの果物を絞った生ジュースをちびちびと飲みながら、僕の口からは率直な感想が溢れた。そして、一度言葉として溢れた気持ちは僕の中で耐え難《がた》く膨らんだ。新しい国を見てみたい。そこで生きる人達がどんな生活をしているのか知りたい。どんな種族の人達が多いのだろう？　レオニダスとは何が違うのだろう？　何を食べているのだろう？　一度湧き上がってきてしまった好奇心は僕に行動を起こさせるに十分すぎた。僕がリヒト兄のように真面目《まじめ》で、ヒカル兄のように大人しければきっと結果は違ったのだろう。だけど僕は二人ほど好い子ではなかったから……。

「ちょっとだけなら大丈夫だよね？　すぐもどればわからないだろうし……」

僕は約束を破る自分に都合の良い言い訳をし、一人こっそりと宿から抜け出すことを決意した。

気持ちさえ決まってしまえば、抜け出すことそのものは拍子抜けするほど簡単だった。守られているといっても僕達家族は囚人ではないのだから、当然と言えば当然だろう。外部からの侵入は難しくても内部から抜け出すことは難しいことではない。

宿を抜け出した僕は初めて訪れた異国の街を一人で歩く。それだけで僕の幼い探究心は大いに満たされ、弾む心のままに進む足取りはどこまでも軽かった。キャタルトンが危険な土地だと聞かされた時はあんなにも不安と心配が募ったというのに、まったくもって子供とは現金な生き物だ。

右に左にと忙《せわ》しなく視線を首ごと動かしながら、保護者もなく一人往来をうろつく黒髪のヒト族。いや、たとえ保護者がいたとしても僕の存在は当時のキャタルトンにおいては格好の獲物だったに違いない。

「レオニダスのほうがにぎやかだなぁ……それにお家やみんなのお顔もちがう」

当時既に国として半ば破綻していたキャタルトンは、首都の城下町ですら貧富の差が色濃く出ていた。むろんレオニダスにも貧富の差は存在したし、今でもないわけではないがそれとは訳が違っていた。

「なんかやだな……」

自分の知っている街というのは、いつでも誰かしらが楽しげな笑い声や賑《にぎ》やかな喧騒《けんそう》が聞こえてくるというのに、今ここには笑顔も笑い声もない。

疲れた顔、陰鬱《いんうつ》な顔、虚《うつ》ろな顔、表情のない顔。そうした負の感情を刺激する表情ばかりがやたらと目についた。

「こういうの、えっと……活気がない？　っていうのかな」

初めての異国に対して抱いていた多大なる期待が、僕の中で急速に萎《しぼ》んでいく。

「どうしよう……」

しかし、だからといって抜け出してきたばかりの宿にのこのこと戻るのももったいないと思ってしまった。ここで大人しく部屋に戻り、昼寝でもしながら三人の帰りを待っていれば良かったのだが、僕は子供といえども今考えれば頭を抱えたくなるような愚かな選択をしてしまったのだ。

「もうちょっとだけお散歩してから……すこしだけ、

くらくなるまえにもどればだいじょうぶ！」

僕は何の根拠もない自信だけを胸に、小さな足でトコトコと歩き出した。土地勘なんてまるでなかったというのに僕の足は最も行っては行けない場所に何かに導かれるようにして進んでしまう。

「ん……なんだかくさい？」

一歩足を踏み出した途端、一斉に僕へと注がれる沢山の視線。一般市民が行き交う街並みを散策するだけであればまだましだったのに、僕が迷い込んでしまったのはキャタルトンの中でも特に治安の悪い裏通りだったのだ。

レオニダスにいる時、僕は人の目を怖いと感じたことはなかった。両親や兄弟と一緒にいれば嫌でも注目されてしまう立場だったけど、優しく強い両親に守られていただけでなく、母国で受ける視線には悪意や敵意がなかったからだ。少しばかりの羨望や嫉妬のようなものを感じることもあったが、いずれも恐怖するほどの強さではなかった。

だが、キャタルトンで僕へと向けられた目は、明らかにレオニダスでのそれとは性質が異なる。

悪意や敵意とも違う、家畜を値踏みするかのような視線──否、そこに性的な欲が絡みより一層気色の悪いそれは、僕が初めて味わう負の感情の塊だった。

「……」

その居心地の悪さに僕は尻込みした。

引き返そうか？　今ならまだ間に合う。元来た道を振り返らずに走り、安全な宿で両親の帰りを待つべきではないか？

その葛藤に従えば良かったのに僕の中の好奇心が良からぬ方向に向かってしまう。

いや、でもせっかくここまで来たのだ。この機会を逃しては、一人異国の街を自由に散策出来る日はいつになるかわからない。ここは勇気を出して足を踏み出すべきではないか？　それが大人になる一歩だと勘違いすらしていた。

「僕だって、ひとりで大丈夫だもん」

この時の僕にはまだ勇気と無謀を分別する知恵は備わっていなかった。

大好きなリヒト兄と早く同じようになりたい。そんな幼い憧れも、僕の背中を間違った方向に押した。

入り組んだ路地を奥へ奥へと入って行くと、明らかに柄の悪い人間と怪しげな店が増えていく。僕はその中で一つ気になる露店を見つけた。そこは魔術具を扱う店で、並べられている品物からは様々な魔力が微《かす》かながら漏れている。レオニダスで見るそれとは違う見たこともない品々に僕の好奇心は一気に満たされていく。

「すごいや……」

小さい指先で触れる指輪や首飾り、櫛《くし》や手鏡からは、僕が初めて感じる類《たぐい》の魔力が流れ込んで来る。その刺激に僕は夢中になった。

「おや坊や、坊やはすごい魔力を持っているようだね」

店の主《あるじ》が僕に話しかけてきた。猫族らしきその人は、父さん達よりは年上でヘクトル祖父ちゃんよりは若く見えた。

「坊やが触った物を見てごらん」

「え?」

言われて僕は、自分が触った物とそうでない物を見比べる。

「あ……」

違いは一見で分かった。

「坊やの触った物だけが見事に生き返りおった。一山いくらのガラクタが一瞬にして現役復帰しおったわい。無意識にこれだけの魔力を流してしまうとはさすがヒト族といったところじゃな。さて、お礼に何か一つ好きなものをやろう」

「いいの?」

「その代わり、ここにある品物全部に触っておくれ」

「うん、わかった!」

僕は露店に並べられた品を一つずつ手に取って眺めた。僕がしたのはただそれだけ、特別なことは何もしていない。それでも、自分の触れたものが急に本来の息吹を取り戻すのが、僕には手に取るように分かった。

「本当に凄いな坊や。どれ、何がお望みかな?」

「うーーん……じゃあ、これ」

「ほう、なかなか目が高いのぉ」

僕は鈍い銅色の櫛を選んだ。特に深い意味はなかったけれど、持ち手にあしらわれた深い緑の石がゲイル父さんの瞳を思わせたからかもしれない。

「ありがとう、おじさん」

「どういたしまして、じゃがこんなところにヒト族の幼子が一人で――っ」

お礼を言って櫛を懐《ふところ》にしまう僕を眺めていた店の主の顔が不意に強張った。

「おじさん？　ン――ッ！」

僕はそれ以上言葉を発することが出来なかった。後ろから忍び寄ってきた誰かの大きな手が僕の口をしっかりと押さえ、そのまま強引に抱え上げる。

「んッ！　んぅーーッ！」

僕は逃れようと懸命に手足をばたつかせたけれど、小さな子供の微々たる抵抗など大人の獣人にとってはいかほどのものでもなく、あっという間に手足を縛られ猿轡《さるぐつわ》を噛《か》まされてしまった。

助けて！

僕は櫛をくれた親切な露店商に目で助けを求めたが、彼は僕から目を逸《そ》らし耳を塞ぎ唇を固く引き結んでいる。見ざる、聞かざる、言わざる――厄介事と関わる気はないと全身で表明するその姿に、僕は助けてくれる誰かなどここには誰一人いないのだと悟った。

怖い恐いこわい！

その瞬間、頭がおかしくなりそうなほどの恐怖が僕を襲う。僕の周りには、いつでも過保護なほどに守ってくれる強くて優しい大人達がいた。本当の意味で独りになったことなど、ただの一度だってなかったのだ。

味方のいない異国の地で、知らない大人にさらわれる。その意味するところは、家族にも二度と会えなくなるという背筋の凍る現実。

後悔・恐怖・絶望。僕は何も理解していなかった。世の中には計り知れない悪意が存在していることを。自分なら大丈夫だという根拠のない自信、それが打ち砕かれてしまった僕の心はもうズタボロだった。

負の感情をないまぜにした涙が僕の目からボタボタと落ちて、所々割れて埃《ほこり》っぽい石畳に染みを作っていった。

＊＊＊

「さすがの僕もあの時ばかりは人生終わったと思ったからね」

「それは知ってるぞ。『半身《はんしん》』の俺にはお前の感じた恐怖や絶望が痛いぐらいの刺激になって伝わってきたからな。それもよりによって正座で師匠の説教食らってる時に」

「え？　そうだったの？」

それは僕も初耳だ。

「ああ。師匠とヨハンに睨《にら》まれながら正座してたら、こう竜玉の埋まった胸に射貫《いぬ》かれるような衝撃が走ったんだよ」

「竜玉に……痛かった？」

「痛いというより、こうドーンと全身に衝撃が走って息が止まったな。俺がいきなり前のめりに倒れて、ほんの数秒だけど失神したもんだから、あの師匠が珍しくちっとばかし慌ててたぜ」

「ガルリスが失神するほどの衝撃って普通の人なら死んでるからね？」

それは初めてガルリスから聞いた情報で、僕は改めて彼ら竜族の長《おさ》の一族にとって『半身《はんしん》』契約がどれほど覚悟を要することなのか痛感した。

「けど、おかげで俺はすぐにお前に何かが起きたことを知ることができた」

「そうか……あの時も僕は一人じゃなかったんだね」

味方の誰一人いない世界に独りぼっちで放り出されたような、あの日の寄る辺なき孤独が柔らかく癒やされる。

「本当はすぐにでも飛んで行きたかったんだがな、師匠達が小難しいことばっか言って俺を止めたんだ」

「小難しい、ねぇ」

ガルリスの言う小難しいこととは、おそらく世の中一般では大人の常識とされている事柄だろう。

「やれ国同士の関係がどうの、政治的駆け引きがどうの、まずは身の安全の確保がどうのってな。俺は短絡的な考えでチカユキをさらってチカユキとお前を危険に晒した。だから、それが正しいことだっていうのは頭では理解してたんだ。だけどな、そんなことよりお前が泣いてるってことの方が俺にとっては大問題だった」

「ガルリスそれは……、うん動かなくて大正解。理性がきちんと仕事して良かったじゃん」

僕は不意にこぼれ落ちそうになる涙と嬉しさを、いつもの憎まれ口でごまかした。僕のこんな気持ちもガルリスに筒抜けなのは分かっている。それでも僕は歓びを抑えきれない。

世界の全てを敵に回し、世の理《ことわり》全てを覆しても、ガルリスの一番は僕だけという事実。

チカさんと違ってエゴイストな僕は、そのことに無上の幸福を覚えてしまう。愛する人に僕自身も含めた全てに対し、公平で正しくあって欲しいだなんて綺麗《きれい》事《ごと》は言わない。僕は僕の愛する人に甘やかされ徹底的に贔屓《ひいき》されたい。それが罪で地獄に堕ちるなら本望だ。そもそも地獄に堕ちようが天国に昇ろうが、その時僕の隣には愛しい真紅の竜がいるのだから何の問題もない。

「ちなみに師匠は、お前に何かあったらあの国はもうおしまいですね。存在する価値がありません。って一切感情のない顔になってってやばかったぞ」

「そっ、そうなんだ……」

セバスチャンなら確かに一人で一国ぐらい滅ぼしてしまうかもしれない。味方だからこの上なく頼もしい存在だが、もし敵に回ったとしたら悪夢以外の何物でもないだろう。

「まぁ、そんなこんなでお前の救出までにちょっと時間がかかった訳だ」

その言葉に僕の意識は再び過去に引き戻される。

＊＊＊

異国の地で見知らぬ男にさらわれた僕は、人目に付かぬ路地裏で荷物のように粗雑に麻袋に入れられ、硬い床の上に転がされた。その動作からは、故意に僕を痛めつけようとする意図は感じられなかったものの、同じ人間に対する労《いたわ》りもなかった。

「う……」

転がされた床の上、麻袋の中で僕は縛られたままの手足をモゾモゾと動かす。当たり前だが、そんなことで緩むような縛られ方はしていない。

「出せ」

僕を拐った男が誰かに短く命じると、硬い床がガタガタと揺れ始める。僕は自分が馬車に乗せられていることを悟った。

これはいよいよ本格的に遠くに連れ去られてしまう。

既に引きっていた僕の血が、さらに全身から引いていき、体から力が抜けるのを感じた。

どれほどの時間馬車に揺られていたのだろうか？　長かったのか短かったのか、恐怖で鈍りきった僕の感覚はそれを把握することすら出来なかった。

あの時はそこがどこなのか良く分かっていなかったが、僕が連れて行かれたのはキャタルトンの王族達が住まう王宮だったのだ。僕という存在をどのように利用しようと思ったのかは定かではないけれど、個人的な欲望を満足させようとしたのか、それとも大国レオニダスに対する切り札としようとしたのか、どちらにしろそれは失敗だった。自分でいうのもなんだけど僕という存在をもっとうまく利用すればレオニダスに対してもっと効果的な圧力だってかけられたはず。まぁ、短絡的に僕をさらった時点で頭が切れる奴らの仕業じゃなかったのは僕にとっても幸いだったのかもしれない。

馬車が停まると、僕は麻袋に入ったまま男の腕に抱えられ、何人かの人間の気配がある部屋へと運ばれた。

「それがそうなのか？」

「へい、旦那《だんな》がお求めのヒト族のガキでさぁ」

上から問う声にへりくだって答える男。

「黒髪の、ヒト族か……」

卑しく生唾を飲む音。

「『至上の癒し手』の血を引くヒト族が手に入るとは、これ以上はなき僥倖《ぎょうこう》だ」

小狡《こずる》そうな声。

「さあ、早く見せぬか！」

「もちろんお見せしますし、お渡しもしますよ。ですがね、その前にお代を頂かねぇことにはねぇ？　こちらも商売でしてへイ」

「業突く張りが……それ、くれてやる」

侮蔑を隠しもしない声に続き、金貨の入った袋が床に投げ捨てられる音。

「どうもありがとうごぜぇます。さ、さ、ガキをどうぞ」

僕はようやく麻袋から出してもらえた。

「う……」

眩《まぶ》しさに瞬きを繰り返す僕に注がれる、いくつかの視線。そこにはあの裏通りで感じた以上にどろどろと粘り付くような感情が込められていた。

怖い。気持ち悪い。助けて、助けて。

値踏みされるような全身を舐《な》め回す視線に全身が小刻みに震える。

約束を破った僕はうんと叱られるだろう。それでも構わなかった。強くて優しい二人の父さん達に、そして何よりお母さんに会いたい。まだ、別れて半日も経っていないけどそんなことは関係なかった。両親に会いたい、今の僕の願いはそれだけだった。

「解いてやれ」

「へい」

男が僕の手足の縄を解き、猿轡を外す。

「これはこれは、思った以上に上物だな」

「これならばいくらでも利用価値はある。それに、我らを十分に愉《たの》しませてくれようぞ」

好色で下卑た視線が僕の全身を再び襲う。

広間にいるのは大形で猫科の獣人ばかり。彼らの身なりや振る舞いからして、地位の高い人間であることは子供の目にも明らかだった。

「強い魔力を持つ手駒は多いにこしたことはない」

「『至上の癒し手』の力を継いだ者が生まれるやもしれん」

僕の気持ちなどお構いなしに、目の前の大人達は好き勝手なことを言う。

「この肌のなんと白くきめの細かいことか！　絹のようではないか」

やがて眺めるだけでは飽きたらなくなった彼らの一人が、皺《しわ》だらけのカサカサに乾いた指先を僕の上着の中に這《は》わせた。

「嫌だ！　触るな！」

脇腹から柔らかな腹を撫でられた瞬間、僕はその感覚のあまりのおぞましさに声を上げ、年老いた猫族を力の限り突き飛ばす。

「このっ！　刃向かうつもりか！」

憎々しげに吐き捨てる声と同時に僕は力任せに頬を張られ、毛足の長い絨毯《じゅうたん》の上に勢い良く転がった。

「う……っぁあ」

ジンジンと痛む頬。鼻からポタポタと滴る錆臭《さびくさ》い血。

生まれて初めて受ける理不尽な暴力はあまりに衝撃的でそのショックに僕の頭の中は真っ白になった。

「気の強いガキだ」

「道具の分際で」

「ちと灸《きゅう》を据えてやらねばな」

ほうぼうから大きな手が伸びてきて、僕の身体を撫で回し衣服を剝《は》ぎ取っていく。

「嫌だ！　やめて！　嫌！　助けて！　母さん！　父さん！」

すっかり裸にされた僕の両手足と首に鉄製の枷《かせ》がはめられる。それらは幼い僕にとって、つけているだけで苦痛を感じる重さを持っていた。

「うう……」

無駄と知りつつ、僕は鉄の首輪を両手で引っ張る。裸で枷をつけられることは、僕の肉体以上に心を、人としての矜持《きょうじ》を傷つけた。

「ふん、やはりヒト族にはその姿が似合いよ」

「そうじゃ、ヒト族など所詮強き者の玩具にすぎぬ！」

「レオニダスでは出自も定かではないヒト族風情が色香で王族を誑《たぶら》かし、伴侶だ后《きさき》だと名乗っておるそうだな？　実に愚かな奴らよ！　片腹痛いわ！」

目の前の大人達の発する言葉は、僕には半分以上理解ができないものだった。

獣人とヒト族、その差を今まで意識したことなどなかったからだ。

それでも、一言一言が氷で出来た棘《とげ》のように突き刺さり、僕の心は凍《い》てついていく。

「そやつは離宮の塔にでも幽閉しておけ。従順で素直になるまでは最低限の食事と水を与えるだけでよい。ああ、間違っても殺さぬように」

最も態度が大きい僕を殴った奴が、尊大な口調で控えていた騎士に命じる。

とりあえず、今すぐ殺されることはない。そう理解した僕は少しだけ安堵《あんど》し、その分だけ落ち着きを取り戻せた。あの頃の僕は、殺された方がマシというヒト族が味わった悲惨な現実が存在することを知らなかったのだ。

「来い」

短髪の赤毛、その襟足だけを伸ばし乱雑に結わえた騎士が、僕の首輪に繋《つな》いだ鎖を引っ張った。

僕は家畜のように繋がれ引かれて歩くのだ。その惨めさに、目から大粒の涙がとめどもなく溢れた。

「そいじゃあ、あっしはこれで」

金さえもらえればこんな場所に長居は無用とばかりに、僕を誘拐した男は金貨の入った袋を大切そうに懐にしまい背を向ける。もはや用無しの僕には目をくれようともしない。

この人にとって、僕という人間は大金を得るための手段でしかない。自分がさらって売り渡した幼子がどうされようと、知ったことではないのだ。初めて触れる生々しい大人の残酷さにも、僕は強いショックを受けた。スイというヒト族の子供は、呆《あき》れるほど周囲に愛され、そして守られて育っていたのだ。

「ふむ、大儀であった……ガレス、やれ」

猫の王は鷹揚《おうよう》に頷きながら、僕を引っ張る騎士を見てその名を呼んだ。

刹那――。

「悪いな」

「ぎゃあぁっっ」

ガレスと呼ばれた赤毛の騎士は、眉一つ動かさず振り向きざまに抜刀し、誘拐犯を斬り捨てる。瞬きをする間もなく、誘拐犯はその場に倒れ、命の鼓動を止めたのは子供の目にも明らかだった。

「ひっ――ッッ」

目の前で人が死んだ。殺された。一つの生命が呆気《あっけ》なく終わった。

「あ……あぅ……ッあぁぁッ」

その衝撃たるや先ほど殴られたものとは比べものにならない。僕は完全に腰が抜けていた。

「おい、立てるか坊主？　……無理だなこりゃ」

赤毛の騎士ガレスは、片手でヒョイと全身に力が入らない僕を抱え上げ、大股で広間を後にした。

「震えてるな。寒いか坊主？」

のしのしと歩きながらガレスは僕に聞いた。僕は震えながらも首を振る。

歯の根が合わぬほどの僕の震えは、寒いからじゃない。無慈悲に人を斬り殺したばかりの見知らぬ男に、抵抗も出来ずに抱えられているからだ。

「そりゃぁ良かった。離宮の塔は冷えるんだ、特に夜はな。この程度の寒さで音を上げてちゃもたねぇよ」

そいつの意地の悪い物言いに僕は唇を噛んだ。

人一人殺したばかりだというのに、ガレスの態度や表情からそれに対する罪悪感などは感じ取れない。それどころか、彫りの深い顔を横切る大きな傷を歪《ゆが》めて不敵に笑ってすらいる。そして、彼の赤毛は僕の知っている人に良く似ていた。

「おじちゃん……ガルリスおじちゃん……」

ガルリス──その名前を思い出すと同時に、恐怖で飽和していた僕の心に鋭い痛みが蘇った。

今、僕がここに囚《とら》われていることを知る者は誰もいない。僕はこのままここに閉じ込められて、お母さんやお父さん、兄さん達にも会えず一生を終えるのだろう。そして……大好きなガルリスおじちゃんにも二度と会えないのだ。

その事実が痛烈な哀しみが僕の心を真っ二つに引き裂いた。僕は本物の喪失感というものを、その単語の意味を知るよりも早く心で理解した。

「かえりたい……っ！　お家にかえりたいよぉ……っ！　ここは嫌だ！　こわい！　みんなこわい！　嫌っ！」

ガレスに抱えられたまま、僕は聞き分けのない駄々っ子のように泣き叫んだ。

「……諦めな。恨むならこんな国にヒト族の子供を連れてきた親を恨むんだな」

あやすというには余りにぶっきら棒な口調でガレスはボソリと呟《つぶや》いた。

「ち、ちがうよ！　お母さん達は、僕にきたらダメっていったもん」

「なら、なんでお前はこんなとこにいるんだ？」

「……僕がお母さんやお父さん達との約束を守らなかったから……」

「なら自業自得だ。悪いのはお前だな」

「知ってるよそんなの！」

子供相手に容赦なく身も蓋もない正論を吐くガレスに、僕は自分の立場も忘れて癇癪《かんしゃく》を起こす。

「つまり坊主は約束を破ったせいでここの連中の罠《わな》にほいほいと入ってきちまった可哀想《かわいそう》な獲物ってことだ。せいぜい大人しく良い子にして、なるべく痛くねぇように食ってもらうこった」

「いやだ、絶対にいやだ！」

僕は自分への怒り、僕をここへ連れてきた相手への怒り、そして意地悪なことばかり言うガレスへの怒りを爆発させる。

「ヴゥーーっ」

「痛ってぇ！　おいこら噛むなって」

ガレスの腕に渾身《こんしん》の力を込めて歯を立てた。ヒト族のそれも幼児の脆弱《ぜいじゃく》な顎の力、しかも服の上から噛みついたそれ。立派な体格をした獣人の騎士にしてみれば、じゃれつかれているのと大差はないだろう。それでも僕は、感情の全てを顎に託して噛み付いた。

「まったく、獣人のガキみてぇに凶暴だな」

くっくっと口の端をあげて笑うガレスに再び怒りと悔しさが腹の底から込み上げる。僕にリヒト兄のような鋭い牙があれば、この意地の悪い騎士に一矢《いっし》報《むく》いてやれるのに。

「なぁ、坊主は人を殺した俺が怖くねぇのか？」

「っ!!」

その一言で僕は一気に血の気が引いた。

そうだ。この男は僕の目の前で顔色一つ変えずに人を斬り殺したのだ。

「何だ、頭に血が上って忘れてたのか？　もっと賢いかと思ったんだが意外と間抜けだな。この世界、間抜けは長生きできねぇんだぜ？」

本当にこの男の言うことは逐一的を得て底意地が悪い。

「おじさんは、どうしてあの人をころしたの？」

「おじさ……いや、まあいい。それはな、騎士の俺に対する命令だからだ」

思わず発した問に返される機械的な答え。

「めいれいされたら、だれでもころすの？」

「それが仕事だ」

「僕のこともころすの？」

「ああ、殺すな」

「……っ」

何かを期待していたわけではないが、こうもあっさりと答えられると言葉を失くす。大人というのは自分も守ってくれる存在。それが当然だった世界がガラガラと音を立てて崩れていく気がした。

「ころすのが好き？」

「好きでも嫌いでもねぇよ。農夫は畑を耕す、料理人は料理を作る、騎士や冒険者は人間や魔獣を殺す。それだけのこった」

「僕のお父さん達もきしでぼうけんしゃだよ」

「なら俺と同じ人殺しだな」

「ちがう！　ちがうよ！　お父さん達はひとごろしじゃない！」

僕は再び恐怖を忘れてガレスの腹を小さな拳で殴った。

「違わねぇな。坊主が知らないだけだ。まぁ、俺みたいな不良騎士じゃぁないかもしれないけどな、それでも大義だのなんだのご大層なものを掲げても結局は同じなんだよ。根底にあるものはな」

「ちがう！　ちがう！　ちがう！　お父さん達は理由もなく人を殺すような人達じゃない！」

「なら、理由があれば人を殺してもいいのか？　俺があの男を殺したのもあいつが極悪人だからと言えばそれは良いんだな？」

「それは……。でも、やっぱりちがう！」

「くっくっくっ、坊主にはまだ難しかったか？　だがその調子だ、今の怒りを忘れんな。怒りは生き抜く力になる。坊主がここから生きて帰るにはその力が必要だからな」


暴れる自分の声にかき消されてガレスが何を言っているのかはよく聞こえなかった。けれど、愉快そうな笑い声を響かせる騎士が憎たらしくて堪らない。

「ほれ、ここが坊主の寝床だ」

ガレスは豪華な建物の奥まった片隅に建つ古びた塔に僕を運び、薄暗い石造りの牢《ろう》に降ろす。その仕草は無造作だが不思議と邪険ではなかった。

だけど、寒い。僕は身体を抱きしめて震える。こんな所に放置されては、病気になってしまうことが幼心にも理解できた。

「ちぃと冷えるな。坊主、凍えて死ぬのが嫌ならこいつを身体に巻いておけ」

ガレスは自分のマントを外すと僕の頭の上から被《かぶ》せた。

「うわ、わ」

突然視界を塞がれた僕は、大きなマントの中で手枷のはまった腕をばたつかせる。

「ぷはっ!?　あれ？」

僕がマントの外に頭を出せた時、既にガレスの姿はそこになかった。

「……」

僕は綻びの目立つ黒いマントをじっと見つめる。自分をさらった国の意地悪な騎士のマントなど、引き裂いて捨ててやりたい。けれども放り込まれた石牢はひどく寒い。その寒さはちっぽけな子供の意地を容易《たやす》くへし折った。

全てのものが僕に冷たい空間の中で、唯一温かく優しいのが意地悪騎士のマント。その皮肉な現実をどう受け止めて良いのか分からぬままに、幼い僕は石牢の片隅で大きなマントに包《くる》まり蹲《うずくま》った。

灯《あか》りもない離宮の石牢で独りぼっちの僕は、日没と共に寒さと寂しさを増していくのを感じていた。小さな窓はあるものの、そこには鉄格子がはまっていて、ここが誰かを閉じ込めておくための場所であることを思い知る。

あいつらは僕が素直に言うことを聞くまでここに入れておけと言っていた。だけど、そうした先にある未来が明るいものでないことぐらいは分かる。

「どうしよう……」

僕はガレスのマントにすっぽりと包まりながら懸命に頭を働かせる。泣きわめく時間があるならば、何とかしてここから逃げ出す方法を考えなければならない。

「あの人たちは僕をころすつもりはないみたいだった。でも……」

僕は叩《たた》かれた左頬にそっと触れた。もう強い痛みは残っていないが、いくらか腫れて熱を持っている。暴力を振るうことに躊躇《ちゅうちょ》をしない相手に僕一人で立ち向かうことは難しい。

「ここを出るにはどうしたら……?」

僕は石牢の格子を確認する。期待はしていなかったが、僕の腕力では揺らぎすらしない。壁や床を掘るという考えも一瞬頭を過《よぎ》ったものの、貧弱な力しかない手で掘る事ができるとは思えない。よしんば奇跡的に掘れたとして、翼もないのにこんな高い塔からどう逃げ出すというのか?

僕は自分では何も出来ない絶望的な状況に、マントをギュッと握りしめる。

「くらい……」

窓から見える四角い空は、すっかり日が落ち星が瞬き始めていた。

「お母さん、お父さん……」

お母さんの今日の仕事はもう終ったのだろうか？　きっとお父さん達と宿に戻って、僕がいなくなったことに気付いて心配しているに違いない。

「僕のこと探してくれてるかな……」

自分の力でここから出られないのなら、助けに来てもらうしかない。というか、僕が助かる道はそれしかない。

となれば、僕のすべきことはただひとつ。

「お父さん達にここにいることをなんとかしらせなくちゃ」

それもバレないようにコッソリと。

「よぉチビ助。誰に何を知らせるってか？　ん？」

「ひぇっ!?」

唐突に暗闇からかけられた声に、僕は飛び上がりそうになった。

「なにしにきたの？」

暗闇から現れたガレスを警戒しながら縋《すが》るのは彼のマント。滑稽な話だが、当時の僕にはそれを考える余裕はなかった。

「何しにたぁご挨拶だな。飯、持ってきてやったんだぜ？」

「ごはん？」

言われて僕は、昼にサンドイッチを齧ってから何も口にしていないことを思い出す。空腹はさほど感じなかったけど、ひどく喉が渇いていた。

「邪魔するぜ」

ギィと金属の軋《きし》む音がして、ガレスが石牢の中に入って来るのが分かった。

今この隙に牢の中から飛び出して、逆にガレスを突き飛ばして閉じ込めることができたなら——。

「やめとけ、チビ助にゃ無理だ」

「っ!?」

全てを見透かしたようなガレスの言葉に、僕はビクリと震えた。

「俺は豹《ひょう》族だ。猫科の獣人は総じて夜目がきく。この程度の暗闇は、俺にとっちゃ暗闇じゃねぇ。チビ助の動きは丸見えだぞ。今ギクっとした面してんのも丸わかりだかんな？　何かをしようってんなら、そんなふうに面に出すもんじゃねぇ。そういうときほど普段通りでいろ、相手に感情を悟られるな。というわけでほれほれ、笑ってみろ」

ああ、もうなんて嫌な奴なんだ！　僕は油断すると八の字に垂れ下がりそうになる眉に力を込め、無理矢理口角を吊《つ》り上げた。

「ブッサイクだな」

「うるさい！　うるさい！」

必死の作り笑いを鼻で笑ったガレスの声目掛け、僕は手枷の鎖を振った。

「おっ、今のはいい攻撃だぞ。武器を持ち込めねぇ場所でも、案外身近に使えるものがあったりするからな」

褒められてもちっとも嬉しくない。軽々と避《よ》けられてしまって一矢報いることすら叶《かな》わなかったのだ。

「狙いは今ひとつだけどな。やるなら顔面、最善は目玉、次善は鼻だ。ほら、飯だ食えよ」

「いらない」

喉は渇いているが、敵に与えられた食事は食べたくない。それぐらいの意地は僕にもあった。

「なんでだ?」

「敵からほどこしは受けないんだ！」

「お前、難しい言葉知ってるな。だが良く考えてみろ、ここでお前が食ったり飲んだりできるのは俺が用意したもんだけだ。ここで餓死するか、諦めて食うかの二択しかねぇ。そんで、俺はお前を死なす訳にはいかないわけだ。さてどうする?」

「……わかったよ。たべる」

「そうだ、賢い良い判断だ。つまんねぇ意地をはって食わなきゃ体力を失う。体力がなくなりゃ考える力もなくなって、俺達みたいな敵の思うつぼって訳だ」

悔しいけれど、ガレスの言うことは逐一道理だ。今僕に出来ることは、食べて寝て休むこと。心と身体を少しでも休め、無駄に磨《す》り減らさず、こいつらに屈しないことだ。

「お前さんはその年にしちゃ随分賢いな。ヒト族の見た目と年は良くわかんねぇが、小さいことには変わりねぇだろうし」

「あ……」

僕の頭を無造作に撫でた大きな手が、少しだけ……ほんの少しだけお父さん達に似ていて不覚にも涙が出た。

「どうした？　食えよ」

「まっくらでなにも見えないから……」

食べ物の匂いはするけれど、灯りがなければ僕には正確な位置は摑《つか》めない。

「ああ、そうだったな。不自由だなヒト族のお坊ちゃんは」

皮肉を言いながらも、ガレスは燭台《しょくだい》に火を灯《とも》してくれた。

「あかるい……」

ちっぽけな蠟燭《ろうそく》の炎にすら安堵を覚える。

「さっさと食っちまえ」

「うん」

用意された食事はとても質素なものだった。野菜の屑《くず》と少しの肉片が入ったスープに固そうなパンが一片。

こんなにも粗末な食事は記憶にある限り初めてだった。

「美味《うま》いか？」

「……あんまりおいしくない」

見てくれだけでなく、味の方もとてもお粗末でスープが温かいことだけが救いだ。

「そりゃそうか、けど温《あった》けぇだろ？」

「うん」

「牢の中じゃ、飯が温かいってだけで破格の扱いなんだぜ？」

「そう……なんだ」

「知らなかったか？　ひとつお利口になれて良かったな」

「なりたくなかったよ」

「はは、そりゃそーだ」

当たり前だけど、僕は自分が牢の中でご飯を食べる未来など想像したこともなかった。

「チビ助の家の飯は美味いのか？」

「うん、すごくおいしいよ」

「この国には飯を食うこと自体出来ない連中がわんさかいる。チビ助は幸せもんだな」

ガレスの言葉にスープを掬《すく》っていた手が止まる。この国にはこんなものすら食べられない人がいるということが信じられなかった。

「信じられないっつう顔だな。まぁ、今までのチビ助は知る必要もなかったんだろう。けどな、もうお前はこの国を取り巻くものに巻き込まれちまった。もう今までの何も知らないお前さんでいることは難しいぜ、しっかり覚悟を決めておけ。よし、全部食ったな」

ガレスの言葉に戸惑いながらもなんとか僕は食事を終えた。ガレスは、数回呼吸を整えると燭台の炎を吹き消した。

「あっ!?」

小さいとはいえ灯りに慣れていた目が、不意に暗闇に覆われ僕は小さく声を上げた。

「まっくら……だよ?」

「ガキは寝る時間だ。ここで大人しく寝てりゃ朝が来る」

「でも……」

「今のチビ助に出来るのは食べて寝ることだけだ。まぁ、自分に何が出来るかぐらいは考えてみてもいいだろうがな。さっきも言ったがチビ助はこれから否応《いやおう》なしに変わることを迫られるんだ。それじゃあな」

「……おやすみなさい」

僕がおやすみの挨拶を返すと、ガレスはまた吹き出しながら帰って行った。

「……お母さん、お父さん……ガルリスおじちゃん」

一人取り残された真っ暗な空間が、まるで四方から僕を圧迫する黒い棺《ひつぎ》のように思えた。恐怖に支配されそうになった僕は自然と大好きな人の名前を口にする。

「ガレスのウソつき……」

ガレスに言われたように目を閉じても、迫り来る闇は決して消えはしない。

ガレスは覚悟を決めろと言った。僕に出来ることを考えろとも。でも、思考がまとまらず、寂しさと恐怖が僕の中を埋め尽くしていく。

泣いては駄目だ。無駄に体力を磨り減らしてはいけない。

頭では分かっている。けれども、幼い僕の心は寂しい悲しい恋しいと悲鳴を上げ続け、声にならないそれが涙となって溢れてしまう。

家にいる時は、さして暗がりを恐ろしいとも思わなかった。夜一人でトイレに行けないヒカル兄に、いくらか得意な気持ちで付き添ったりもした。だがそれは、僕に勇気があったからじゃない。誰かに守られている

という安心感があったからなのだ。

独りぼっちの暗闇は果てし無く恐ろしい。自分の手すらろくに見えない暗黒の中で、何もかもが輪郭を失い存在をあやふやにし、知らぬ間に消えてしまうような気がする。

僕は啜《すす》り泣きながら、いつしか眠りに落ちていった。こんなにも辛く悲しい気持ちで眠りにつくのも初めての経験だった。


「ん……」

瞼《まぶた》の裏が明るくなって、小鳥の囀《さえず》りが微かに聞こえる。平和で平凡な朝の訪れに、束《つか》の間《ま》僕は自分が囚われの身であることを忘れてしまう。

けれども、

「お母さん……」

いつもの癖で手を伸ばしまさぐっても、当然そこには何もない。

「お父さん……」

独りぼっちの朝に、また自然と涙が頬を伝う。

太陽が昇り小鳥が唄っても、ここに僕の大好きな家族はいない。お母さんの作る焼き立てのパンや炊きたてのラヒシュの匂いのしない朝は、味気なく乾いて寒々しい。

「うう……っ」

一人置き去りにされた夜の闇は恐ろしかった。けれど、眩《まばゆ》い光を窓から眺めるだけの朝はひどく惨めだ。僕はそんな荒《すさ》みきった心を抱えたまま、マントに包まり蹲った。

朝が来ようが昼になろうが、一人きりの石牢ですることなど何もない。退屈などと言っていられる立場ではないが、気を紛らわせるものひとつない状況は僕を更に孤独にした。

思えばこんなにも長く一人で過ごしたことなど、物心ついてよりこの方一度もない。僕の周りにはいつでも優しい家族や友人がいた。守ってくれる大人がいた。一人がこんなに辛いものだと、僕は考えたことすらなかったのだ。

温かくて美味《おい》しいご飯。ふかふかのベッド。笑顔の家族。それにたっぷりお湯を張ったお風呂。僕の身の回りにあったものは、何ひとつ当たり前ではなかった。

ほんの少しのボタンの掛け違いで、驚くほど簡単に何もかもが一瞬にしてなくなった。

そんな僕の耳に既に聞き慣れてしまった声が響く。

「よぉチビ助、ちゃんと眠れたか？」

「おじさん……おはよう」

「ん、おはようさん。それから、俺はお兄さんな！」

「……おじさん」

「今、じっくり顔見てから決めたな⁉　傷ついちまうだろ。せっかく水とパンを持ってきてやったのに」

僕はガレスの手元を見た。確かにパンと瓶に入った水がある。パンはともかく、水が飲みたい。

「ありがとう」

この状況で『敵』にお礼を口にすることに抵抗はあるけど、頼れるのもガレスだけだ。それに認めたくなかったが、彼が喋《しゃべ》ってくれているといくらか気が紛れた。

「おにいさん、おねがいがあるんだ」

この人ならもしかして——僕は一縷《いちる》の望みを掛けて、ガレスの足元に跪《ひざまず》く。

「お願いする時だけお兄さんかよ。何だ？」

「僕をここからにがして……おねがいだよ。にがしてくれたら、なんでもするから」

恥も外聞もなく、ガレスの足にしがみついた。もう一秒たりともここにはいたくない。また今夜も独りぼっちの夜を過ごすなんて、考えただけで気が狂いそうになる。

「馬鹿かお前さんは」

僕の必死の嘆願を、ガレスは取り付く島もなく一蹴した。

「んなことできるわけねーだろ。俺にも立場ってもんがあるんだ」

「それでも……おねがいだよ！」

必死の嘆願を無下にされ、僕は嗚咽《おえつ》を堪《こら》えられなかった。僕の周りの大人達は、僕が一生懸命お願いすれば余程の我が儘でない限り聞いてくれたのに。

「はぁお前さん、とことん甘やかされてんなぁ。いいか？　お前さんにしてみりゃ、敵の俺に土下座までするんのは大変なこったろうよ。けどな？　俺にとっちゃ昨日会ったばっかのチビ助に土下座されたところで何の得もねぇわけだ。わかるか？　ここじゃあお前さんの土下座にゃこれっぽっちも値打ちがねぇんだ」

「……得？　価値がない？」

思わず僕は伏せていた顔を上げ、ガレスの顔を凝視する。誰かに頭を下げて何かを頼むのに、損得だとか下げた頭の価値だとか、そんなことは考えたこともなかったからだ。

「わかんねぇか？」

「うん……、よくわかんない……」

「お前さんの家族は、損得無関係にお前さんのために動く。それはチビ助のことが好きだからだ。人は好きな奴のためなら心で動く。けど、残念ながら俺はチビ助のことが別段好きじゃない、というかこれといった思い入れがない」

「……っ」

「おいおい、そこでショック受けんなよ。チビ助だって俺のことなんざ嫌いだろうが」

言われてみればその通りなのだが、こんなにも正面切って誰かから「好きじゃない」と宣言されたのは初めてで、僕はどうしたものか途方に暮れた。

「だから、お前さんは自分を好いてない相手を動かす別の手段を考えなきゃいけねぇ」

「それが、そんとく？」

「そうだ、話が早ぇな。頭の回転が早い奴は嫌いじゃないぜ？　他人を動かすのは情理じゃねぇ、利があるかないかだ」

「……わかった」

僕は利のない土下座を止めて顔を上げた。

「ああ、その切り替えの早さはいいな。実にいい！」

何がそんなに愉快なのか、ガレスは楽しそうにウンウンと頷いている。

「夕方また飯を持ってきてやる。それまで水と食いもんは考えて飲み食いしろよ」

「お昼は来ないの？」

「悪いがここの飯は一日二回だ」

「そうなんだ……」

食べ物そのものよりも、人との接触に早くも僕は飢えていた。

「それから、他人に『何でもする』なんて簡単に言うもんじゃねぇ。足元見られて舐められるだけだぜ」

去っていくガレスの背中を、僕は唇をきつく噛んで見送る。そうしていなければ、「行かないで」と叫んでしまいそうだから。ここでは寂しくても辛くても、他人に弱味を見せてはいけない。僕は短い期間にそれを理解していた。

永遠のように長い時間が、静かに静かに流れていった。途中幾度か微睡《まどろ》んでいたようにも思えるが、それすらももはや定かでなくなった頃、待ち侘《わ》びていた相手が夕食を盆に乗せてようやく現れた。

「飯だ」

「うん」

僕はもぞもぞと身体を起こし、良く分からないものを適当にぶち込んで煮込んだ残飯のようなかゆをゆっくりと啜る。もはや味も質も期待していなかったが、やはり温かな食べ物が喉を通り腹におさまると安堵する。

「美味いか？」

「あんまり」

僕達は昨日と同じ会話を繰り返す。

「ごちそうさま」

食後の挨拶も昨日と同じ。違うのはここからだ。

「おにいさん」

「あ？　またお願いか？」

「うん。おにいさんが僕をここから直接逃がすのが駄目なら、僕がここにいることをお母さん達に知らせて。大きくて立派な宿屋にいる、黒い髪のヒト族でチカユキっていうんだ」

「なるほど。そこがお前さんの思う現実的なお願いのラインってわけか。だが、まだまだだな。お前さんのおっかねぇ親父さんに見つかったら大変だし、俺の利益がこれっぽっちもねぇ」

「じゃ、じゃあっ」

ガレスの意義悪なニヤニヤ顔に折れそうになる心を奮い立たせ、僕は一生懸命頭を働かせる。

「櫛をあげるよ！」

僕は思いつく切り札を口にした。

「櫛？」

「ただの櫛じゃないよ！　魔法の櫛なんだよ」

「魔法の櫛、ねぇ」

ガレスは少し考えるような素振りを見せた。

「そいつにはどんな力があるんだ？」

「わかんない。でも、すごい宝物なんだよ」

「わからないのにか？」

「僕に櫛をくれたおじさんがいってたもん」

「胡散臭《うさんくせ》ぇこと極まりねぇな。で、櫛とやらはどこにあるんだ？」

「……わかんない。服を脱がされたとき、いっしょにとられちゃったんだ」

「話になんねぇな」

「で、でも！　きっと僕の服と同じところにあるよ！」

「どんな力があるかもわかんねぇ櫛を、危険を冒して盗み出すのが俺の利か？　櫛が欲しけりゃ別にお願い聞かなくても、勝手に盗みゃ済む話だぜ」

「櫛のこと、おしえてあげたのは僕だよ？」

「情報を先払いするからそうなるんだ」

「ずるいよ！　どうしてそんなに意地悪ばっかり言うんだよ！」

僕の口からは思わず悪態をついた。ガレスという男は、良くも悪くも今まで僕の周りにはいなかったタイプの人間だ。少しだけダグラス父さんに似てると思ったけど、父さんはこんなに意地悪じゃない。

「俺は別に善《い》い人間じゃねぇ、どっちかっつうと悪い人間だからな。俺に何か頼みたいなら、もう少しマシな利を考えな」

「お願い待って！　灯りを消さないで！」

「残念、時間切れだ」

僕に二度目の闇が訪れた。昨日よりは慣れて平気かと思ったけれど、全然そんなことはない。この先ずっとこんな夜を繰り返すのかと弱気になっては、冷たく黒い孤独と恐怖に蝕《むしば》まれ涙を流す。

「ガルリスおじちゃん……あいたいよ、おじちゃん……」

泣きながら僕は救いの呪文のように大好きな人の名前を何度も呼んだ。

「こわいよ、さむいよ、さびしいよぉ……っ」

しゃくり上げながら、昼間は何とか抑え込んでいた辛さをすべて言葉にして吐き出す。そうでもしないと、胸がはちきれて死んでしまいそうだった。

「ないちゃ、だめ、なのにっ……ぐすっ……うぅ、ゲイル父さん、ダグラス父さん……」

後から後から湧いて来る涙が、拭《ぬぐ》っても拭いきれない。こんなに悲しくて辛くて悔しくて寂しくて怖くて泣いたことなどなかった。

「まけ、る、もんか！　ガレスになんか、まけない」

そのガレスのマントで涙と鼻水を拭いながら、僕は馬鹿にされた悔しさを思い崩れそうな自我を支えた。

何とかガレスを動かす利を考えること。僕は泣きじゃくりながらそれだけを考え辛い夜を乗り越えた。


「……いたい」

二度目の朝を僕は気怠《けだる》く迎えた。昨日のような強い悲しみはもうなかったけれど、代わりに身体がひどく痛い。マントに包まっただけで床に直接寝ているのだから当たり前だ。

「うう……」

身体を起こすだけで、鈍い痛みが全身に走る。特に腰と背中、下にして寝ていた左肩が痛んだ。

「もうやだ……いたい……」

身体の痛みという分かりやすい現象が、僕の気持ちを朝からどん底に突き落とす。手足に枷をつけられ、石の床に転がって眠る。それは何不自由なく育ってきた僕にとって、過酷な現実となってのしかかってくる。

「チビ助、どうした？」

「おじさん……」

肩を摩《さす》りながら泣いている僕に、ガレスが少し驚いたように声をかけた。手には相変わらず質素を通り越して粗末な朝食を持っている。

「体が痛い……」

「あぁ、石の上に直接だからな。後で藁を持ってきてやる」

「藁？」

「は、レオニダスのお坊っちゃまは藁になんか寝たことねぇか？」

「うん、ない」

「高級寝具とはいかねぇが、床に直《じか》に寝るよりだいぶマシになるぜ？」

「ありがとう」

僕は素直にお礼の言葉を口にした。それほどに、硬い石の床で寝ることは僕の甘やかされた身体には苦痛だったのだ。

「ねぇ、おじさん」

「ん？」

「僕、かんがえたんだ」

「何をだ？」

「おじさんにあげる利のこと」

「今日はおにいさんじゃないのか。で、それは俺にとって本当に利益になるんだろうな？」

「うん」

僕は自信たっぷりに堂々と頷いた。本当は不安だったけれど、僕を好きじゃない人にお願いする時は、不安な顔をしたら駄目なんだ。それに、これを却下されたらもう僕に打つ手はない。慎重に言葉と内容を選ばなくてはいけない。

「僕のお父さんのひとりはダグラス・フォン・レオニダス。レオニダスの王様の弟なんだ」

「らしいな」

「もう一人のお父さんは、ゲイル・ヴァン・フォレスター。レオニダスの貴族でお祖父ちゃんはレオニダスの元騎士団長」

「血の繋がってる親父の方だな」

「もしおじさんが僕の手紙をお母さん達に届けてくれて、僕がレオニダスに帰れたら、お父さん達やお祖父ちゃん達に頼んでガレスにたくさんお礼をするよ」

「なるほど、そいつは悪くねぇな」

「レオニダスは食べ物もおいしいし、街も綺麗だよ。お祖父ちゃん達に頼めばおじさんをレオニダスの騎士にしてもらえるかもしれない。それはおじさんの利になると思うんだ」

僕の申し出が気に入ったのか、ガレスは目を細めてにんまりと笑った。何一つ自分の力じゃないけれど、今僕がガレスの興味を引くことが出来るのはこれだけだ。

「手紙、届けてくれる？」

「考えといてやるよ」

「お手紙、書かなくちゃ」

「後で、藁と一緒に紙とペン持ってきてやるから」

「うん、ありがとう」

僕は自然とガレスの手を握り、床に座っていたガレスの頬にキスをした。

「おいっ!?」

「うわっ！」

驚いて飛びのいたガレスに、僕も驚いて尻もちをつく。

「そんなお礼の仕方、誰に習ったんだ」

「え？　お父さん達やお祖父ちゃん達にすると喜ぶから……」

「……いいか？　そういうことはやたらにするんじゃねぇぞ？　危ねぇからな」

「あぶないの？　なんで？」

「ガキは知らなくていい。けど、とにかく駄目だ」

少し気まずそうに去って行くガレスの後ろ姿が印象的だった。


その日の夜、僕はずいぶんと落ち着いた気持ちで床につくことができた。暗闇は少し怖かったけれど、昨日に比べてのしかかってくる圧がずっと少ない。

ガレスは約束通りお昼に藁とペンを持ってきてくれた。僕は一生懸命お母さん達に宛てた手紙を書いた。これでお母さんやお父さん達が僕を迎えに来てくれるだろう。

積み上げた藁にシーツを掛けただけの寝床はチクチクとして快適とは言えなかったけれど、骨がゴリゴリと床に当たって痛かった昨日までに比べれば格段に楽だ。

「おやすみなさい、お母さん、お父さん……ガルリスおじちゃん」

僕は近いうちに会えるであろう人達にそっと呟く。希望を持ってつく眠りの幸福も、僕は異国の牢屋で初めて知った。


この夜、僕は夢を見た。

誰かの背に負われていることは感触で分かるのだが、その姿は見えない。だけどそれが誰なのか僕は知っていた。

大好きなお母さんやお父さん達に向ける好きという感情とは違う強烈な愛おしさを感じる相手。

「ガルリスおじちゃん……大好き」

僕はその名を呼び――そして目覚めた。

「おじちゃん……ガルリスおじちゃん……あいたいよ」

藁の上でマントを被って小さく丸まり、僕はポロポロと涙をこぼす。会いたい。いつものようにその逞《たくま》しい片手に抱き上げられ、その頬にキスをしたい。

夢で会えるだけで幸せなんて嘘《うそ》だ。夢は所詮夢でしかない。現実の温もりがなくては欲張りな僕は満たされない。

「ガルリスってのは誰だ？」

「……おじちゃん」

かけられた声に驚くこともなく見上げれば、そこにはもう見慣れてしまったガレスの姿があった。

「チビ助の恋人か？」

「え……こいびとって」

「顔が赤いぞ？　その年でもう好きな相手がいるとは、ませてるな」

「う、うるさいよ！」

愉快そうに揶揄《やゆ》するガレスから僕は顔を背ける。自分の気持ちが分からない、それが愛なのだと自覚するには僕は幼すぎた。

「まあいい、ほら、朝飯だぞ」

「あ、テポトだ！」

ガレスが差し出したのはいつもの固くてボソボソしたパンではなく、蒸かしたてのテポトだった。

蒸かしたテポトに塩を振り、たっぷりとモウのバターを載せただけの簡単な料理。レオニダスでは定番のオヤツとしてどの家でも食べている。僕もバターを載せたテポトが大好きだった。

「お前さん、パンだとあんまり食わねぇからな。テポトは好きか？」

「うん、好きだよ！」

「なら良かった。冷めねぇうちに食っちまえ」

「頂きます」

僕は久しぶりに食べ物をおいしいと感じながら夢中になって頬張った。

「美味いか？」

「おいひぃ、おいしいよ」

熱々のテポトは涙が出るほどおいしかった。

「俺もガキの頃はそいつが一番の好物でご馳走《ちそう》だったよ」

「いまは？」

「たまに食うな」

「僕んちは、ソイソをかけるよ」

「ソイソ？　そいつは変わってるな」

ガレスが本気で不思議そうな顔をしているのが面白かった。心からおいしいと思える食べ物が僕に心の余裕をくれたのだ。

「ごちそうさま」

僕はお腹一杯になって手を合わせる。教えられたお行儀ではなく、自然にその形を取っていた。

「おじさん、お手紙届けてくれた？」

「いや、まだだ」

「え!?　どうしてっ!?」

あまりのショックに、僕はガレスに摑みかかった。

「昨日約束したのに！」

「約束はしてねぇ。考えとくと言っただけだ。それに今は時期が悪い、騎士団の連中も動き始めてるからな。俺が下手に動くと逆に厄介なことになる」

「嘘つき！　おじさんの嘘つき！　おじさんなんて大嫌いだ！」

「そう興奮すんなよ。お前さんにはまだ時間がある。こっちのお偉方は当分お前さんをどうこうするつもりはないみてぇだしな」

「さわるな！」

伸ばされた手を僕は力の限り払い除《の》ける。怒りで目の前が赤く染まり、ガレスの言葉なんて一切耳に入ってきてはいなかった。

「あっちにいけ！　もう来ないで！　嫌い嫌い大嫌い！」

僕は渦巻く感情の全てをガレスに向けて叩きつける。

「はぁ、昨日のお前さんの堂々とした態度には感心したんだがなぁ、まぁいくら頭が良くてもまだ子供は子供か。夜までには落ち着いてくれよ？」

「うるさい！」

「おっと」

ガレスは僕が顔面目掛けて投げつけたテポトの入っていた皿を、難なく受け止め器用に指先でクルクルと回す。そんな仕草が僕の怒りに更なる油を注いだ。

「嫌い嫌い！　皆嫌い！　大嫌い！　うわぁぁぁぁぁっっ！」

僕は誰もいなくなった牢の中で一人、癇癪を起こし続けた。

「どうしよう……」

嵐のような痛癪が通り過ぎれば、途端に強烈な不安が襲ってくる。

恐怖、孤独、絶望。

冷静に考えれば振り出しに戻っただけなのだが、微かな希望が見えて来た矢先なだけに精神的なダメージがとてつもなく大きかった。

ガレスにあんな態度を取ってしまったのは失敗だったかもしれない。どんなに腹が立っても、ここで僕が頼れる可能性があるのは彼だけなのだから、何とかして機嫌を取ってお願いし続けるのが正しい選択だったのではないだろうか？

「もう皆と会えないのかな……いやだよ、そんなの……いやだよぉ」

両親がここを突き止めて迎えに来てくれるという希望を絶たれた僕は、もはや頑張る拠《よ》り所《どころ》を失くし藁に突っ伏して泣くことしかできなかった。いっそ泣いて泣いて、涙の海で溺れ死んでしまいたいとすら願った。

そんな最中、不意に聞こえた足音に僕はビクリとして顔を上げた。


「誰……？」

ガレスではない。彼はいつも足音というものをまるで立てずに現れるのだ。それに、この足音は一人ではない。

怖い。あの気持ちの悪い人達の誰かだったらどうしよう？

だけどその心配は杞憂《きゆう》に終わる。

「やぁ、こんにちは。君がスイ君、だね？」

「お兄さんは……？」

僕は牢屋の前に立った優しそうなお兄さんと、お兄さんの隣に立つお兄さんより随分と大柄な騎士を見上げた。

お兄さんは僕と同じヒト族で、淡い藍色の髪と瞳で少し肌の色が浅黒い。

彼とは対照的に大柄な騎士は斑《まだら》模様の耳がピンと立っているから猫科の獣人なのだろう。明るい金髪に綺麗な青い瞳をして、白い肌が印象的だ。

「俺の名前はカナン。このどうしようもなく腐った国の五番目の後継者だ。まぁ、いないも同然の存在だが、残念なことにあのクソな王族連中の一員でもある」

優しそうなお兄さんはカナンと名乗った。この国の五番目の王子様だというけれど、不思議とこの人は信頼してもいいような気がした。僕と同じヒト族だからだろうか。

「カナン様、言葉が汚いです」

カナン王子の隣で、大柄な騎士が顔を顰《しか》めた。

「ああ、スイ君すまない。俺は育ちが良くないもんでね、どうしても思ったことが口にでてしまう。それに全て本当のことだからな」

「カナン様、ご自分のことをそのように仰《おっしゃ》るのはおやめください。それに――」

「こっちの口煩いのはエルネスト、豹族で俺の護衛だ」

「口煩いは余計ですよ」

「それなりの地位はあるけど、俺についた時点で今のこの国じゃ出世絶望の気の毒な奴だ」

「随分なご紹介痛み入ります」

大柄な騎士、豹族のエルネストさんは大袈裟《おおげさ》な身振りで肩を竦《すく》め溜息を吐いた。どうやらこの人達は悪い人達ではないようだ。少なくとも僕に乱暴なことをする気配はない。

「あの、僕はスイです。レオニダスから来ました。街でさらわれてここに連れてこられたんです。お願いです、僕をお母さんとお父さん達のところに帰してください」

だから僕は必死にお願いした。

「今の僕は何も持っていません。だけど僕を助けてくれたら、お父さん達にお願いしてお礼をしてもらいます。それに僕が大人になったら、僕が出来ることで必ずお礼をします」

ガレスに教えられたように、ちゃんと相手の利になることも提示する。

「お願いです。僕のことが嫌いでもいいから、僕をお家にかえしてください。お父さんやお母さんにもう一度会わせてください。お願いします」

僕は泣きたいのを懸命に堪えた。知らない人にお願いする時に弱みを見せてはいけないと教えられたから。

「スイ君……、君がそんなことを言う必要はないんだよ。どうしてそんな……」

なぜかカナン王子は悲しそうな顔をする。

僕は、また何か間違ってしまっただろうか？

「大方ガレスの奴が、子供に早過ぎる教育でもしたんでしょう。スイ君、君は被害者なんだ。そんな君が俺達と交渉をする必要はないんだよ」

エルネストさんは大きくて厚みのある、少しカサついた手で僕の頭を撫でた。

「スイ君、来るのが遅くなって本当にすまない。君の居場所を探るのに随分と時間をとってしまった。辛い思いをさせたね。ガレスの奴がもうちょっと役に立てば……」

「あいつは我々の味方という訳ではないですからね。今回は風向きがこちらに向いていると判断したみたいですが、本心はわかりません。あいつが興味あるのは自分自身のことだけですから」

ガレスと名前を口にする二人の顔が随分と渋かった。だけどそれより僕が気になったのはカナン王子の態度だ。

「どうして？　なんでカナン様があやまるの？」

この人は何も悪いことはしていないのに。

「君のお母さんのチカユキ殿《どの》は、何の見返りも求めずこの国を救いに来てくれた。この国がどれほどヒト族にとって危険な国か、それはチカユキ殿が一番よく理解されているはずだ。それなのにこの国の王族達は私利私欲のために君やチカユキ殿を利用しようとしている。俺はそれを止めることすら出来なかった。本当にすまない」

カナン王子は僕に向かって、頭を下げた。

「カナン様のせいじゃないよ。僕がお母さん達との約束を守らなかったから悪いんだよ」

あの部屋で会った人達は気持ちが悪くて嫌いだけど、目の前にいるヒト族の王子があの人達と違うことは僕にでも分かった。

「いや、君は悪くない。俺も王族の一人としてこの責任は必ずとろう。本当は今すぐにでも君をここから出して、ご両親のところに帰してあげたいけれど、もう少しだけ待っていてくれるかい？」

「もう少し待ったら、お家に帰してくれる？」

「ああ、帰す。必ずだ。あまり好きな名前ではないけれどこの名に誓おう。カナン・ディオス・キャタルトンが約束する。もし、俺が志半ばで倒れても隣にいるエルが君のことを助けてくれる」

「……本当に？」

「あなたに倒れてもらっては困りますが俺も約束しましょう。必ず君をご両親の元へ帰すと」

「約束……。うん僕、待ってる」

この石牢から今すぐ出られないのは辛いけれど、この人達は約束を守ってくれる人達だ。理屈ではなく僕にはそれが分かった。だから今僕がすべきことは、しっかり食べて寝て元気にその時を待つことだ。

「そう言ってもらえると助かるよ。すぐに出たいと泣きわめかれるのを覚悟してたんだが」

「あのおじさんが……」

自分に今出来ることを確実にする。そのために無駄な力を使わず蓄える。意地悪なガレスは僕にそのことを教えてくれていたのかもしれない。

「なるほどね。あいつなりの優しさなのかもしれないがもう少しやり方があるだろうに……」

僕はエルネストさんの呟きに小さく頷く。

意地悪だったけれど彼は僕にここで生き延びる術を授《さず》けてくれた。

「スイ君、今はこんなことしかできないけれど、せめてこれを食べて元気を出してくれ」

「あ、お菓子だ！」

カナン王子は懐から素朴なクッキーを包んだ紙を取り出し、格子の間から僕に手渡した。

「たべていいの？」

「もちろんだよ」

「いただきます」

僕は飾り気のないクッキーを摘《つま》み齧りつく。濃厚なミルクとバターの風味が口一杯に広がった。

「おいしいかい？」

「うん、うんッ」

僕は返事をするのももどかしく、それを貪る。甘く優しい味に僕は飢えていた。お腹ではなく心が飢えていた。

「ごめんね、こんなことしかできなくて。あと、俺達がここに来たことは内緒にしておいてくれるかい？次にここに来るのはガレスではないかもしれないから」

「うん、内緒だね！」

僕の味方がいる。僕を気にかけてくれる人達がいる。その事実が、僕の萎えかけていた心を奮い立たせた。

大丈夫、僕は頑張れるよ——そう言葉にしようとしたその時、信じ難いことが起きた。塔全体を大きく揺るがす振動が起こり、大気を引き裂くほどの轟音《ごうおん》があたりに鳴り響く。

「うわぁっ！」

僕は床に伏し悲鳴を上げる。

「カナン様！　こちらへ！」

「スイ君、大丈夫かい!?　一体何事だ!?　蜂起はまだのはずだぞ！」

慌てるカナン王子をエルネストさんが大きな身体で守るように抱えた。

「どういうことだエル？　俺の知らない間に作戦が変わったのか？」

「いえ、そのようなことはありません！　蜂起は日が落ちてからのはず、我々の承諾なしに計画が変更になることなど……」

エルネストさんは険しい顔で窓の外に目を向ける。

今何が起きているのか？　これから何が起きようとしているのか？

僕には何も分からない。ただ、尋常ではない出来事が起き、それが我が身に降りかかってきそうだということは理解出来た。そしてこの場から逃げ出すことが叶わぬ僕には、巻き込まれる以外の道がないことも。

「たすけて！　たすけて……ガルリスおじちゃん!!」

僕がそのとき助けを求めたのはなぜか頼もしいお父さん達でも優しいお母さんでもなかった。自然と口がその名を呼んでいた。

その刹那、再び襲った凄《すさ》まじい衝撃に僕の身体は石牢の端から端まで鞠《まり》のように転がった。

「いったぁ……っ」

痛むお尻を摩りながら立ち上がった僕は、パラパラと落ちてくる石の欠片《かけら》を払いながら天井を見上げ固まった。

そこにはあるはずのものが無く、一面に広がる透けるように青い空だけがあったからだ。

「おやね、なくなっちゃった……？」

あれほど重苦しく僕を閉じ込めていた屋根がすっかり吹き飛び、壁すらもが半分こそぎ取られていた。

『グルォォォォオッツッツ!!』

頭上から聞いたこともない程の怒りに満ちた生き物の雄叫《おたけ》びが上がり、紅い竜がその姿を見せる。

「ガルリスおじちゃん……？」

見事な威容を誇る紅蓮の竜は、その左腕が微かに付け根だけを残し欠けていた。

「ガルリスおじちゃん！　ガルリスおじちゃん！　ここだよ！　僕はここにいるよっ!!」

僕は手枷のついた腕を懸命に振りかざし、紅蓮の竜の名を呼んだ。

腹の底から声を出し、喉も裂けんばかりに無我夢中で叫び続けた。

さっきカナン様とここで大人しく待っていると約束したばかりだというのに、それでも目の前に待ち望んだ存在がいることを知ってしまえば我慢なんて出来なかった。

『グルォォォンンンンン！』

僕を見つけた巨大な竜と視線が合えば、その腕がゆっくりと塔の割れ目から差し込まれる。僕はその腕にしがみつき、必死で呼びかける。


「おじちゃん……！　会いたかった！　会いたかったよ……！」

『スイ……お前、その姿は……っ！』

手足に枷をつけられ、涙を流す僕の姿を見た紅蓮の竜の驚きが怒りへと変わるのは一瞬の事だった。

『お前達が俺の『半身《スイ》』を!!』

苛烈なまでの怒りと殺意がカナン様とエルネストさんに向く。

短絡的と言われればそれまでだが、さらわれた僕の側に敵国の人間がいればそれも当然の反応だろう。僕を腕から遠ざけて、大きく振り上げられた巨大な竜の腕が怒りのままにカナン様へと振り下ろされる。

「カナン様！」

エルネストさんがカナン様を庇《かば》うようにして間に割って入り、腰の剣に手をかけるのを見て僕は必死に声を上げた。

「おじちゃんやめて！　この人たちは違うんだよ！」

エルネストさんの鼻先すれすれで竜の豪腕はその動きを止めた。あと僅かでも制止が遅ければ、その腕は軽々と二人を吹き飛ばしていたはずだ。

『違う……？　ならこいつらはなんなんだ』

ガルリスの深紅の瞳が、ジロリとカナン様を睨みつける。エルネストさんの前にゆっくりとカナン様が進み出た。

「俺の名はカナン。この国の王族に名を連ねている。スイ君にこんな仕打ちをしたのは、この国の王族……俺の身内だ。許して欲しいと言うのもおこがましいとは思う。だが、俺にはこれから為《な》すべきことがある。どうか、今はこの罪を償う時間を俺に与えて欲しい」

王子もまた巨大な竜族を相手に、臆することなく堂々と言葉を紡ぐ。

『お前は何をするつもりだ？』

「この国を変える」

『何？』

「それがこの国の王族に、ヒト族として生まれてきた俺の為すべきことだ」

『……そうか』

猛《たけ》る殺意が不意に鎮まるのを僕は感じた。

『スイ』

僕に伸ばしてきた鉤爪《かぎづめ》にほんの少しばかりの力を込めて、ガルリスは僕の手足を縛《いまし》めていた枷をまるで飴《あめ》細工《ざいく》のように壊した。

『さあ、乗れ。チカユキのところに帰るぞ』

「うん！」

家族のところに帰る。帰れる。

当たり前だったそれが、今は嬉しくて嬉しくて涙が止まらない。

「スイ君、待って」

ガルリスに駆け寄ろうとした僕を、カナン王子が呼び止める。

「あっ……カナン様。ごめんなさい、ここで待つっていう約束を破っちゃった……」

「いいんだ。君をここから連れ出すことができるのであればそれにこしたことはない。本当にすまなかったね。どうかここであったことは忘れて、幸せに生きてくれ」

「あ……、カナン様。僕、忘れないよ。ここであったことはとっても怖くて、辛くて、寂しかったけど、それだけじゃないから……。カナン様のこともエルネストさんのことも……それにあの意地悪なおじさんのことも」

カナン様とエルネストさんは僕の言葉に驚いたように目を見開く。

「そうか、スイ君は俺が思っている以上にもう大人なんだな」

「へへ、カナン様、エルネストさん、僕に優しくしてくれてありがとうございます」

『スイ、行くぞ』

「う、うん！」

こうして僕は、ずっと……ずっと待ち焦がれていた竜の背中に乗ってお父さん達のところへとようやく帰ることが出来た。

全てが終わった後、僕はお母さんにたくさん叱られ泣かれ、ダグラス父さんにはげんこつをもらって、ゲイル父さんに生まれて初めてお尻を叩かれた。叩きながら、ゲイル父さんは泣いていた。

＊＊＊

「元々反乱計画は進んでたみたいだけど僕がさらわれたことで計画の前倒しや決定的な引き金になっちゃったんだよねぇ……。はぁ、だから子供は嫌だよね」

僕はあの日と同じガルリスの背中の上で、しみじみと過去を振り返り、若干の黒歴史を口にする。

『そうだな、俺がお前の声に導かれてお前の親父達の計画を無視して乗り込んだってのが一つ。それに加えて怒り狂ったお前の父親二人が反乱軍の先頭に立って、無双の戦いぶりを見せたというのも一つ。それでついた二つ名が――』

「『狂乱の戦鬼』……恥ずかし過ぎだよ。教科書に載ってるのを見たときは目を疑ったよね。最初は誰のことかピンとこなかったんだけどどう考えてもあの二人だし……」

『そうか？　なかなか格好良いと俺は思うけどな』

「ガルリスのセンスを疑うよ」

これは僕達兄弟にしか分からない苦悩なのかもしれない。アーデとベルクもその事実を知ったときは頭を抱えていたことを思い出す。

『しかしなんだな。そのガレスって野郎は、随分と意地の悪い奴だな。あの頃のお前は年の割にはしっかりしてたとは思うけどよ、子供であることに変わりは無かっただろうに』

ガレスの話を聞いたガルリスは、忌々《いまいま》しいとばかりに鼻息を荒くしている。

「そうだね。確かに彼はとても意地が悪かった。善人か悪人かで言われたら悪人かもしれない。でもね、普通の人間ってきっと皆そんなもんなんだよ。自分が一番大事、いかに自分が傷つくことなく、うまくこの世界で生きてくかそれを考えてる人がほとんどじゃないかな」

『お前のとこの家族はそうは見えないぞ』

「うちはちょっと特殊なんだって、なんといっても自己犠牲の塊みたいなチカさんと地位も権力も戦う力も持っている『持ちし者』の父さん達だからね。そういう人は、人の為に尽くすことを当然として育ってるだろうし」

『随分、ガレスって奴の肩を持つな』

少しだけガルリスの声色に不機嫌さを感じて僕は笑う。

「やきもちでも焼いてんの？　そんな心配はしなくてもいいよ。でも、僕が小さい頃僕の周りには、それまでガレスのような大人はいなかった。僕の周りの大人は誰も彼もが優しくて、それは真綿に包まれたような世界だったんだ。それが悪いことだったとは思わないけど、だからこそガレスの存在は僕の生き方に大きな影響を与えてる気がするんだ。彼は僕を何も出来ない可哀想な子供ではなく、一人の人間として扱ってくれたんだ。それはとても大事なことだったと思う」

『なぁ、そのガレスって奴……もしかして俺と良く似た赤毛で、ひどい癖っ毛を後ろで一つに束ねたヤル気なさそうな野郎じゃなかったか？』

「え？　何で知ってるの？」

真紅の怒れる竜と化したガルリスが僕を助け出してくれたあの時は、何もかもが混沌としていて細かなことを把握する余裕などなかったはずだ。

『やっぱりそうか』

「だから何で知ってるのさ？」

不思議がる僕をよそに、一人竜の大きな頭を上下させ、うんうんと納得しているガルリスを軽く小突く。

『お前を助けに行った時、一人だけおかしな奴がいたんだ』

「おかしいってどんなふうに?」

『あの城にいた連中は、皆俺の姿を見て腰を抜かさんばかりに驚いて、怯えて逃げ回っていた』

「そりゃそうだろうね」

どうにもガルリス本人は自覚が薄いのだが、竜族はとても珍しい種族なのだ。そしてとても力のある種族でもある。本気を出した竜族は一人が騎士団の一個大隊に匹敵するとも言われている生きた兵器みたいなものだ。しかもその恐ろしい竜が怒り狂っているのだから、気の弱い人間ならば失神ものだっただろう。

『そんな中で、一人だけ全く逃げようとせずにこっちを見てる奴がいたんだ。一瞬だけ驚いた顔で俺を見上げて——それから笑ってたな』

「笑って?」

『ああ、こうヘラっと……確かに笑ってたぜ? 今思うと、俺の背中に乗ったお前を見て笑ってたんじゃねえかな、ありゃ』

「そうだったんだ……」

ガレスらしいと僕は思う。「らしい」と言えるほど親密に関わったわけでもないけれど、巨大な竜に乗った小さな子供を見上げて皮肉めいた笑みを浮かべる彼の顔が、なぜか容易に想像できた。

『なぁ……お前、あいつに何かされてないよな?』

「何それ、あの時の僕は子供だよ」

幾分不安気なガルリスの問いかけに僕は吹き出す。放蕩《ほうとう》の限りを尽くして来た僕の過去を、『半身《はんしん》』故に生々しく感じ取りながら黙って受け入れた寛容過ぎる男が、幼き日の束の間の触れ合いに嫉妬している。そのことを嬉しく感じる僕も大概だ。

『そういう趣味の奴だっているだろうが』

「くっ、はは。ごめんごめん。何もされてないよ。うーん、まぁあえて言うなら——大人の階段を一つ上らせてもらったかな?」

『なっ!?』

ガルリスが羽ばたきを止めてその身体が棒のように硬直した。ガルリスは己《おのれ》の感情を隠さない。楽しければ笑い、腹が立てば怒り、悲しければ泣く。腹芸とは無縁のとても分かりやすい人間だ。もうそれは天性の才能とも呼べる程で、あのセバスチャンがその部分に関する教育を諦めたのだから筋金入りだ。

「冗談だってば、彼はこの世界の誰もが子供に優しいわけじゃない。大人に守ってもらえるのは幸運であって皆が平等に持っている権利じゃないと、甘ったれだった子供に教えてくれたんだ」

『そういうことか』

「納得した?」

『ああ。いつか会うことがあったら、礼を言おう』

「え?」

『そいつはそいつのやり方で、お前に生き抜く知恵と気力をくれたんだ。もしかしたら、あえてお前を挑発してその怒りの矛先を自分に向けることでお前がそこで生きていけるように導いたのかもしれんだろ。お前の恩人は俺にとっても恩人。いつか必ず借りは返す』

「律儀だね……」

当事者の僕がすっかり忘れていた赤毛の騎士への恩義。

まぁ、もしまた会うことがあればお礼ぐらいは言ってあげてもいいかもしれない。

ただそのときは僕もあの時のお返しを存分にしてやろう。僕はもう子供じゃない、それに理論武装した僕と口で対等にやり合える人間なんてそうそういないのだから。

結局あの後、ガレスという存在がどうなったのかは分からなかった。だけど、きっと死んだりはしていないだろう。ガレスがあの騒動の際に結局はカナン様の方へついたように彼にはこの世界で生きていくための鋭い嗅覚が具《そな》わっている。だから、絶対にどこかでしぶとく生きてるはずだ。

『――イ、スイ』

「えっ、なに?」

『大丈夫か? 心ここにあらずだったぞ』

「あー、ちょっと考え事してた。やっぱり、色々あった国だからね。キャタルトンは」

『スイ、キャタルトンについたら俺の側から離れるなよ。あそこはまだ治安が良くねぇ場所もあるって話は師匠からも聞いてる』

「うん、わかってる……ねぇ、もしまた僕が誰かにさらわれたら、ガルリスは助けに来てくれる?」

僕は答えの分かりきった質問をする。

素直じゃない僕のこれは睦言《むつごと》の代わり。

『当たり前だ。それがこの世界の果てでも、聞いたことのない場所でも同じことがあれば何度でもどこへでも俺はお前を助けに行くぞ』

「……ガルリス……ありがとう」

わかっていたはずの答えに、僕の胸が甘く疼《うず》く。

僕はその疼きを大切に抱え込み、因縁の地へ向かう間、大好きな竜の背中を堪能した。

やるべきこと、為すべきことは目前に迫っている。

だから今だけは……。

Fin.

寡黙な狼

寝間着のままで裏の勝手口から外へ出れば、薄くかかった朝靄に徐々に明るく陽がさしてくるのがわかる。

僕はドリー小屋の傍《かたわ》らにしゃがみ込み、産みたてほやほやの卵を籠に入れていく。

羽はあるのに飛べない魔獣のドリーは卵や肉がおいしくて、多くの家で飼っている。僕の家には雌が十羽と雄五羽がいて、普段はこの家の主《あるじ》で狼族である獣人のヴァルツ父さんが世話をしているけれど、朝食用の卵の回収だけは僕の仕事だ。

僕は子どものころに氾濫した川に流されていたところをこの家の人達に助けられたという過去がある。しかもマルクスという名以外の記憶を失ったヒト族の僕を、行く当てがないならと我が子として優しく迎え入れてくれた。そんな父さんと、僕を川から救い出してくれたロウエン兄さんの役に立ちたいと願い、やれることを探した僕が見つけたのがこのドリーの世話だった。


だが、ヒト族の僕は獣人である父さん達よりもはるかに貧弱で、狼族の子どもよりも非力だ。背は兄さんの胸までしかないし、体重も軽くて、獰猛《どうもう》な雄ドリーもいる小屋の世話は危険だと言われてしまった。それでも何かやりたいと悩む僕に父さんがくれた仕事がこの朝の卵の回収だ。

小さいときからもう何度もしてきた仕事をしながら、藁《わら》を積んだ巣の中で大人しく羽を繕っている雌ドリーを眺める。

この世界には僕みたいなヒト族、兄さん達みたいな獣人、エルフやドワーフといった様々な種族の『人間』と言葉を介さない『魔獣』がいて、知性の有無とかだけでなく、子孫を残す方法にも違いがあった。

魔獣は子種を持つ雄と卵を体内で作り産み出す雌に分かれていて身体の作りが違う。雌は子を産む道が別にあるのだと、初めて出産を見せてもらったときにはすごく驚いた。

人間には子を孕《はら》ませるアニマと子を孕むアニムスという区別はあるが、その身体の作りに違いはない。しかも人間は他種族間でも子供を作ることができて、そのために重要なのは魔力なのだ。

だけど、僕には魔力がない。

本来ならヒト族は魔力がとても強い種族で、髪や瞳が濃い色であるほど強い魔力を持ち、繁殖力の低い獣人の子を孕み産むことができる。

だから獣人は、強い子孫を残そうとして髪色の濃い、魔力の強いヒト族を求める。そのせいなのかヒト族は獣人達、特に狼や獅子《しし》、熊といった獣性の強い種族のアニマにはとても魅力的に映るらしい。それはヒト族にとってありがたくない側面もあって、心無い獣人達に性奴隷や子を孕む道具として扱われ続けた。

その結果、ヒト族は今絶滅の危機に陥っていると聞いている。

だけど僕の髪の色は白で何の色もない。

全く魔力がないという証《あかし》を何の知識がなくても教えてくれる色だ。実際魔力を流して自身の情報を映し出すギルドタグすら反応しなかったから僕の素性は分からないままだ。自分のことだし、ヒト族はほとんどがアニムスだからなんとなくアニムスだろうと思うけど確証はない。


でもいくらアニムスであっても、魔力がなかったら子を孕めない。

人間には運命の『番《つがい》』という相手がおり、特に獣人のアニマにとっては唯一無二の存在なのだという話を聞いたとき、兄さんの『番《つがい》』という存在をうらやましいと感じてしまった。それが感謝とか憧れだけでない兄さんへの気持ちを自覚したきっかけだ。

けれど何も持たない僕は、そうであって欲しいという気持ちすら伝えることができなかった。

『番《つがい》』の存在は獣人達の憧れであるがまず出会えるものではなく、たいていは『番《つがい》』以外の伴侶を得て子どもを作る。いつか兄さんも父さんの跡を継ぎ、次期族長としてしかるべき伴侶と一緒になり、子を作るだろう。

そうなればもう僕は一緒にいられない。

ドリーすら持っている子どもを産む力がないことに重苦しい溜息《ためいき》をこぼしそうになる。それをかろうじて飲み込みながら、僕は小さな籠に五つの卵を回収し立ち上がった。

そんな僕の前髪が暖かな風に揺れた。視界を遮ったそれを左手で掻《か》き上げて、風に誘われるように木々が揺れる山の音と明るい色を見せ始めた山々へと視線を走らせた。暖かくなってきた今の季節は大好きだし、何より兄さんに助けられたのもこの季節だったから沈みかけていた気分も少し浮上する。

助けられた日より前の記憶がない僕に残っている最初のそれは、猛々《たけだけ》しい奔流と身を切る冷たさ、暗くて痛くて苦しかったことだった。でもそれは、すぐに力強い温《ぬく》もりが僕を包んでいる穏やかな記憶に変わる。痛みは変わらず残っていたけれど、辛《つら》さを癒やしてくれる優しさが全身に伝わってきて、堪《たま》らない幸せを感じていた。

その正体が知りたくて目を開いた僕の視界に飛び込んだのは、青みがかった濃い灰色の柔らかな毛並みの塊。触れれば生きている証の温もりがあり、心地よい鼓動が触れた肌から伝わってくる。知らず手を伸ばし、指先で毛並みを梳《す》くように撫《な》でていると大きな塊がびくりと揺れた。その振動に首を巡らせば、三角の耳がぴくりとうごめくのと同時に尖《とが》った鼻先と鋭い犬歯を持つ頭がむくりと起き上がって互いの視線が絡んだ。

不思議と怖いとは思わなかった。

それが魔獣か狼かの判断すら満足にできなかったはずなのに。

それでも目の前のモノは大丈夫だと本能的に感じ、より一層すり寄ったぐらいだ。

理由なんて分からない。

ただ、僕を見つめる透き通るような空色の瞳がどこか懐かしかったからとか、触れた毛皮越しに感じる体温の温かさがひどく安心できるものだったからとか、後付けできる理由はいっぱいあった。

静かに僕を見つめるその狼が川で溺れていた僕を助けてくれたこと、そしてその助けてくれた狼がロウエン兄さんだと教えてくれたのは父さんだった。兄さんは口数が極端に少なくて、自分のことなどほとんど喋《しゃべ》らない。

父さんは族長として忙しいのに僕の面倒を本当によく見てくれて、更に自分の子として受け入れてくれたから僕も狼族が多いこの村になんとか受け入れてもらっている。狼族は結構排他的なところがあって、仲間の絆《きずな》は強いがよそ者にはちょっと冷たいのだ。

僕も一応は仲間扱いだけど、でも、この髪の色とヒト族なのに魔力がないという普通じゃないところを気味悪がってる村人達もいる。だいぶ少なくなっているけれど、それでも今でも駄目な人は駄目で……。

だから、つい何かあれば兄さんに頼ってしまう。

「どうしてるのかなあ、ロウエン兄さん」

族長を継ぐための修行の一貫として隣国へと旅に出ているから、その姿をもう二ヶ月は見ていない。

一年の半分近くを冒険者として旅していて、時折戻ってきたときの土産話《みやげばなし》は大好きだ。でもいつ戻ってきてくれるのかは分からず、時々とても寂しくなる。

特に、ここのところ雨が降る日が多い。雨は気分を暗くして、些細《ささい》な暗闇がものすごく怖くなる。なくなった記憶のせいかもしれないと父さんは言っていたけど、確かにそうかもしれない。溺れかけたからか川も嫌いで、僕にはどちらも同じような感覚がするのだ。

「会いたいなぁ……」

思い出してしまった兄さんの温もりに知らずくすんと鼻が鳴り、わずかに涙が滲《にじ》む。

それに気が付いて慌てて頭を振っても、沈んだ気分は簡単に消えてくれない。

旅に出る兄さんに「一人でも頑張る」って見送ったのに、こんなことじゃ笑われてしまうと、重い溜息をこぼしてしまったそのとき。

「あ、れ？　あっ……、やばっ」

風向きが変わり、塩漬け肉が炙《あぶ》られる香ばしい匂いが周囲に漂ってきてお腹が小さく鳴る。と同時に、手の中の卵の存在を思い出した。朝食用の卵がなくてきっと父さんが困っているはず。

慌てて踵《きびす》を返し台所に向かえば突然出入り口から現れた大きな身体に思いきり激突し、視界の片隅で籠からこぼれる卵が見えた。

「わわっ」

「……っ」

丈夫な卵とはいえ、この高さで床に落ちたら割れてしまう。とっさに手を伸ばそうとした僕より先に、一回りは逞《たくま》しい手がひょいひょいっと卵を掬《すく》い上げた。

僕の手だとどんなに頑張っても一つしか載らないドリーの卵が大きな手のひらの上で二つ、その上にさらに一つを受け止めている。

「……無事か」

「ごめんなさ……え、あっ」

父さんかと思った。だけど、ぶつかって跳ね返りかけた身体を支えてくれた大きな手の感触と、言葉短かなその声音にすぐ気が付いた。

何より見上げた先にいた旅装束のその姿はさっきまで思い焦がれていた人のもの。

「兄さん？　なんで？」

呆然《ぼうぜん》と見上げると、兄さんの大きな手があやすように僕の頭を軽く叩《たた》いてから、そっと頬に下りてきた。

無骨で太くて長い兄さんの指。僕の肌にそれが触れると少しのざらつきを感じる。だけど、その触れ方はまるで熟した果実に触れるかのように優しい。

それが触れた熱に肌が甘く疼《うず》いてしまい、慌てて奥歯を嚙《か》みしめる。小さいころは単純に大好きだった行為だが、今は胸の奥が少し苦しい。でもそんなことを知られたくなくて、赤くなっているだろう顔を逸《そ》らしてうつむいた。

「あ、あの、いつ旅から帰ってきたの？　僕が起きたとき、まだ帰ってなかったよね？」

「……さっきだ」

「さっきって朝帰ってきたの？　それに帰ってくるのは二週間ぐらい先って……」

「……キャタルトンから奴隷狩りが逃げてきたと……念のために、警戒が必要だ」

「キャタルトンって、確か悪名高い王家が最近倒された国だっけ？　そこの奴隷狩りが逃げてきたってこと？」

言葉が少ない兄さんの説明でも不穏な空気を感じて、僕も胸の奥底から不安が湧き上がってくる。それが次第に強くなり、肌が総毛立ち、服の裾《すそ》を摑《つか》んだ僕の手が力の入れ過ぎで白くなったことにも気付かなかった。

その手に、兄さんが触れてくる。

「大丈夫だ……」

その言葉と触れた温もり、そして兄さんの穏やかな表情に力が抜けていった。やっぱり兄さんはすごい。僕の気持ちが分かるように僕の望むものをくれる。いつも言葉が少ない兄さんだけど、それでも口にした言葉を違《たが》えたことはない。いつも有言実行なのだ。

だから、兄さんが大丈夫と言うのであれば、本当に大丈夫だ。

「うん、兄さんが帰ってきてくれたんだものね。あっ、僕、お帰りなさいって言ってなかったね」

大事なことを忘れていたと慌てて見上げると、兄さんの口元がふわりと綻んだ。

「ああ……ただいま」

「お、かえり、なさい……」

どうしよう。胸の奥がドキドキして止まらない。

兄さんを見つめたまま動けないでいると、突然僕の頭が何かに押されて重くなった。

「なかなか帰ってこないから、またドリーに追いかけられているのかと思ったよ」

ふざけた物言いに後ろを振り向けば、僕の頭に肘を乗せた父さんがおかしそうに笑っている。

思わず言い返そうとしたのだけど、父さんの言葉を本気にした兄さんに「本当かっ！」と先に詰め寄られてしまった。

「えっ、あっ、違うっ、そんなの僕が小さいころだけだって、今はさすがにそんなこと……」

「おや、そうかい？」

「そう……なんだな」

僕の見栄《みえ》なんてお見通しとばかりに笑いかけてくる父さんに、真顔でたたみかけてくる兄さん。つい先日も雄ドリーに追いかけられた僕は強くは否定できずに視線を逸らした。

そんな僕に兄さんの腕が巻き付いてきて、ぎゅっと抱きしめられる。

「兄さん、どうしたの？」

「ロウエン、雄ドリーは大事な食料でもあるんだからね」

苦しいからと緩めてもらおうとしたら今更ながらの指摘を父さんがする。僕もそうだよなと思って頷《うなず》いたら腕の力も弱くなってほっとした。

だけど見上げた先の兄さんの目は怖いくらいに何かを睨《にら》み付けている。その視線の先は壁しかない。だから外に何かあるんだろうかと僕も緊張に身体を強張らせたんだけど、そんな雰囲気を振り払うように父さんが明るく僕に手を差し出してきた。

「さあ、卵をもらえるかな」

穏やかな笑みが僕の緊張をほぐし、兄さんも我に返ったように柔らかな表情を向けてきた。そのことに安《あん》堵《ど》しながら、今の今まで手にしていることを忘れていた卵の籠を差し出す。

「あっ、はい。遅くなってごめんなさい」

「いや、いいよ。こいつの分も用意しないといけなくなったから、ちょうどいい」

ポンポンと大きな手のひらであやすように頭を叩かれる。大好きな父さんからのそれは嬉《うれ》しいけど、続いて兄さんにまで同じことをやられて、子ども扱いされる恥ずかしさに赤くなってうつむいた。

本当は兄さんにはもっと大人になった僕を見てもらいたいのに。

呆然と立ち尽くしていると「……座らないのか？」と促されてしまい、慌てて食卓の自分の席に着いた。

目の前には父さん、その隣が兄さんだ。三人がそろっているというだけでも嬉しくて、自然と笑顔になった僕に父さんは何やら意味深な笑みを浮かべている。

兄さんがポットからギウの乳をコップへと注ぎ、そこに花の蜜《みつ》を数滴垂らしてくれた。

それと貯蔵用に塩漬けした肉を薄く切って炙ったものに裏の畑で採れた薄い緑の葉物野菜。噛むとたっぷりとした水気とシャリシャリ感があって僕の好物の一つだ。ドリーの卵は真ん中の大きめの黄身がプルップルでとても濃厚な味がする。これと野菜を一緒に食べるといくらでも食べられるほどにおいしい。それに、パンを添えたらいつもの朝食だ。

食事の間、兄さんはあまり喋らないけど、それでもポツポツと旅で見知ったいろいろな話をしてくれる。でも何より、僕にとっては兄さんがここにいてくれることが嬉しい。

塩味が効いた肉を野菜に挟んで口に運び、甘みを増した栄養たっぷりのギウの乳を飲む。

この家で初めて目覚めたとき、これと同じものを飲ませてもらい、空っぽのおなかと心に染み渡ったその温かさに、何かが込み上げてくるように涙を流したのを覚えている。

そのとき僕が口にした感謝の言葉を今でも二人は覚えていて、兄さんは旅先で必ず花の蜜をお土産にしてくれる。花の蜜を採取するには特別な魔獣を飼う必要があるから高価で、少ししか手に入れられないものなのに。

「ねえ、兄さん」

「ん……？」

今日のは少し柑橘系《かんきつけい》の酸味があるから新しい花の蜜じゃないかと思って、言葉を続けようとしたのだが。

『マリュクシュ！』『あしょぼっ！』

穏やかな空気を吹き飛ばす勢いで、明るい声が重なると同時に、派手な音が鳴り響く。

慌てて戸口へと振り返れば、僕の膝下までもない子狼たちが二匹、ころころと転がりながら飛び込んできたところだった。

「あっ、ちょっ、大丈夫っ？」

『だいじょーぶぅ』『うん、ぐるぐるー』

楽しそうに笑い合うお隣りの双子は、先日一歳になったばかりのリトとセトだ。

この二人にはなぜかすごく懐かれていて、こうやっていきなり家に入り込んでは遊んでとねだられるのが、すっかり日常の一部になっている。

父さんも子ども好きだから、二人が来るのをいつも楽しみにしているようだし。

「えーと、大丈夫ならいいけど。おはようリト、セト」

親ゆずりの白に金や銀が混じる毛並みの子たちが、僕の言葉にようやく落ち着いたようにお座りをして、ぴょこんと頭を下げた。

『『おはよーごじゃいましゅっ』』

二人そろって挨拶してくる姿は堪らなく可愛《かわい》い。特にふわふわの毛並みはまるで毛玉のように見える。

「リト、セト、二人とも今日も元気だね」

微笑《ほほえ》ましく思いながら挨拶を返すと、リトが兄さんを認めてきょとんと首を傾《かし》げた。

『あれぇひとり、おーいー？』『だぁれ？』

相似形のように双子が首を傾げる愛らしさを楽しみながら、僕は頷いた。

「うん、ロウエン兄さんだよ。会ったことあるんだけど、覚えてない？」

『あー、リョーエンだぁ』『うん、リョーエンだね』

クンクンと匂いを確認して、納得したらしくそろって頷いた。前に一緒に遊んだことがあったので、匂いを覚えていたのだろう。

『マリュクシュがだいしゅきなリョーエン』『うん、

マリユクシュ、かっこいーリョーエン、だいしゅき』

「ちょっ！　あーっ」

その舌足らずな言葉が耳に入ったとたん、僕は思わず叫んでいた。

「あっあの、ほっほら、こっちにおいで？　朝ご飯はもう食べたの？」

もう二人とも言い切った後だから遅いんだけど……。顔に血が上るような感覚にめまいすら感じながら、まだ喋りたそうなリトを引き寄せる。

ちらりと兄さんを見たけれど、聞き取りにくい双子の言葉が分からなかったのか表情は変わっていないようで、安堵しながらリトを膝に抱え上げた。

『おわっちゃけど！』『たまご、ちゃべたい！』

『やしゃいきらいー』『おにきゅっ、おにきゅっ』

セトも兄さんの膝によじ登り、すぐにめざとく残っていた肉を見つけてその瞳を輝かせる。

二人の産みの親、つまりアニムスであるエルフのキュリアスさんと同じ神秘的な緑の瞳を持った二人が、首をこてんと傾けてねだるさまは反則級の可愛さだ。ましてや膝の上の毛玉はモフモフで触り心地がとっても良くその可愛さを倍増させている。

堪らず僕はリトに頬ずりし、兄さんも苦笑しながらもセトの頭を撫でてやっていた。普段あまり表情を変えない兄さんもなんだか和んでいるのが分かる。

リトとセトが可愛いのもあるけれど、その見た目を裏切って兄さんは小さいものと子どもが好きだ。村の中でも小さい子を見かけるとその雰囲気が幾分柔らかくなったりもする。

『やさい、びゃるつ、たびぇる？』『セチョはたべちゃよ！』

まだ父さんの皿に残っていた野菜を見つけたリトがバンバンと机を叩きながら催促した。でも、実は野菜嫌いの父さんは眉尻を下げてうかがうように僕を見つめてくる。野菜の味をごまかすためにといつも肉と一緒に食べるんだけど、既に皿の上から肉は消えていた。本心から食べたくないのだろう。

「そうだね、野菜もきちんと食べないとね。お野菜をしっかり食べたいい子のセトとリトを見習って父さんももちろん食べるよ？」

そんな父さんの無言の訴えを無視してニコニコと言

えば、父さんも仕方ないとばかりに残っていた野菜を一気に口にして、ほとんど噛まずに飲み込んで、最後にはギウの乳を一気飲みしていた。

そんな父さんの様子を知ってか知らずか、二人は楽しそうにご飯を食べ終えるとすぐに元気よく床へと飛び降りて僕の服を引っ張り催促を始めた。

『あしょぼー』『マリュクシュ、あそぼー』

「ちょ、ちょっと待ってよ、まだ片付けがあるし、それにロウエン兄さんと」

『あそぶぅ、いーてんき、あそぼっ』『おしょとね、ミシュのみ、とるのー』

セトに裾を噛んでぐいぐいと引っ張られる後をリトが頭で押してくる。この連携プレイは双子ならではの阿吽《あうん》の呼吸だと、逆らう気が失せてきたところで父さんが苦笑交じりで手を振った。

「片付けは気にしなくていい。昨日村の者が南の山のミシュの実が熟れていたと言っていたからね、採りに行ってきておくれ。ロウエンは今から寝るんだろう?」

『『ミシュー』』

父さんの言葉に、双子のテンションは更に高くなる。

僕もミシュの実の話を聞いてしまえば、そっちに気をとられそうになったけど、父さんの言葉が気になった。

「え、兄さん、今から寝るの?」

「こいつ、早くマルクスに会いたいって夜通し駆けてきたらしいぞ」

「……違う。……いや」

父さんの言葉を遮るように否定した兄さんがふと慌てたように言葉を紡いだ。

「会いたくない……わけじゃない……、宿より……家で寝るのがいい」

「あ、そうだよね。だったら、今日はゆっくりしていてよ。二人も連れて出るから、静かになるし」

『リト、うるしゃく、にゃい』『リト、うるしゃい、もんね』

ぷうっとふくれっ面《つら》をするリトの横で、セトが生真面目《きまじめ》なふうにうんうんと頷いている。

「それにミシュの実、いっぱい採ってくるから」

南の山に自生するミシュは、僕のこぶしよりちょっと小さめの実が大きな樹にたわわに実る。それが真っ赤に熟れるととても甘くておいしい上に、保存食にもなる優れ物なのだ。

『やっちゃーっ！』『マリュクシュ、いっしょー』

僕がその気になったことで、双子のテンションはもう最高潮だ。

さっそく出かける用意を始める僕の周りをリトとセトがグルグルと駆け回り、勢いあまって転んでは甲高い声で笑っていて、つられて僕も思わず声を上げて笑ってしまう。

「俺も……」

そんな僕達に兄さんも一緒にと言いたかったようだ。でも、旅先から帰ったばかりの緩慢な動きは隠しようもなくて。

「いつも遊んでる山だから危険なことはないし、大丈夫だって。ほら、今だって目が半分閉じてるよ。だから今日は寝てて、ね？」

「……」

兄さんは小さくうなると、最終的にはこくりと頷いた。


僕達が住む村は二百ぐらいの家族が群れとして住んでいて、ほとんどが狼族だ。後はその伴侶やその血を引く子ども達で、この村に落ち着いた商売人とかも生活をしていた。

その村を突っ切って、南の山へと向かう。

『ミシュー』『あまいにょ、おいひーのー』

一年前のミシュの季節に生まれた二人は、木になっている実を見るのは初めてのはずだ。だが、生まれてすぐに口にしてきたからか二人ともミシュを特に好んで食べる。というか、ミシュの実が嫌いな子なんて聞いたことがない。

はしゃぐ二人を見ながらピクニック気分で村外れまで歩いたところで、不意に農作業用の小屋の陰から大きな人影が二つ現れて僕達の前を遮った。

「マルクスじゃん、ほんと今日も白いねえ」

「ちっちゃな身体でどこまで行くんだい？　俺達が運んでやろうかぁ？」

逆光で見えづらいが、灰色に黒が滲んだような斑《まだら》の短髪から三角の耳が見えている狼の獣人が二人。その正体はすぐに分かった。僕にいつもちょっかいを出してくる村の中でも柄の悪い連中だ。会うたびにバカにされているから、いつもだったらその姿が見えるだけで迂回《うかい》したりするんだけど、今日はあらかじめ隠れていたようだ。

仕方なく立ち止まる僕の足下でリトとセトが背中の毛を逆立てて威嚇《いかく》する。いつも僕と一緒にいるせいか双子もこいつらが嫌いだ。

上背のある二人に、上目遣いになってしまうのを悔しく思いながら睨み返した。

「山に行くだけなんで、通してもらえませんか？」

「だからおぶっていってやるって」

「そうそう、それにそんなに急ぐことはないだろう？ちょっとそこで休憩しないか？」

そう言いながら一人が農作業小屋を親指で指さした。その言葉に隠された意味にさすがの僕でも気が付く。ヒト族であればこんな髪色でもいいというゲテモノ好きなやつはいるらしくて、そういう目を向けられることは少なくない。

不穏な空気に足下でリトとセトがうなり声を上げて威嚇するけれど、いかんせん、そのサイズでは僕が見ても可愛いとしか言いようがなかった。僕はなだめるように彼らの頭を撫でてやりながら、連中を睨み付ける。

「おんぶも休憩も必要ありません。そこをどいてください」

でも、これが虚勢だときっと向こうも分かっている。何せ体格差も体力差も大きすぎて、走っても二人から逃げられるはずがないからだ。どうあがいても獣人に叶《かな》うはずもない。

どうしよう……せめて、リトとセトを安全な場所にと思ったそのときだった。

『『あー』』

突然双子が大きな声を上げて、後方へと視線を走らせた。

「あ、おいっ」

「やべえっ」

あいつらもなんだか慌てている。

『しってりゅ、におい』『うん、しってりゅ』

双子のその言葉の意味を理解するより先に目の前に

つむじ風が舞い、上がった砂埃《すなぼこり》が落ち着くより先に眩《まばゆ》い光が広がった。

慌てて手をかざすその先で、獣の姿が一気に二足歩行の人へと変わっていく。勢いの強さにふわりと舞い上がった布きれが地面へと落ちるころ、僕の視界が広い背中のそれに覆われていた。

『『リョーエン』』

見上げる双子と同じ顔で、僕もまた目を見開いて広い背中を見つめた。

どうしてここへ……。

僕の足下から双子が駆け出し、その腰へと飛びついた。

「……引っ張るな」

狼から人に戻ったときは全裸だからと、念のために首元に巻いていたらしい布を、それでも慌てたふうでなく押さえたのは、家で寝ているはずの兄さんだった。

腰に布を巻いて首から袋をさげただけというちょっと間が抜けた格好だけど、それでもその盛り上がって重量感のある筋肉質の身体に見とれてしまう。

陽光に輝く青みがかった短く濃い灰色の髪の少しだけ伸びた襟足を一つに束ねていて、その横顔に浮かぶ真剣な表情は野性的な魅力を放っていた。

『リョーエン、しゅごい！』『きゃっこいい！』

「うん……」

双子が褒めるのに便乗して、僕も小さく頷いた。

そんな僕らを背後に従え、兄さんがいつもより更に低い声音であいつらを牽制《けんせい》する。

「……何か用か」

それだけ、たったそれだけであいつらは一気に戦意喪失したみたいに後ずさった。

北の山に住むグレルルという大きな魔獣を、苦戦することなく一人で倒した兄さんにケンカを売って勝てるものは双子の親——アニマのレーゲルさんや父さんぐらいだと彼らも分かっているのだ。

「い、いや、ちょっと話しかけただけだし」

「じゃあな、マルクス、気を付けていけよ」

そんな殊勝な言葉を残して、あっという間に連中は姿を消す。それはもう一瞬の出来事で、呆《あき》れ果ててしまうぐらいだった。

「大丈夫か……？」

振り返った兄さんが腰をかがめて僕の顔を覗《のぞ》き込む。

「大丈夫だよ。まだ声をかけられただけだったし、ありがとう」

『こやで、きゅーけーしよーって』『いやなの、あいちゅら、きらーい』

「そうか……」

なんともないと首を振った僕の声に、双子の声が被《かぶ》さった。そんな二人に小さく言葉を返した兄さんの、纏《まと》う雰囲気がなんだか怖い。

「兄さん？」

何か危険なものでも察知したんだろうか？　狼の獣人である兄さんの索敵能力は、僕なんかには想像できないほど広範囲だ。だがすぐに兄さんは首を横に振った。

「……なんでもない」

そう一言返されると同時に、張り詰めていた空気は緩んだ。代わりに、首にかけていた袋から衣服を取り出して手早く身につけていく。

「……ついていく」

「えっ、でも兄さん、帰ってきたばかりで疲れているのに」

「平気だ……」

「でもっ」

帰って休んで欲しいのに、でも一緒に来てくれるって聞いて嬉しかったのも僕の本心だ。でも、やっぱり……って悶々《もんもん》としていると兄さんがぼそりと呟《つぶや》いた。

「シナクスの葉が……」

視線がリトたちへと向かい、兄さんの言葉の意味が理解できた。

「ああ、切れちゃったんだね」

薬師《くすし》でもあるキュリアスさんからの伝言に、僕は頷いた。

「分かったよ、だから――」

「……行くぞ」

最後まで言わせてくれない兄さんが動けば、僕はもう止めることなどできない。

それにやっぱり……。

前を歩く兄さんに双子の狼が絡みつく。手を伸ばせば伝って肩へと駆け上がるリトに、セトも自然に伸ばした腕に摑《つか》まり上へと上げてもらっている。

そのなんとも言えない幸せな風景が嬉しかったのだ。

＊＊＊

確かに強行軍での帰宅だった。だが己《おのれ》の体力であればまだ大丈夫だと過信したものの、結果的に少し身体が怠《だる》い。

しかし、マルクスと共にいるのだと思えばそれも気にはならない。

頭上高くで熟れている実を採ろうして必死に背伸びをする姿に、俺も手伝おうとしたら大丈夫だと言われてしまった。

仕方ないので少し離れたところから様子を見ようと、俺は座り心地の良い木の根元に腰を下ろし、三人の様子を眺めることにする。

光に当たると金の色がきらめく体毛は怖いもの知らずのリトで、銀にきらめくのが慎重なセト。そして二人の様子に明るい笑顔を見せるマルクス。

『ミシュー』

「気を付けてね」

今木の上に駆け上がったのはリトのほうかと眺めていたのだが、暖かな陽光は心地よく、寝不足と無理な旅の疲れも相まってとにかく眠い。しかも辺りに不穏な気配は一つもなく、ひどく和やかな状況がそれに拍車をかけていた。

それでもちゃんと起きていたかった。

久しぶりに見た悪友の子達は、ずいぶんとしっかりしてきている。このまま成長すればいい仲間になれるだろう。レーゲル似の俊敏さでリトが木々に絡まるミシュの蔓《つる》を伝って登っていく。低い位置の実は誰かに採られた後で少なく、マルクスの背丈では届かない位置に実がついた蔓をリトがぶら下がって引きずり下ろしていた。

『マリユクシュー』

甲高いリトの声にマルクスが応えているその笑顔に自然に顔が綻んだ。その笑顔こそが、旅の間ずっと見たいと思っていたものなのだから。

今も、その愛らしさに魅入ってしまう。

「マリユクシュ」

そのマルクスの服を引っ張ったのは人の姿になった

セトで、腕の中からはシナクスの葉がこぼれ落ちていた。それを受け取りながら、またマルクスが満面の笑みを見せる。

ああ、もうこれだけで山二つ向こうから休息もとらずに帰ってきたかいがあるというものだ。芽吹いた木々の木漏れ日の中、幼子達とマルクスが幸せそうに遊んでいる。

本当に、なんて……。

「愛《いと》おしい……」

思わず呟いてしまった言葉は、せいぜい唇が動いた程度の音のないものだ。実のところ今朝マルクスを見てから何度こうやって呟いたか分からない。もしこれがマルクスに聞こえていたら憤死ものだから決して音にはしないが、それでもちょっとした仕草を見ると口元が動いてしまう。

こんな可愛いマルクスに不埒《ふらち》な行いをするバカどもなど、あの場で八つ裂きにしてやってもよかったのだが……。村内に張り巡らせている俺の情報網から、あいつらの怪しい動きを知って駆けつけようとしたその直前。

「そういうのでもうちの村人だからね」

全てお見通しだという親父の言葉で踏みとどまった。これでも次期族長という立場にある以上、堪《こら》えなければならないことは分かっている。それに可愛いマルクスに俺の本性を見せたくなかったというのもあった。ただし今度マルクスのいないところで会えば、それ相応のことはさせてもらう予定ではあるが。

不愉快な記憶を蘇らせてしまい、思わずうなり声を上げそうになったその時、愛しい声が聞こえた。

「兄さん、預かってくれる?」

俺のところに走り寄ってきたマルクスから差し出されたシナクスの葉を受け取る。つんと刺激臭のあるこの葉が熱冷ましの特効薬の材料だ。

この辺りならどこでも生えている草だが、二人の親であるキュリアスがその情報を村にもたらし定期的に作ってくれている。特に小さな子どもは発熱することが多いから、必須の薬だ。

ただ新鮮さが命だから週に一度は必要量を採りにこなければならない。

リトもセトも自分達の親の頼みを嫌な顔ひとつせず

喜んで手伝うマルクスだからこそ、あんなに懐いているのだろうと思えた。

「あ、落ちちゃった」

渡そうとして手の中からこぼれ落ちた葉にマルクスが手を伸ばす。かがんだ拍子に細い腕が袖からのぞき、その白さに視線が釘付《くぎづ》けになった。いたずらな風のせいで余分な布地が身体にまとわりついて、華奢《きゃしゃ》なそれがひどく目立つ。

確かこの服は俺が十歳のころの服だが、十五歳のマルクスにはまだ大きい。助けたときは本当に小さくて、俺からみればせいぜい五、六歳にしか見えなかった。だが、ヒト族の平均的な背丈からして十歳ぐらいとしたのだ。結局それが正しかったということを、俺は今回の旅のさなかに知ることになった。

そのときのことを思い出すと、マルクスの過去を手に入れることができたという達成感がある。だがそれ以上に悲しみ、怒り、何より恐れと己への嫌悪がこの身の中に湧き起こってしまうのだ。


国境近くのギルドで出会った虎族の元騎士とヒト族の青年。

大柄で精悍《せいかん》な虎族は、荒くれ者が多い冒険者には珍しくどこか品のある態度であったし、何よりヒト族にしては上背のある青年と一緒にいることで目立っていた。

彼らに興味を引かれたのは、そのヒト族がマルクスに似ていたからだ。

だがその榛《はしばみ》色《いろ》の瞳を持つ彼は、獣人の多いギルドの中で見えない毛を逆立てて威嚇しているのが感じられた。特にヒト族に好奇の視線を送るモノにはその態度は顕著だ。

俺の視線に何かを感じ取ったのか、虎族のほうから話しかけられた。捜し人がいるという彼らは、些細な情報でも欲しがっていたのだ。

だからこそ彼らと食事を一緒にすることになったのだが。

「捜しているのは彼の弟で名はマルクス。ヒト族の十五歳、髪は濃い藍色、目は彼と同じ榛色だ」

「……」

それを聞いて小さく頷いた。

だが俺の心中には様々な感情が嵐のように渦巻いていて、このときばかりは自分の板についた無表情と無口に感謝したほどだ。

同時にこちら側のことを知られるのを警戒した。

髪の色は彼らが言う藍色からかけ離れているが、それでも彼らがいうマルクスと俺のマルクスは良く似ていた。

名前が同じ、瞳の色も、そしてたぶん年齢も。何より、マルクスと何らかの血縁関係がなければおかしいほど、青年は良く似ているのだ。

俺は彼らの説明を聞きながら、内心の動揺を必死で抑えつけていた。

虎族がいたのは最近まで奴隷制度を唯一残していた悪名高い国――キャタルトンで、あの国では性奴隷として需要が高いヒト族は様々な難癖をつけられて犯罪者として強制的に性奴隷に落とされていた。

マルクスの兄だという青年もまた王族の企みで犯罪者だと貶《おと》められ、村ごと連行された中の一人。そして、そのときに弟と生き別れたという内容に、内心では本気で椅子《いす》から崩れ落ちそうなほどの衝撃を受けていた。

彼らの話が事実だとして――あの国であれば事実でしかないだろうその状況に、俺のマルクスがいたということになるのだ。

ひどく華奢で、俺が本気で抱きしめたら簡単に二つに折れそうなほど弱々しい生き物。

何も覚えていないと言ったときの、不安でいっぱいの悲しみに満ちた顔をしたマルクス。

ようやく慣れて、たどたどしく「ロウエン兄さん」と微笑みながら呼んでくれたときのあの感動。

そんな思い出が一気に思い出されて、俺は今すぐにでもマルクスの元に駆け戻りたかった。

だが今はまだ彼らの話の途中だと俺は落ち着くために酒をあおり、気付かれないように続きを促した。

そして最終的に俺は彼らの捜し人がマルクスだと確信したのだ。

その村が襲われたという時期とマルクスが流れ着いた時期が符合した。俺の国にもろくでもない地区があり、マルクスが流れてきた川の上流近くにも存在しているのは確かだったからだ。

だが俺は、彼らにマルクスのことを喋らなかった。

そうだ、俺は彼らが何も気付いていないことをいいことに、自らの欲望を優先させてこちら側の情報を晒《さら》すの止めたのだ。

私が何ら情報を持っていないと知った彼らは落胆していたが、諦めるつもりはなさそうだった。

互いに励ます彼らは仲が良さそうに見えたが、話の背景から察するに良い出会いではなかったはずだ。だが幸せそうに見える。そんな二人の互いをひどく思いやっている関係にふと俺はあることに思い至った。

彼らは、『番《つがい》』なのだと。

思わずそのことを問えば穏やかな笑みで返された。

その虎族にマルクスの兄はそこが唯一安全なものであるかのように寄り添っている。その彼を包み込むような暖かさで見守る虎族は、差し詰め王に従う騎士のようでもあった。決して離れまいと、そして絶対に守り通し、愛を与え合うという決意が、彼らの中に見て取れた。


マルクスの兄との邂逅《かいこう》を思い出し、俺は少し眠気が増してきた目を瞬かせながら、マルクスを見つめた。

彼らへの羨望は否定できない。

だからこそ俺は、マルクスを裏切り、彼らのことも裏切り、全てを俺の中へと封じ込めたのだ。

俺の元からマルクスが消えてしまうかもしれない、その未来がただ恐ろしくて……。

アニマである俺にとっての運命の『番《つがい》』。

アニマにとって『番《つがい》』は唯一のものだ。

運命の『番《つがい》』の相手と巡り会えないままに一生を終えるものが過半数を占める中、俺にとってのその唯一が目の前で明るく生き生きと動いているのをどうして手放せるか。

あの日、大雨で濁流と化した川で木に摑まり流される彼の姿を見いだしたとき、何を考えるまでもなく身体が動いた。獣体でもきつい濁流に流されかけたが、俺は生死も分からぬ彼の元だけを目指していた。

岸まで戻り、その微《かす》かな呼吸が確認できたときの俺の喜びがどんなものであったか……。そのときにはもう、本能がこの子だと告げていた。俺にとっての運命の『番《つがい》』はこの子しかあり得ない、と。

すぐさまその身体を乾いた地面に運び、身震いして水気を切った身体で包み込んだ。このときばかりは彼を温められる体格で良かったと思った。空気を孕み温かくできる毛皮を持っていることを喜んだ。

少し彼の呼吸が落ち着けば、急ぎ家まで運び、更に大切に扱った。それこそ親父が呆れるほどに、俺は自分のことを後に回して彼の看病をし続けたのだ。

だからその子が目を覚まし、名前以外は覚えていないと知ったとき俺の中にあったのは、だったらもう手放す必要はない、この子は俺のモノだとただそれだけだった。

家族がいなければ、戻る場所がなければ、マルクスの居場所をここに作ればいい。俺の傍らに居場所を作ればいいだけだ。

だがマルクスは自分に記憶がないこと、そして何より魔力がないことに引け目を持っている。今、俺が伴侶になってくれと言っても、マルクスは首を縦には振らないだろう。魔力がないから、俺が『番《つがい》』だということにも気付いていない。何より子を孕めない自分に価値がないと思い込んでいる。

だが俺にとってそれは些細なことであり、それを理由にマルクスを手放すことなどあり得ないし、マルクスが離れていくなど絶対に許せない。マルクスが頼る相手は俺だけでいい。そんな狂おしい焦燥のようなものに煽《あお》られて、俺は自分の中に情報を封印した。

幾ばくかの罪悪感はあるが、それよりも今ここにマルクスがいて、笑ってくれている。共にいる今の幸せさえあればいい。彼をこの手から逃したくない。

眩い光を纏うように、誰よりも明るく、そして愛おしいマルクスを眺めながら、俺は昨夜限界まで酷使した身体からの欲求に従った。

マルクスの笑い声が極上の子守歌であるように、俺を心地よい眠りへと誘っていた。


『リョーエン』『リョーエン』

「兄さん、起きて」

暖かくて幸せな夢を見ていた俺は、耳元で騒ぐ音に思わず顔を顰《しか》めた。

けれど、その中にある愛しい存在に手を伸ばす。

「え、と、兄さんってば」

ぽすんと腕の中に落ちてきた軽い身体から香る匂いが鼻腔《びこう》をくすぐる。

少し甘いそれがおいしそうで、俺はそれがもっとも強く匂う場所に口を近づけ、吸い付いた。

「ひっ、あっ……」

大きく震えて逃げようとする身体を、逃すまいと強く抱きしめて、更に強く吸う。

『リョーエン、おきろーっ！』『リョーエン！』

顔に鋭い痛みが走って、現実へと引き戻される。

鋭い爪でかすり傷を負った頬に手をやり、呆然と目を見開けば、腕の中で真っ赤になってうつむいている白い髪と首筋にくっきりと赤く残った痕《あと》。

半ば眠っていたとしてもそれでも夢現《ゆめうつつ》の状態で、なんとなく自分がしようとしていた、してしまったことの記憶がある。

「……すまん……寝ぼけた」

そうとしか言いようがなく、腕の中から解放してやればもぞもぞと小動物のように細かな動きで離れていった。

その温もりの喪失に思わず手を伸ばそうとしたその時。

『あみぇー』『ぽつぽつ！』

子狼姿の双子に足をつつかれて、腕に当たる水滴に気が付いた。

まだ言われないと分からない程度だが、確かにあれだけ晴れていた空を厚い雲が覆い始めている。その様子に慌てて立ち上がり、辺りを見渡した。

袋いっぱいのミシュの実に、一抱えはあるシナクスの葉と双子、そして……。

「……マルクス？」

呼びかければ、紅潮したはずの顔は既に少し色を失いかけていた。

「大丈夫だ……」

「うん」

手を伸ばし、頭を撫でてやる。

川で溺れかけたマルクスは、水全般が苦手だ。

特に自分では制御できない自然の水は不安感を煽る

らしい。

最も駄目なのは川のように強い流れがあるものだが、湖や池も駄目。そして雨もだ。風呂のように人工的に作られたものは大丈夫なのだがとにかく自然現象としての水が駄目らしい。

溺れたせいかと思っていたが実は村が襲われたとき雨が降っていたせいだと、彼らからの話で気が付いた俺は、だからこそ余計にマルクスを雨に当たらせたくはなかった。

急ぎマントを広げてマルクスの頭から被せてやり、俺自身は獣体へと変化する。

『……乗るんだ』

『わーい』『リョーエンッ、おっきー』

促せば双子たちが先に、続いてマルクスも荷物を抱えて俺の背に乗ってきた。

『少し、急ぐ……』

声をかけてから、駆け出した。徐々に速度をあげれば木々が後ろへと流れていく。

バランスを取りにくいのか、マルクスが俺の首筋にしがみついて、近くなった吐息を耳元で感じた。

『すぎょく、はやぃっ』『はやいでしゅ！』

双子が騒ぐ声より、何よりその吐息のほうが大きく聞こえる。

「ごめんね、重くない？」

風に負けないようにぴんと立った耳の近くで喋られて、吐息がくすぐったい。

『……まったく……』

「んー、なんか、それも嫌だな」

さっきの口づけを気にしてないような物言いにほっとすると共に、あの紅潮も気のせいだったのかと残念に思えてしまう。

『平気……か？』

「うん、ロウエン兄さんの暖かさがあるから平気」

そんな嬉しい言葉と共に、ぐっと抱きしめる力を強くするものだから、ほんの少しだけ足がもつれた。かろうじて堪えたがそれでも不自然に揺れた身体に、「大丈夫だった？」と問われて、『問題ない』と答える。

まさか言えるわけがないだろう、いきなり腰が砕けかけたなどと。

いったん意識すると、少しまずい感じが体内を駆け巡っている。

「なら、いいけど」

『……急ぐぞ』

そう返して、その後はひたすら平常心を念じつつ、一気に速度をあげた。

＊＊＊

兄さんのおかげで随分早く帰ることはできたけど、リトたちを家に送っていく間に激しくなった雨のせいで僕達はびしょ濡《ぬ》れになってしまっていた。

この季節は、穏やかな日でもいきなり天候が急変することが良くある。強い風が特徴ではあるが、横殴りの雨は外套で庇《かば》っても侵入してしまう。

戻ってきた僕達を見た父さんは、すぐに湯に浸かるように勧めてくれた。

帰る途中、兄さんが遠吠《とおぼ》えで連絡してくれていたらしくて、岩を積んで作ったお風呂にはなみなみと湯が溜《た》められていた。その室内は熱した岩で起こした蒸気が充満し、じわじわ冷え切った身体を温めてくれる。

心地よい香りもするから、疲れを癒やす効果のある薬草も使ってくれているに違いない。

村の中でも特に立派な浴室は、その昔、父さんのそのまたお父さんが旅先で出会って気に入ったものを組み合わせたらしい。

僕も大好きでお気に入りなんだけど、お湯を沸かしたり石を熱したりといろいろ手間がかかるから、いつもは使えない。

父さんは気にするなと言うんだけど、やっぱりね。

だけど確かに今日のように濡れた日にはとてもありがたいものだ。身体の芯《しん》から温まる感じが堪らなく心地よい。

水は苦手なのにお風呂は平気、自分でも都合が良いとは思う。

その岩風呂に入ろうとしたら、不意に人の姿に戻った兄さんが後ろから僕を抱え込んできた。

「入れるよ、一人で」

「深い……」

「そりゃ深いけど。でも僕、背も伸びたし……」

大柄な狼族に合わせたせいか、確かに小さい頃の僕はまっすぐ立っても鼻の下まで湯があることもあっていつも兄さんか父さんに抱えられていた。

でも、もういい加減背も伸びたのにと文句は言ったが抗《あらが》う間もなく腹に手を添えられ、僕を抱えたまま湯に入っていく。

獣人は総じてヒト族よりは毛深いけれど、だからといって剛毛ではない。

湯に揺らぎ、触れた腕の産毛が揺らぐ感触にぞくりと僕の肌が震えた。それを寒いせいだと思ったのか、兄さんの腕がますます強くなる。

それは、さっきの山の中での寝ぼけた兄さんに抱きしめられたときみたいで首筋から熱が上がってきて、慌ててうつむいた。

幸いにも深い湯船に入ることに気を取られているのか兄さんは何も言わなかったが、僕はといえば、あのとき走った首筋のちりちりとした痛みが蘇り、ますます意識してしまう。

そんな状態で湯に連れ込まれ、冷たかった身体が一気に温まって、先ほどとは違う震えが走った。

熱い、けど、気持ちいい。さすがに緊張も緩み、硬くなっていた身体がゆっくりとほどけて、思わず兄さんの身体にもたれかかる。こてんと頭を預けると、上から覗き込む兄さんの透き通った青い瞳がそこにあって、僕は知らず笑いかけた。

とたんに、兄さんの身体が固まったような気がした。だけどそれもすぐ治まったので気のせいだったみたいだ。

「しっかり温まれ……」

「うん……、ありがとう」

腰を下ろした兄さんが膝の上に僕を座らせてくれる。気持ちよさに吐息をこぼすと、漂っていた白い湯気が渦を巻いて逃げていった。それを細めた目で追い、目を閉じる。背中から伝わる規則正しい鼓動がさっきより大きく速く聞こえる。

「……マルクス……」

頭の上から静かな声が降ってくる。

「うん」

「……大きくなったな」

「そりゃね、だってもう十五歳……ぐらいだよ」

はっきりと言えない年齢に言い淀《よど》みながら、それでも大きくなったのだと手足を伸ばしたら、笑っているのが裸の背越しに伝わってきた。

「……そうか」

「うん」

兄さんとの会話ではいつももたらされる言葉の数は少ない。それでも、僕は兄さんとの会話が好きだ。

冷えた身体が温もると同時に、湯も適温に冷めていって、心地よさが増していった。

ああ、兄さんがいる。

いない間は寂しかったけど、今はここにいてくれる。髪に吐息が触れた。太い指先が壊れ物でも触るように優しく僕の腕を摩《さす》り、湯に揺らぐ身体を包み込む。

うなじに触れるくすぐったい感覚は、兄さんの髭《ひげ》だろうか。形の良い顎の髭はその顔をより精悍に見せてくれる。

かっこ良くて優しくて、何より強い兄さんとこんなふうに一緒にいたいって考える人は村にも多いけど、今このときだけは僕のものだ。

家族にしてもらえて良かった。だって、家族だからこんなふうに一緒にいられる。いつか、兄さんにも別の家族ができてしまうかもしれないけど、どうかそれまでは……。

「ん……」

うなじに触れた髭が肌をくすぐって、なんだか不思議な感じだ。

竦《すく》めた身が沈むのかと思ったのか、お腹に回った腕の力が強くなり、兄さんの身体が更に密着する。

「……」

兄さんは何も言わないけれど、この僕のお尻に当たっているのは……。それを意識したとたんに全身が熱くなった。お風呂に入るとき、獣体に変化するとき、今までだって裸になった兄さんを見たことはいくらでもある。

僕のよりはるかに立派な性器だって、しっかり覚えてる。でもそれが恥ずかしくて恥ずかしくて……。どうしようって思い始めたとき、不意に兄さんが動いた。

「もう……出るか」

それは問いかけというより確認で、すぐに湯船からつれ出された。

幸いに紅潮した身体は、茹《ゆだ》ってしまったせいだと思われたのか、乾いた布地がすぐに頭から被せられ、ぽんと背中を押される。そのますすぐに、兄さんも身体を拭《ふ》くため離れてくれた。

安堵の吐息を布に隠して吐いて、大柄な背中が離れていくのを見送った。いや、見送るしかなかった。

……どうしよう……。

緩やかではあるけれど、僕の小さな性器は少し持ち上がってきている。胸の奥で鼓動が激しくなっていた。けれどどこれは、報われない。あるはずもない。ぎゅっと布地を摑み、唇を嚙みしめる。兄さんに触れられたところが湯以上に熱いような気がしていた。

外から聞こえる雨の音が強くなっていた。大きな雨粒が屋根を叩き、窓の外から濡れた草が青い湿った匂いを伝えてくる。

耳を塞いでも聞こえるその音に僕がベッドの中で蹲《うずくま》っていると、狼の姿になった兄さんがのそりと入ってきた。

「兄さん……」

『……』

心細さに誘うようになってしまった僕の呼び声に、兄さんはいつものようにベッドの上に上がってきて、縋《すが》り付く身体を包《くる》んでくれる。

それだけで嫌いな雨の音が消えたような気がした。恐怖と孤独感、迫る何かの気配がないまぜになったような感覚を雨音はもたらしてきて、僕は一人では眠れない。

小さいころは兄さんが、兄さんが不在がちになってからは父さんが、こうやって狼の姿になって添い寝をしてくれる。小雨程度なら、薬師のキュリアスさんに調合してもらった睡眠効果のある薬草の粉末を燃やして香りを満たすことで眠ることができるけど、ここまで強くなったらそれも効かない。

何よりこのぐらいの音が一番苦手だから、余計にだ。このままでは駄目だと思っても未《いま》だに克服できないこれは、何か大きなきっかけがないと治らないものだろう。それでも我慢していると、兄さんはすぐに察してやってきてくれる。

救い出されたあの日のように、青みのある灰色の毛に包まれていると、穏やかな暖かさが、じんわりと僕の心を穏やかに癒やしてくれる。ふさふさの毛並みが僕の吐息に流れて動く。

リトやセトのような毛玉感はないが柔らかく暖かく、指に絡む心地よさと兄さんの匂いに荒れていた感情が凪《な》いできた。全身ですり寄れば、厚く柔らかい毛皮の下から穏やかな鼓動が伝わってくる。

「兄さん……」

『……』

呼びかけると瞳が僕を視界に収めてくれた。

いつまでも、こうやって僕と一緒に……。

けれど、願いは口にできずに、僕は見透かされないように瞼《まぶた》を閉じた。

雨の音は相変わらず続いていた。

でも、僕は雨よりも兄さんの息づかいが気になっていた。わずかに身じろがれて毛皮の下の筋肉がうごめくのが分かった。兄さんの喉の奥で鳴る音も、心地よく響いた。

さわさわと僕の頬に柔らかな毛並みが触れる。立ち姿は大きくて立派な狼で柔らかく見えないのに、腹の辺りの毛はとても気持ちいい。そこに指をくぐらせ、その感触を堪能した。

気持ちはすぐに落ち着いて、徐々に意識が深淵《しんえん》へと飲み込まれていく。兄さんの大きく少し湿った鼻が僕の匂いを嗅いでいるのを感じる。そして、夢現に感じる首筋に温かいものが這《は》う感覚。

『……マルクス……』

心地よい眠りの中に落ちかけていた僕の耳に掠《かす》れた声が響く。

それに答えたような気もするけれど、次の瞬間僕は微睡《まどろ》みの最奥へと意識を沈めた。


『ジャミュー』『ジャムーッ』

双子とミシュの実を採りに行ってから少しして、リト、セトがわいわいと賑《にぎ》やかな声を上げながら家の中に転がり込んできた。

互いにジャムと叫びながら、首の下につけてもらっていた荷物を外そうとするのを手伝えば、木でできた筒状の容器が出てくる。

『ジャミュ！』『いちゅも、ありがとぉって』

「ミシュのジャムなんだっ、嬉しいなぁ」

果実を甘く煮詰めたそれは、花の蜜の甘さとは違う砂糖を使うんだけど、砂糖もまた行商人からしか手に入らないちょっと珍しいもので、それをたっぷりと使うジャムはもうどんな高級品よりも僕にとっては嬉しい代物なのだ。

『マリュクシュ、おとまり！』『おちょまりー』

「うん、聞いてるよ。キュアリスさん、トゥタイさんのところなんだってね」

村でも最高齢のトゥタイさんが体調を崩していて、薬師であるキュリアスさんはつきっきりなのだ。トゥタイさんはこんな僕でも親切にしてくれて、狼族の古いお話や兄さんの子どものころのお話を聞かせてくれる優しい人で僕も心配だし、レーゲルさんも今日は夜間警備の担当だからうちで双子の世話をすることにしたのだ。

『おとしゃん、おしごちょ』『でんごんのおしごちょ、たのまりえたの、リョーエンしゃぼるなっーって』

リトが小さな狼の姿で兄さんの足下をグルグルと回る。

僕が抱き上げていたセトも、兄さんに向かってしっかりと伝言の仕事をこなしていた。その伝言に、僕は冷や汗が背中に流れた。行って欲しくないって思っているのが、ばれているのかと思ったのだ。

「……分かってる」

兄さんが警備の合間に抜け出しては僕達のところへと度々やってくるからその牽制だろう。

口元を微かに歪《ゆが》めて剣呑《けんのん》な視線を外に向ける兄さんは見慣れないけど、リトを抱え上げる手は優しい。

「お仕事頑張ってね」

「……ああ」

そう言ってリトを父さんに渡すと、あいた手で僕の頭をポンポンと撫でてくれた。

相変わらずのちっちゃい子扱いは不満だけど、内心はちょっと嬉しいので黙って受ける。

『リトもー！』『セトも！』

「……」

『わーい』

黙って双子も撫でてやる兄さんは、ほんとに子どもに優しい。僕も兄さんからしたら、リトやセトと同じなんだろうか？　それはちょっと寂しいけど、本当に兄さんの子どもだったらいつまでも一緒にいられたのかも……。

どんなに好きでも伴侶にはなれないから、せめて弟という立場を手放したくはない。

「いってらっしゃい」

『いてりゃしゃい』

「……ああ」

その一言だけ残して、雨がしとしとと降り出し薄暗くなった外へ兄さんは軽く手を振り返すと出ていった。

雨が僕の内心を暗くするが、だからといって兄さんを独り占めにするわけにはいかない。

あの伝言も、それを戒めるためのものだから。


夜間警備は明日の日が昇るまでが当番だ。

魔獣、野盗なんかは夜間に襲撃してくることが多いから、腕が立つ人たちが何人かは必ず見張り場に詰めている。今日は兄さんにレーゲルさんもいるから、何も心配はいらないはずだ。

そんなことを考えながら、双子達と遊び、ご飯を食べて、お風呂に入る。もうそれだけで疲れてしまったほどに双子はとても元気がいい。

部屋の中で濡れた身体を身震いするものだから、父さんの寝間着がびしょびしょになってしまったり、いきなり人の形になって丸裸で走り回ったり……。

父さんはこれでも兄さんとレーゲルさんのときよりは大人しいと笑っていたけれど、僕はもう追いかけているだけでヘトヘトになってしまった。ほんとに父さんってすごいんだなって改めて思ったぐらいだ。

「さあ、もう寝るよ」

うまく誘導してベッドへと駆け込んだ二人の上から、布を覆い被せる。

『いやぁ、まだ、あしょぶー』『あしょぶのー』

「だめだよ、もうお外は真っ暗。早く寝ないとこわーいグレルルが来るよ」

巨大な魔獣であるグレルルはその巨体と長い鼻が特徴で、雑食性だ。小さい子が無茶をしないように危険を教えるときによく使うその魔獣は、大人の狼族でも一対一では苦労するらしい。

昔、兄さんが一人で倒したときには、村人がこぞって賞賛の声を上げたくらいだ。

『『やーっ！』』

グレルルという名に怯《おび》える双子の背をなだめるようにポンポンと叩くと、セトは残念そうに大人しくなったが、それでも不機嫌そうに白い牙の間から舌を出している。

「いい子、いい子」

セトに向かって微笑んだとき、リトが静かになっていることに気が付いた。

「リト？」

いつも最後まで騒いで、なかなか静かになってくれないリトなのにと、蹲る彼に手を差し伸べる。

「あ、つ、い？」

触れた鼻先が乾き、同時に吹きかけられた荒い吐息がやたらに熱かった。

「リトっ」

慌てて、それでもそっと抱き上げればその身体から力が抜け、ぐったりともたれかかってくる。

「リト、しっかりして！　大丈夫!?」

『マ、リュクシュ……』

リトに似合わぬ弱々しい声、向けられたそのまなざしは光が薄い。生き生きとした幼子であるはずのリトの変化に僕の顔から血の気が失せた。それでも必死でリトを布ごと抱きしめて、声を張り上げる。

「父さんっ！」

「どうしたっ？」

聴覚に優れる父さんは、僕が上げた声にすぐに気が付いて飛び込んできた。

「リ、リトがっ」

「リト？　うん、ちょっとこっちに。……熱が高いな。マルクス、リトたちの荷物から熱冷ましを持ってきてくれるかな？」

「うんっ」

言われて、お泊まり用に預かっていた荷物の中の熱冷ましを探す。

「……ないみたい……」

「そうか。トゥタイさんの所へは大分慌てて出たらしいからな、入れ忘れたんだろう」

もともとリトは少し身体が弱いから、キュリアスさん特製の薬をいつでも持っているはずなのだ。

「うちに薬は？」

「ないな、ちょうど切れてる」

熱冷ましは鮮度が良いほどよく効くから、薬は必要なときにもらいに行っている。狭い村の中だからいつもはそれで十分間に合うのだけど。

リトの家にならあるかもしれないけど、キュリアスさんは出かけているし、僕ではどこにあるかは分からない。さすがにセトも分からないだろう。

「僕、トゥタイさんのとこ、行ってくる」

「いや、今日は新月だし雨も降り始めたようだ。私が行こう」

確かに、屋根を叩く雨音が聞こえて始めていた。今は小さな音が、次第に大きくなるであろうことを想像して背筋に悪寒が走る。

恐怖に支配されて竦んでいると、父さんがそっと僕の頬に触れてきた。

「ちょっとの間だ、すぐに戻ってくる」

僕の心をよんだかのような優しい言葉が僕を癒やしてくれる。僕がほっと表情を緩めると、一歩下がった父さんの身体が光に包まれ始めた。手際よく服を脱ぐ間に変化は終わり、白が混じった灰色の巨大とも言える狼が現れる。威風堂々たる体軀《たいく》に太い四肢、知性に溢《あふ》れた青の瞳がすっと細められた。

『大丈夫だから、二人を見ておくれ』

最近ではめったに見ることのない狼の姿で、父さんは湿った鼻先を僕の手に押しつけた。それにこくりと頷くと、父さんは一瞬にして家から消えていた。まるで一陣の風が室内に吹いたようだ。

そんな父さんの姿を見通せない夜の闇に追いかけていたが、ツンツンとズボンの裾を引っ張る刺激に僕は足下を見下ろした。

「セト……」

『マリュクシュ……』

「……ごめん、大丈夫だよ」

不安げなセトの様子に僕は慌ててしゃがんで抱き寄せる。

「先にリトをベッドに寝かせてあげようね」

『リト、だいじょぶ?』

「うん、大丈夫」

僕が不安だと、セトまで不安になってしまう。布の隙間からうっすらと視線をよこしているリトもだ。僕は意識して口の端を上げて笑みを浮かべながら、リトをベッドへと運んだ。そんな僕の横で、セトがベッドの端に前足をかけてリトを覗き込む。

「待っててね、すぐ水を持ってくるから」

その言葉に少し笑ったリトに微笑みかけて、僕は台所へと向かう。

水に今日もらったばかりのミシュのジャムを溶かしてみよう。少しでも甘みがあれば、飲みやすいし栄養もあるはずだ。

その後ろからセトがテテテと足早に追いかけてきた。セトもリトのことが本当に心配なんだろう。

「セトも手伝ってくれるの?」

『うん、おてちゅだいしゅる!　リト、はやきゅよくなりゅっ』

「そうだね」

仲の良い双子は、いつもこうやって互いを常に思いやる。僕はそんなときではないと分かっていてもほっこりとした気分になりながら台所に足を踏み入れた時、ふと視界の端に影が走った。

「えっ、むーっ!!」

『マリュクッ、きゃんっ!』

大きな、黒い手が僕の口を塞いでいた。驚愕《きょうがく》に見開いた視界の隅で、同じような手がセトを捕まえ、袋に押し込んでいる。

「むーっ、ぐっ、う、んーっ!」

「急げ!」

「雨だ、臭いは消える」

「音まで消せない、すぐに戻ってくるぞ」

力を入れても拘束は外れない。手首が摑まれ、ギリギリと強い力で絞られた。叫びたいのに、塞がれた口は悲鳴すら漏らさない。

離されても痛みは残り、床につくだけで痛んで身体が崩れた。その痛みに抵抗する力を失った身体が荷物のように肩へと担ぎ上げられて、まずいと思ったときには外へと連れ出される。

自分の身体に激しくなり始めた雨が降り注ぎ、身のうちに激しい恐怖が湧き起こった。

「う、あ……ぁっ」

肩で腹が押されて痛みが走り、冷たい雨がつぶてのように肌を打つ。真っ暗闇で何も見えないのに、荒い呼吸音だけが響く。全身から音を立てて血の気が失せていく。

指先が震えて、僕を捕まえた獣人の服を掴むことができない。でも、このままじゃ駄目だ。怖いけど、嫌だけど、雨の中、闇の中を連れて行かれるほうがもっと駄目。

「んーっ、んんっ！」

逃げなければってそればかりが頭の中を占めている。なのに闇雲に暴れることしかできない。

「くそっ、こいつ暴れやがってっ」

「ぐっ！」

髪を掴まれ、一度地面にたたきつけられた。背中に石か何かがあたったのか、一瞬息が止まる。目の前がチカチカと光り、鈍い痛みが全身に走った。動けずにいると再び担ぎ上げられて運ばれる。かすむ目で傍らの頭の上に金色の耳を見つけた。

ああ、駄目だよ。このままじゃ、駄目だ。早く逃げないと。

頭の片隅で誰かが警告している。

同時に、悲鳴のような子どもの声が脳内に響き渡っていた。

――お兄ちゃんっ、おにーちゃんっ、どこっ!?

――なんで僕だけほかのところなの？　ねぇ、なんでぇ、おにーちゃんっ！

その声にかき立てられるように、僕は必死に手を伸ばしていた。下がっていた上半身を持ち上げひねり、相手の頭を抱きしめる。

「わっ、ちっ、こいつっ、前がっ！」

びりっと腕をひっかく痛み程度では、僕を止めることはできなかった。そのまま目の前の耳を掴んで――噛み付いた。

「ぐあっ!!」

ぐらりと揺れた身体が、高い位置から落ちる。身体の右側から地面に落ちて、打ち付けた腕に痛みが走る。なんだろう、以前にもこんなことがあったような……。ぼんやりとまとまらない思考と闘っていると目の前に気配を感じた。

「このやろう！」

袋を担いだもう一人が僕の方に迫ってきていた。その袋がもごもごと動いているのを見て、セトのことを思い出す。

可愛い狼の子。

ああ、覚えている。

今度は覚えている。

覚えていた現実が僕に勇気をくれた。

「セトを放せっ」

全身が痛くて辛かったが、それよりも怖い思いをしているセトを助けたかった。なんでこんなことになっているのか、こいつらが何なのか分からない。

でもあそこにセトがいる。セトを助けなければ！

無我夢中で体当たりをすると、不意をつかれた男の持つ手から袋が落ちた。

「キャンッ!!」

悲鳴のような鳴き声が聞こえたが、その袋はもぞもぞと動いていてまだ元気そうだ。

「ちいっ、くそっ」

その獣人は一瞬袋か僕か交互に視線を巡らせて、逡《しゅん》巡《じゅん》したかのように見えた。

「ちくしょー！　こいつ耳を噛み千切りやがったっ。おい、そいつを捕まえろっ、ヒト族のほうが高く売れる、ついでに身体にもわからせてやる!!」

別の獣人の言葉を受けてそいつは、木々の間をくぐり抜けてきた。

それを見て、セトの入った袋を持って慌てて逃げる。

耳からだらだらと血を流したやつが反対方向へと回り込んできたので、慌てて踵を返した。

袋の中のセトを気にする余裕はない、ただ夢中で逃げるしかなかった。足場の悪い山の中、狭い獣道や雑木の茂みの中を飛び込んでは二人を引き離す。だがまっすぐだとすぐにまた追いつかれて、今度は滑るようにして緩い崖を降り、走る。

裏山は遊び場だったから、どこに何があるか知っている。それだけが僕の味方だ。

だが、今や豪雨となった雨が開けた口の中にまで飛び込んできて、ぬかるんだ地面に足を取られ、何度も転んで全身は傷だらけで息も上がる。

それでも、決定的なほどには二人を引き離せない。

荒い吐息に怒声が重なり、枝が折れる音が重なって。

「あ……」

慌てて傍らの木に掴まり、たたらを踏んで止まった。

夜目がきかないのに暗い山の中を闇雲に走り回っていたから、目測を誤ったのだと気が付いたときにはもう遅い。眼下に、決壊しそうな程に水かさが増した川がごうごうと流れていた。

最近の雨で、水流が多く流れも速い。

「あ、う……」

見えなければ良かったのに。雷雨となり轟《とどろ》く稲光が濁流を照らし、雷鳴が身のうちの恐怖を押し上げる。

その拍子にセトが入ったままの袋を落としてしまった。

だがそれに気付くことができないほどに、わけも分からない恐怖が全身をがんじがらめにし、息すらできなくなる。

苦しい、痛い、怖い……。た、すけて……、誰か助けて……。

そればかりが頭の中を占め、震える手で傍らの細い木を摑み、崩れ落ちそうな身体を支えた。

恐怖に支配されると視界が別のものと重なった。

あのときと……同じ……。

不意にそう思った。


視界に追いかけてくる奴らの姿が重なって見えた。怒りに満ちた顔は、僕だけを見つめている。怒声が大きくなって、あと少しで捕まって。

また、また僕は引き離される。

大好きなお兄ちゃんと……。大好きな兄さんと……。助けて、助けて、お兄ちゃんっ！　助けて、兄さんっ！

泥と雨と汗が目の中に入り、視界も狭い。そんな中、いろんな音がどんどん迫ってくる。

目の前の唯一の逃げ道は急流に遮られていた。

全てが、あのときと同じ。

闇の中から引きずり出されてきた記憶が、現実と絡む。

振り返れば、顔から血を流した獣人が手を伸ばしてきていた。無意識に足が下がる。まだ地面がある。

「てめぇっ！」

伸びてきた手に、反射的に更に後ずさって。

「わっ、あぁぁっ！」

傾いた身体が宙に浮いた次の瞬間、下へと落ちていく。

不意にそう思った。

そのとき、血を流す獣人の向こうに、見知った顔が雷光に照らされた。驚愕で見開かれた瞳に僕が手を伸ばせば、兄さんも伸ばしてくる。

「に、いさんっ!!」

僕の手が何かを掴むより先に、全身に衝撃と痛みと、そして身を切るような冷たさが一気に襲ってきて僕の意識はそこで途絶えた。


寒い……？　いや、暖かい。

全身を包む柔らかい温もりに、寒さに痺《しび》れて小さく縮こまっていた身体がほぐれていく。

指が、手が、腕が。

足首が、膝が、腰が。

凝り固まっていた関節が緩んでいき、動いた指が柔らかなものを掴む。

繰り返し届く鼓膜を震わせる懐かしい声音がなんだか悲しそうで辛そうで、僕は触れたものをそっと撫でた。

徐々に、暗闇の中に埋もれていた感覚が灯《あか》りを取り戻し、視界に色が差し始めた。

灰色……青い、灰色……。

『マルク……』

声が僕の名を呼んでいる。

『……マルクス』

僕まで切なくなるほどに感情のこもった声音に胸がかきむしられるようだ。

頬にざらついたぬめりを感じながら、そっと目を開け、大きなとても大きな狼の彼の名を呼んだ。

「……に、さん……ロウエン、兄さん……」

伸ばした指に絡む毛先はしっとりと湿っている。でも直接僕の身体を包み込む身体はとても温かい。声に気が付いたのか、それとも触れた指先で分かったのか、兄さんの耳がぴくりと動いて、全身が強ばる。

視線が合うことを期待したのに、兄さんはそっぽを向いたままだ。

「兄さん？」

『……なんで……なんでっ、川へなんかっ』

最初は小さく、次第にどんどん大きく、激しくなっていく言葉に僕は息を呑《の》んだ。

『もっと早くっ、もっと急げばこんな目にっ！　いや、なんでおまえを一人にしたっ、なんで俺がいないときにさらわれたっ！　なぜっ』

「あ、の……」

兄さんの剣幕に僕は言葉を挟むことなどできなかった。

『なぜ落ちたっ、川は怖いんだろうがっ!?　なのになんで川なんかっ、なんで雨の日に……いや、おまえは悪くない……だがどうしてっ、どうしてマルクスがこんな日に、俺がいないながらなぜっ!?』

普段寡黙で穏やかな兄さんの激昂《げきこう》が、僕の心を強く揺さぶる。

僕を責めて、でももっとたくさん自分を責めている兄さんがそこにいた。

兄さんが悪いんじゃない。僕がさらわれて、逃げて……そのせいで……。今ここに僕がいるのは、今回も兄さんが助けてくれたからだ。

それでも兄さんは喉の奥でうなりながら、時折激しく声を荒らげて起きてしまった何もかもを罵っていた。

『警備の穴を抜けられて、何が警備隊だっ！　匂いが分からぬなど言語道断だっ！　畜生っ、俺のマルクスが、マルクスがなんでこんな目にっ!!』

そっぽを向いて言い切った兄さんの言葉が、嬉しくて悲しい。

僕のことをこんなにも大切に思ってくれてたなんて。我を忘れるほどに、これほど取り乱すほどに考えてくれていたなんて。

ああ、嬉しい。泣きたくなるほどに兄さんの激昂が嬉しくて堪らない。

「ロウエン兄さん……」

痛む腕を庇いながら身体を起こし、首筋を伝ってその頭を抱え込んだ。

「ありがとう……ありがとう……また、助けて、くれて……」

そう伝えながら、兄さんの顔を引き寄せる。

「に、い……さ……っ!!」

強く背ける顔を、それでも引き寄せたときに見えたのは額からこめかみにかけてくっきりと残る傷痕だった。まだ血が流れ生々しい肉の色が見えている。

「こ、れ……ど、して……。もしかして川に飛び込んだから……!?」

グレルルと戦っても無傷だった兄さんなのに、こんな深い傷が顔に……。瞠目《どうもく》し、呆然とする僕が傷へと伸ばした指先に兄さんが舌を絡めてくる。

『こんなもの……どうでもいい……。おまえを奪われてしまうより……、おまえが味わった恐怖と比べれば、こんなもの……』

僕のことを気にしてくれているけど、兄さんの傷のほうがよっぽどひどい。

『おまえが俺の元に戻ってきた……』

「だ、だって、こんな傷……僕のせいだよっ、僕が、僕がっ」

ヒト族だから、僕が……。

ヒト族が狙われやすいのは知っていた。父さんや兄さんからも、よそ者には気を付けるように言われていた。村人が無体をするようなら守ってやる、とも。

顔を伸ばして僕の胸に触れてきた兄さんは、一度閉じた目を開いてさっきまでの激昂はどうしたのかというくらいに静かに、そしてはっきりと告げてきた。

『……この傷は……治る。だが……、おまえは……『番《つがい》』、俺の、唯一無二……運命の『番《つがい》』だ。俺は、おまえを失ったら……生きてはいられない……』

「え……」

つ、が、い……。

アニマにとってたった一人しかいない運命の『番《つがい》』。出会ってしまったら、命を賭けて守る存在となる。もし不幸にも死に別れるようなことがあったら、残されたアニマは狂うことすらあるという、あの……。

「う、そ……」

『……最初におまえを助けた。そのときに……分かっていた』

「あ、そんな……」

なんと言っていいのか分からない僕を、むくりと立ち上がった兄さんが鼻先で地面に押し倒した。

乾いた地面に薄く草を敷いたそこは、あの川の近くにある洞穴だとすぐに気が付いた。奇《く》しくも最初に助けられたときと同じように僕はここに運び入れられたらしい。雨が降ったときの避難場所として最適なところだと、雨が苦手な僕に教えてくれたのは今上から僕を覗き込んでいる兄さん、その人だ。

外はもう夜が明けたのか白々とした明るさがあり、

雨足も落ち着いているようだ。

そんなことを今更ながらに考えてしまう僕は、思考が現実逃避をしているのかもしれない。けれど、どんなに逃げても兄さんの告白は続く。

『俺を受け入れてくれ、……もう二度と俺の手をすり抜けていかないでくれ……』

その言葉に僕は川へ落ちる寸前、兄さんに手を伸ばしたことを思い出した。そして伸ばされた手のことも。

あの距離では絶対に届かない。

そんなことは互いに分かっていて、それでも伸ばした手が届かなかったことに、確かに僕も絶望した。

嫌だ、と思った。

伸ばした手をどうにかとってほしいと、怒りすら味わった。

意識を失うそのときまで……そうだ、僕も確かに怒っていた。

理不尽で我《わ》が儘《まま》で、けれど怒らずにはいられない。

自分にも相手にも。

なんで、繋《つな》がっていないんだって。

「……ほんとに……僕が、『番《つがい》』？」

『そうだ……間違いない。俺の『番《つがい》』はおまえで、おまえ以外の伴侶を娶《めと》るつもりはない……』

「は、んりょって……僕……魔力がないから、子ども、無理だよ」

『関係ない』

「貧弱で、ドリーにも吹っ飛ばされるぐらいだよ」

『……かまわん。俺が守る』

「記憶も、ないし……」

『……なくていい……あ、いや、おまえが過去を探したいなら……探して、やる……が、なくても支障は、ない、はず……』

それだけは少しためらいがちに答えた兄さんに、僕は思わず笑っていた。そこに兄さんの独占欲を感じて、嬉しかった。

ずっと記憶がないこと、魔力がないこと、兄さんとの不釣り合いさが悔しかった。それが兄さんの言葉に、胸の奥でわだかまっていた何もかもが消えていくようだ。

でも後、一つだけ僕の中では決して消えることなく残る思いがあった。

「……僕は兄さんが自分の『番《つがい》』だって感じられない。分からない。大好きで、ずっと一緒にいたいっていう気持ちはとっても大きいのに、『番《つがい》』だったらいいのにって思うぐらい好きなのに……」

『番《つがい》』であれば、互いにしか分からないとてもいい匂いがするとか、魔力を互いに分け与えられたり相性が良かったり、とかいろいろ言われている。けれど、そのどれもが魔力がある前提で、それがない僕にはその全てが感じられない。

「魔力がなくて悔しい思いもいっぱいしたけど、でも兄さんが『番《つがい》』だって感じられないのが、一番悲しい……」

感じてみたい。互いが唯一のものなんだって思いたい。

気が付けば涙を流しながらの僕の言葉に兄さんは少し考えてから、僕の顔をぺろりと舐《な》めて告げてきた。

『不要だ……俺が愛している。……それだけを信じろ』

狼の兄さんの身体が光に包まれ、そこに現れたのは逞しい身体を持つ人の姿。僕の胸の奥が速い鼓動を打つ。凛々《りり》しい顔に今は深い傷があるけれど、甘く僕に微笑むのは大好きな兄さん。

「マルクス」

「ん……」

形の良い唇が、何かを言おうとした僕の唇に触れてきた。

その瞬間、言葉なんて吹き飛んで優しく触れてくるその熱に身体の奥が妙な具合で疼きだす。

その熱がそっと離れていく様に思わず追いかけそうになったが、じっと見つめながらの告白に僕はそれを忘れて息を呑んでいた。

「狼族は、相手が『番《つがい》』でなくとも、一度決めた相手に自らの全てを捧げる。愛した相手が振り向かなくても、ずっと思い続けるほど執念深い。俺も同じだ……俺はおまえをもう逃さないし、離さない。どんなことがあっても守り抜く」

「兄さん……」

「……名で、呼んでくれ……」

少し拗《す》ねたようなと思ったのは間違いないと思う。

「ロウエンに……」

思わず兄さんと続けそうになって慌てて止めたけど、

なんだかすごく恥ずかしい。兄さんとつけなかっただけで、こんなに顔が熱くなる。

「マルクス……」

口づけが降りてくる。

再度の熱い口づけに肌の奥がざわめいてじっとしていられなくて身を捩《よじ》った。

その拍子に、背中に手が差し入れられ、上半身が抱きしめられる。

より一層深くなった口づけに、吸い出された舌が甘く疼く。

「んっ……」

顎髭が頬に触れ、耳朶《じだ》に触れた指先が戯れに撫で上げられる。

くすぐったくてでも気持ちが良くて、小さく笑う。

首筋からうなじにかけて唇が触れて、先日その近くに吸い付かれたことを思い出したがそれも続いてもたらされた快感に流され、消えていく。

「んぁ、や……、くすぐった……そこ、やだぁ……も……」

「……」

さっきひとしきり喋ったせいでもう言葉を尽くしたとばかりに、僕が何を言っても不埒な動きは止まらない。

だけど、これが兄さんなんだって知ってるから、言葉なんかいらないって分かってる。

「ん、あぁんっっ」

胸の小さな突起がざらついた舌で舐められるだけで、微妙な疼きを身のうちに育んでいく。なんだかすごい。触れられるだけで、そこから熱が広がっていく。唇や舌はもちろん、指先からも触れた肌からもどこからも。

「狭いな……」

「うあっ、んっ……ぐっ……」

後ろに回った指先が、固く閉じた蕾《つぼみ》をつついて開花を促すけれど、経験も何もない僕の身体は硬くそこを閉じたままだ。

「ご……めん……あの……」

「かまわん……」

「やっ、ちょ、ちょっと、やだっ」

不意に兄さんが僕の足を高く持ち上げて、尻を浮かしてしまったのだ。そのまま肩にまで僕の足がそれぞれ乗せられて、そして。

「んあぁぁ、やんっ、だめっ……だっ、ああっ、いあっ」

いきなり蕾に触れたぬめりに意図せずに声が漏れた。何度も舐め上げられ、溢れる快感に身体から力が抜けた。その拍子に、唾液にまみれた指が中まで入り込む。その違和感に息を吞み、「入った」と心底嬉しそうな吐息に混じった言葉に、胸の奥が熱くなる。

太い指の節々が引っかかり痛みがないわけじゃない。でも、指が僕の中をかき回すその刺激が愛おしくて堪らない。

「ロ、ロウエンっ、あ……んっあ」

指を増やされ広げられる刺激に身体が勝手に仰《の》け反《ぞ》って、下腹に降りてきた唇に腹を押し当て舐められた。そんな些細なことでも、肌がざわめき、背筋を快感への衝動が駆け上がる。

兄さんは、何も言わない。

その代わり、僕の肌を舐める音が狭い洞穴に反響していた。その音が何かを吸い込むような音になって。

「や、ああっ、あ――っ」


敏感な性器が熱くぬめる空間に取り込まれて、吸い上げられた。器用で長い舌が絡まり、特に敏感な先端をくすぐる。すでに硬くなっていたはずなのに、激しい衝動と共にそれがひときわ大きくなったように感じた。

熱くて、苦しくて、中のものを噴き出したい衝動に、腰ががくがくと揺れる。けれど、その腰はがっちりと摑まれ思うように動かなくて、そのもどかしさに思わずその頭を引き摑んだ。

「いっ、ま、まっ、ああっ、やあ――っっ」

制止しようとする言葉すら聞いてもらえず、後ろと前とを同時に刺激されて、僕は一気に高みへと駆け上がってしまった。まるで身体の中が爆発したみたいで、それがたった一カ所の狭い出口から吐き出される凄まじい衝動に目の前が白く瞬いている。

ぐったりと弛緩《しかん》した僕の腰を太い手が支えて、持ち上げた。

その狭間《はざま》に触れる、とても熱いモノが何かなんてすぐに分かった。だけどさっきの絶頂で放心状態の僕は動けないし、動こうとも思わなかった。

「……許せ」

呟くような一言の意味を僕は十分理解できてなかったけど、それでも頷いた。

笑って大きく頷き、手を差しのばした。

最初はただの圧迫感だった。それが、ギチギチときつい壁を無理に中から押し広げるような感覚、そしてなにかに満たされたような充実感と快感とわずかな痛み。

「んあぁぁ――っ!!」

「……マルクス……」

指なんかよりはるかに太いモノの衝撃に僕の身体が悲鳴を上げる。兄さんが僕を抱きしめてくれる。

強く抱きしめられるごとに中の異物感も大きくなった。

ずるずると内壁を擦《こす》られ、苦しいはずなのにざわつく感覚。背筋を駆け抜ける快感と悪寒の狭間のような震えが走る。

あまりに巨大なそれが入りきるとは思えなかったけど、溢れた涙で視界が揺らいでいる向こうで、獲物を仕留めたときのような兄さんの満足げな笑みが見えていた。

無表情が多い兄さんのめったにない笑顔に僕も涙を流し、笑い返した。

幸せだ、本当に。

兄さんの全てを受け入れることができたことが。

ほんの少しの休憩を経て、その腰が動きだせば、更に身体の奥から湧き上がってくる何かが僕を翻弄する。

熱くて、柔らかくて、けど硬くて。

中を抉《えぐ》られるたびに、甲高い声が悲鳴のように漏れた。それが洞窟の中を反響して返ってきて、そんな音にすら煽られる。

「……マルクス……愛している……、もう俺の、モノだ……」

合間に聞こえる、欲にまみれたそんな声音にも堪らなく感じた。

最初は緩く、けれど抽挿はどんどん激しくなり、同時に快感も大きくなる。それが不意に止まった。

「な……に?」

思わず問うた僕の言葉に応えはなく、乱暴なぐらいの動きで腕が引き剝《は》がされ、ぐるりとひっくり返され

る。

繋がったままの行為に、激しく内壁を擦られて、一瞬意識が白くなった。そのせいで何もできないままに俯《うつぶ》せにされて背に重い身体がのしかかる。そんな動きの間も抽挿は止まらず、喘《あえ》がされるだけの僕のうなじに兄さんの吐息がかかり、身震いした次の瞬間。

「ひっ、やあぁぁぁぁっっっっ！！！」

うなじに鋭い痛みが走った。

牙が食い込み、そこから溢れた血液が流れ落ちる。同時に食い込んだ牙から体内へと何かが流れ込んできた。ものすごく熱くて、身体の中から沸騰しそうに暴れ回る何か。注ぎ込まれているのか、それとも空っぽだった身体が貪欲に得ようとしているのか分からない。

そのままより深くを抉られて、強すぎる快感にもう何がなんだか分からなくなっていた。

与えて、与えられて、またもらって。

しかも、巨大だと思っていた性器がさっきよりも更に大きくなって、僕の中は兄さんで既にいっぱいだ。

「ひ、ぁぁぁぁぁっ――――、やっ、あぁぁぁぁぁんんんんっ!!」

何か大きな音が体内でしたような気がする。同時に兄さんの動きが止まり、限界まで奥に突き刺さった性器が震えて僕の中で奔流のような衝撃が走る。僕自身もさっき一度達したばかりなのに身体の奥底からの快感が再度の絶頂を促す。

「んぁっ、だ、いやぁ、あっ、きっつっ、やあぁぁぁぁっっっっ!!」

逃さないとばかりに押さえつけられて、牙を食い込まされたままの僕は動けない。

そんな僕の中に兄さんの熱い子種がどんどん注ぎ込まれる。

ああ……。

「……マルクス……」

押さえつけられたまま、牙が離れた痕を舐められる。

「あぁ……あぁ……」

僕はもう意味のある言葉を出すこともできなかった。ただ全身で、兄さんが与えるもの全てを受け入れるだけだ。抜かれるのがもったいないと思うぐらいに与えられる全てが嬉しくて、もうずっとこのままでいたいと思うほどに、兄さんを抱きしめれば兄さんもそれに応えてくれる。

　ところが、不意に身体を起こした兄さんがまじまじと僕の頭を見つめて、呟いた。

「……髪」

「髪？」

「色が……」

　言われて、顔にかかっている自分の前髪に指を伸ばして気が付いた。

「あ……」

　白く、ない。

　青いような白いような、根元側から先端にかけて少しずつ薄く色が重なっていくように髪の色が変化していた。慌てて他の場所も引っ張ってみたけど、そこも同じように見える。

「なんで……？」

「根元はもっと濃い。……おまえの色だ」

　愛おしげに髪を梳かれ、見えない色を想像する。ここよりもっと濃いならば、僕の色は……。

「深い水の色、いやもっと濃い……ああ、藍……そうだ……藍色だ」

　まるで何かを確認するように、呟く声。それでも僕はただ驚くことしかできない。

「だって……、僕、魔力なんか……」

「『番《つがい》』は魔力を与えられる。……なかったんじゃない、おまえはなくしていたんだ」

「なくして……」

　それは記憶をなくしたのと同じように？

「だから、与えられて……？　でも魔力って普通自然に回復するものじゃ？」

「……なくしすぎたか、……何が原因かはわからん。だが、『番《つがい》』の魔力は……特別。もっとすれば……完全に戻るかも……」

「……ん？　もっとすれば……って、えっと、もしかして……？」

「そうだ……」

「え、ちょっ！」

「もっと与えてやる……俺の子を孕めるほどに……」

「あ、えっ、ちょっと、まっ――」

　固い決意を込めた声音は恐ろしく真剣で、自然と頬が引きつった。

未だ力が入らない腰に当たるモノが、どんどん熱く硬くなっていくのは気のせいではないだろう。

「魔力……全部戻してやる……」

「え、あ、大丈夫だから。後でゆっくり――」

なんて言葉は聞いてもらえなかった。

子どもが孕めるなら、なんとしてでも魔力は取り戻したい。でもさすがに今終えたばかりなのに続けて二戦目はきつい。獣人は総じて精力旺盛だということぐらい、村に閉じこもっている僕だって知っている。それに僕はヒト族だから、ヒト族の身体は獣人にとって堪らなく快いのだということも……。

なんてことを考えていると脳裏の片隅を過《よぎ》る光景があった。

そうだ、あのとき僕は逃げていた。

僕を犯そうとした……獣人。試すと言って笑っていた……ピンと尖った耳。

川で溺れたのは、……ああ、あれは家族の中から僕だけを買い取った……人買いで……。

バラバラに壊れた陶器の欠片《かけら》を組み立てるように、なくなっていたはずの記憶も少し戻ってきている。

「あ、待って、あ、ちょっとっ――」

それを伝えようとしたけど、すっかりその気になった兄さんはもう僕の声なんか聞こえている様子はなかった。

まだ柔らかく綻んだままの僕の蕾は、その勢いに勝てるわけもなく。

「あ、またっ、ああっ――」

潜り込む性器は熱く、僕の身体にも簡単に火をつける。

それに、さっきよりももっと感じる。なんだか身体の中が与えられる熱で蕩《とろ》けてしまいそうだ。しかも、辺りを漂う花の蜜に似た甘い香りがそれを助長させる。

これは何の匂いだろう？　この近くには花なんてないのに。

「なんか……いい匂い……甘くて……大好きで……あ、あぁんんっ」

込み上げる衝動に首筋に縋り付くと、もっと匂いが濃くなった。それと同時に、身体の芯が甘く疼いて悲鳴にも似た嬌声《きょうせい》が自然と上がる。

「……『番《つがい》』の匂いだ」

「『番《つがい》』の……」

『番《つがい》』だけが分かるという、特別な匂い。だったら、僕は間違いなく兄さんの『番《つがい》』。これも魔力が戻ったから分かるようになったのだろうか……。

「うれし……、嬉しい、よ……」

幾筋も涙が流れ、僕は快楽に流されながらも泣きじゃくった。

兄さんが与えてくれた魔力も、『番《つがい》』だったことも、何もかも。怖いほどに激しい行為なのに、なんて幸せなんだろう。

蘇った暗い情景すら、あっさり受け流せてしまえるぐらいに、今の僕には喜びしかなかった。


陽が傾き始めたころ、僕たちは村への帰路についた。

雨がいつまでも降り続け、心配した兄さんが僕を抱きしめたまま離さなかったのだ。それに、僕もなんだか動きたくなかったというのもあった。


みんなが心配しているのではと思ったが兄さんが遠吠えで村と連絡を取り合い、僕の無事を伝えリトもセトも大丈夫だと聞いた。そしたら安心して、身体に力が入らなくなったのだ。

考えてみれば、山の中を走り回った後、兄さんに散々抱かれた身体はもう限界で当然かと思う。

今は、兄さんの背中に重たい身体を預けて運んでもらっている。ゆっくりと慎重に歩く背中の動きと手触りの良い毛並みが肌に感じられて心地よかった。

「兄さん……」

『……』

話しかけても言葉はない。けれどそれはいつものことで、代わりに耳がぴくぴくと反応してくれる。そうやって兄さんはいつもちゃんと僕の言葉を聞いてくれていた。

「僕、ずっと兄さんと一緒にいられるんだね」

『……』

返事の代わりに、僕の腰にパタパタと言葉よりも雄弁な尻尾が当たっている。ふさふさの先端に行くほど青みが強くなる尻尾をちらりと見やって、小さく笑った。

　こんなに喜んでいる尻尾は久しぶりに見る。いや、ここまで激しく振っているのは初めてかも。ちょっと嬉しくなって笑っていると、そのことに気付いたみたいで止まってしまう。残念だなと思っていると不意に問われた。

『……大丈夫か？』

「うん」

　空を見上げれば、灰色の雲からまた強くなってきた雨がポツポツと線となって落ちてくる。それを心配してくれたのだろうとは思うけど、前ほど怖いと思わない。

「まだちょっと怖い……けど、大丈夫。それに兄さんがそばにいてくれるからね」

　また何かあっても、きっと助けてくれる。そんな安心感があるからか、前のような闇雲な不安はない。

「あのね。僕、少し記憶が戻ってきたよ」

　とたんに振り返ったいぶかしげな空色の瞳に、手を伸ばした。触れる頬と顎を撫で、首筋の毛皮に顔を埋《うず》める。

　柔らかくて暖かい幸せな感触。背中に染みこむ雨の冷たさとは真逆の存在が気持ちいい。

　僕はいつだってこの手触りに安心していた。それはこれからもずっと……変わらないだろう。

「魔力が戻ったとき、僕はあのときなんで川を流れてきたのか思い出したよ。僕は逃げ出して、お兄ちゃんのところに行こうとしてた。でも追いつかれて……。まだあやふやで思い出さなくて良い記憶もあるかもしれない。でも、魔力と一緒に僕はきっと全部思い出すよ」

　雨や川を見るといつも感じていた、闇と冷たさ、それに恐怖がないまぜになった正体不明の混乱の原因が分かったから、不安が減ったのかなとも思う。理解できるものは、なんとか折り合いがつけられるから。

　でも、喜んでくれると思った兄さんの尻尾は力なく垂れて、僕から視線を逸らしてしまった。

　そんな兄さんが何を思っているか、僕には分からない。

　だけど、僕が続けようとしている願いは、きっと兄さんだって望んでくれるはずだって思うから。

「僕、いつか、兄さんと一緒に旅に出たいな」

『……旅……』

僕の言葉に、兄さんの視線が戻ってきた。僕の真意を探るような鋭い視線に、微笑みかける。

「生きてるかどうか分からない。でも、家族を捜したいんだ。兄さんと一緒に……」

『……家族のもとに、戻りたいか？』

「戻りたい……っていうのとは、ちょっと違う。でも生きてるなら会いたい。それで、僕は幸せだって……伝えたい」

ぎゅっと兄さんの首を抱きしめた。

柔らかな毛並みに、甘い花の蜜の匂い。逞しい身体はいつだって僕を守ってくれる。優しい僕の狼。

「いつか、で、いいから。うん、いつか……」

『……いつか』

「うん……あの……だって先に……」

つい言いかけたけど、その先はとても言いづらい。なのに、兄さんはいつまでも僕の言葉を待っている。

何も言わないのはいつものことだけど、先を聞きたがっているのは催促するようにゆっくりと僕を叩く尻尾で分かってしまう。

だから大きく息を吸い込んで、僕の決意を口にする。

「……僕……先に……兄さ……じゃなくて……、その……ロウエンの子ども……を産みたいから……」

口にすると堪らなく恥ずかしくて、暖かな毛並みに顔を埋めたまま告白した。

その瞬間、腕の中の身体が硬直し、一拍おいてその背が大きく反った。


『ウォ――――――――ンッ』


高く、長く、空に向かって遠吠えが辺りに響く。

辺りに反響する声はいつまでも続き、誰かがそれに返しているのか、別の遠吠えも幾重にも続いた。

その勢いと大きさにびっくりして顔を上げたけど、僕には何を言ったのか分からない。

まるで衝動的に出たかのようにただその一声だけを放ってまた静かになってしまったが、ものすごく上機嫌なのは激しく動く尻尾が雄弁に語っていた。

「まさか、村で何かあったの？」

悪い想像をしてしまい不安げに問うたら、兄さんがはたと気付いたように視線を逸らしてもごもごと呟いた。

『……違う』

ただそれだけを伝え、あとは黙り込んでしまう。

兄さんがそう言うのなら問題ないのだろうけど、それだけではさすがに僕も心配ではあった。だが兄さんの尻尾は彼の上機嫌さを伝えてきているから大丈夫なのか、と思ったのだ、そのときは。

ようやく村にたどり着けば当然のことながら随分と心配されていたらしく、勢いよくこっちに向かってきた父さんに抱きしめられて、集まってくれた人達から声をかけられる。特に双子の両親からは謝罪と感謝をこれでもかとされてしまった。

兄さんが遠吠えで連絡をしてくれていたというから安心していたけど、もっと早く帰るべきだったのかもしれない。

しかもそこには僕を忌み嫌っていた人達もいて、笑顔で迎え入れてくれていた。しかも僕の色づいた髪を見て魔力が戻ったことも自分のことのように喜んでくれていて驚いてしまった。

その理由を教えてくれたのは父さんだ。

「マルクスがセトの命を守るためにその身を投げ出し救ったのだと皆が知ったからだ。狼族は仲間として認めたものはどんなことをしてでも守り抜く。おまえの行動は尊敬すべき立派な行為で何より仲間のセトを救ったのだから、今まで頑《かたく》なだった者達もその勇気に仲間だと認めたんだ。マルクスのことは最初から群れの一員としていたが、これでこの村全員がおまえを仲間として認めただろう」

災いを転じて福となすというが、本当に何もかもが福となって僕に戻ってくる。それこそ幸せすぎて怖くなるぐらいに。

ただ、そんなふうに歓迎される僕から離れたところでなぜか兄さんがもみくちゃにされているというか、小突かれているというか。

それは悪い意味ではなく、からかわれているような雰囲気だけど、結構乱暴に見える。

思わず視線で父さんを見上げたら、肩を竦めて苦笑が返ってきた。そして、僕の耳元まで腰をかがめてその理由を教えてくれた。

「マルクスからロウエンの匂いがプンプンするんだよ。洗ったとしても、狼族の嗅覚は鋭いからね」

「え……」

「まして、いつまでも帰ってこないしね。バレバレだろ？」

苦笑と、ほんの少しの苛立《いらだ》ちが実の息子に向けられる。

「まったく我が息子ながらそういうところが朴念仁《ぼくねんじん》というか、短絡的というか……」

その言葉に、僕の身体が全身火を噴いたみたいに熱くなった。

ということは、みんなを心配させていたというのに、その……いたしていたというのがバレバレってことで……。

「それに、帰る途中で放ったロウエンの遠吠えがね、お前と子作りをするという……まあ、歓喜に満ちた宣言でねえ……まあ、なんというか、要するに村どころか聞こえる範囲内にいた全員宛ての宣言をだね」

「子作り……宣言」

「普段無口で何を考えてるのかも悟らせないくせにそんなところを見せたから、あれはまあ当分からかわれるだろうねえ。自業自得というか、なんというか……。我が息子ながら、ほんとに恥ずかしいやつだよ……」

なんてしみじみと言われて、僕は半ば卒倒しかけてしまう。

そんな僕に気付いたのか兄さんが一際大きな遠吠えを放つ。

周りを取り囲んでいた皆は一瞬呆気《あっけ》にとられたようだがすぐにそれは歓声と笑い声に飲み込まれた。

「今のはなんだかわかるかい？『俺がマルクスを愛して何が悪いっ、あいつは俺の『番《つがい》』だっ！』だそうだよ」

その内容に胸の鼓動が高鳴り、更に顔に熱量が集まるのが分かる。嬉しいやら恥ずかしいやら、父さんに肩を抱かれて立っているのが精一杯なぐらいだ。

そうすると、また兄さんがグルグルうなり短く高く吠えた。

「ああ、もう、『俺のマルクスに触るな、触るやつはぶっ殺す』だって。なんて狭量なんだろう、まあ分かってたけど」

呆れたふうで肩を竦める父さんに、僕はうつむいて赤く染まった顔を隠すぐらいしかできない。

でも、嬉しかった。ものすごく嬉しかった。

だから僕も後で兄さんに告げたい。

僕も愛している、ずっとずっといつまでも一緒にいてって。


それからの日々は本当に幸せで、魔力と共に記憶が戻った今日、僕達はあの帰り道で約束したようにお兄ちゃん――いや、ウィルフレド兄さんを捜す旅に出る。

ロウエンから兄さんが生きていると聞いたのは僕とロウエンが結ばれてからすぐのことだった。

僕に隠していたことを平身低頭で謝り続けるロウエンをなだめるのはとても大変で……。

理由を問えばおまえを失うことがただただ恐ろしかったのだと、小さく呟くロウエンに怒りなど湧くはずがない。

そして今も、眼下の広く逞しい背中と柔らかな毛皮を撫でながらも横目で見やれば、耳も豊かな尻尾もうなだれている。僕から見たらそんな姿も可愛くて仕方がない。

あれからロウエンはもうずっとこんな感じで反省し続けていた。

そして今日、僕達は兄さんを捜す旅に出る。

ロウエンが連絡先を交換してくれていたおかげで居場所に大体の目星がついていることがとてもありがたい。そんなことを再確認していると、ロウエンの背中に乗った僕に父さんが藍色がのぞく包みを差し出してくれた。

ロウエンと同じ豊かな毛並みと空色の瞳を持つ狼族の子ども。でもその毛色は藍色で、僕の血を引いていることも間違いない。まぁ、僕が産んだのだから当たり前だ。

朝が早いからかまだちょっと眠たそうで優しく撫でてやると布の中で丸くなった藍色の毛玉状態のまま「みゅー」って小さく鳴き声をあげる。

もっと大きくなってからのほうがいいかなとも思ったけど、狼族の子どもならもう旅に連れ出しても大丈夫って父さんが太鼓判を押してくれたから、僕達は旅立つことに決めた。まだ尻尾に元気がないロウエンに「お父さん頑張ってね」って声をかけると耳も尻尾も突然ピンッと立ち上がり、その姿に自然と頬が緩む。

僕の子を見せたら、兄さんは驚くだろうか？　それとも喜んでくれるだろうか？

ロウエンはものすごく緊張しているみたいで心配ないよって伝えているんだけど、何がそんなに不安なんだろう？　でも、それも会えばきっと大丈夫。だって二人とも僕の大切な兄さんなんだから……。

そして、いつか兄さんを村に招待してみたい。僕が育ててもらった村だよって、ロウエンと一緒に幸せになれた村だよって。

そんなことを考えていたら。

「きゅう」

腕の中の愛しい子が小さく鳴いた。

兄さんがどこにいようと、ロウエンとこの子と一緒ならどこにだって行ける。

僕達は村の皆に見送られ、柔らかな雨が降る森の道を進む。

あれほど雨が怖かったのに、降り続ける雨は旅立ちを祝福しているようにすら感じることができて、やっと僕は雨の日を好きになれた気がする。

Fin.

次巻予告
キャタルトンの奇病の原因をたどり、
ようやく見えて来たものは
この国の抱える過去の因縁だった。
スイの異能である「至上の癒し手」は
ロムルスとエンジュの凍った心も癒せるのか——!?
「番」と「半身」完結に加え、
ロムルスとエンジュの話、
スイの因縁であるガレスの話も加え、
下巻もオール書き下ろし！
発売予定

恋に焦がれる獣《けもの》達《たち》2
The beasts who yearn for love
『番《つがい》』と『半身《はんしん》』下巻
2020年10月16日

初出一覧

『番』と『半身』	書き下ろし
因縁の地の僕の思い出	書き下ろし
寡黙な狼	小説アンソロジー もふエロ獣図鑑(2018年5月)掲載

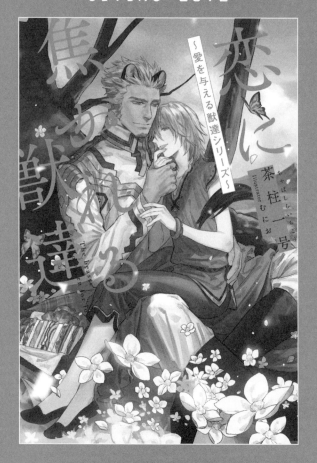

BEASTS GIVING LOVE

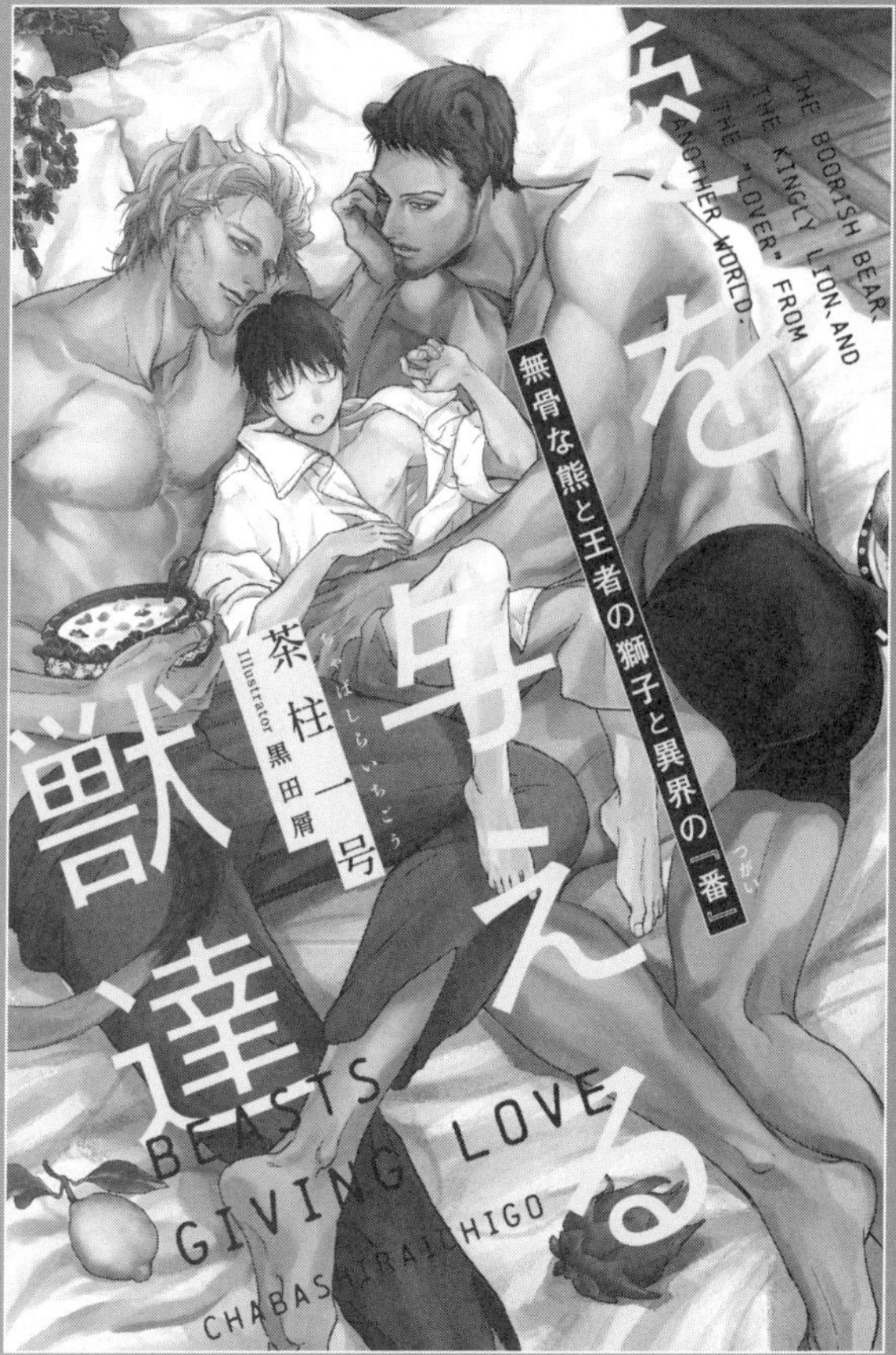

愛を与える獣達　無骨な熊と
王者の獅子と異界の『番』

著者—茶柱一号　イラスト—黒田 屑

四六判

――気が付くと、まったく知らない世界にいた。
ここは獣人が支配する世界（しかも♂しかいない！）で、
なぜか自分の身体は少年に!?
獣人×溺愛ファンタジー開幕！

BEASTS
GIVING LOVE

愛を与える獣達
むすんだ絆と愛しき『番』

著者―茶柱一号　イラスト―黒田 屑

四六判

――異世界で獣人二人と結婚して、
子どもが生まれました♡
毎日が幸せの獣人×溺愛ファンタジー！

BEASTS GIVING LOVE

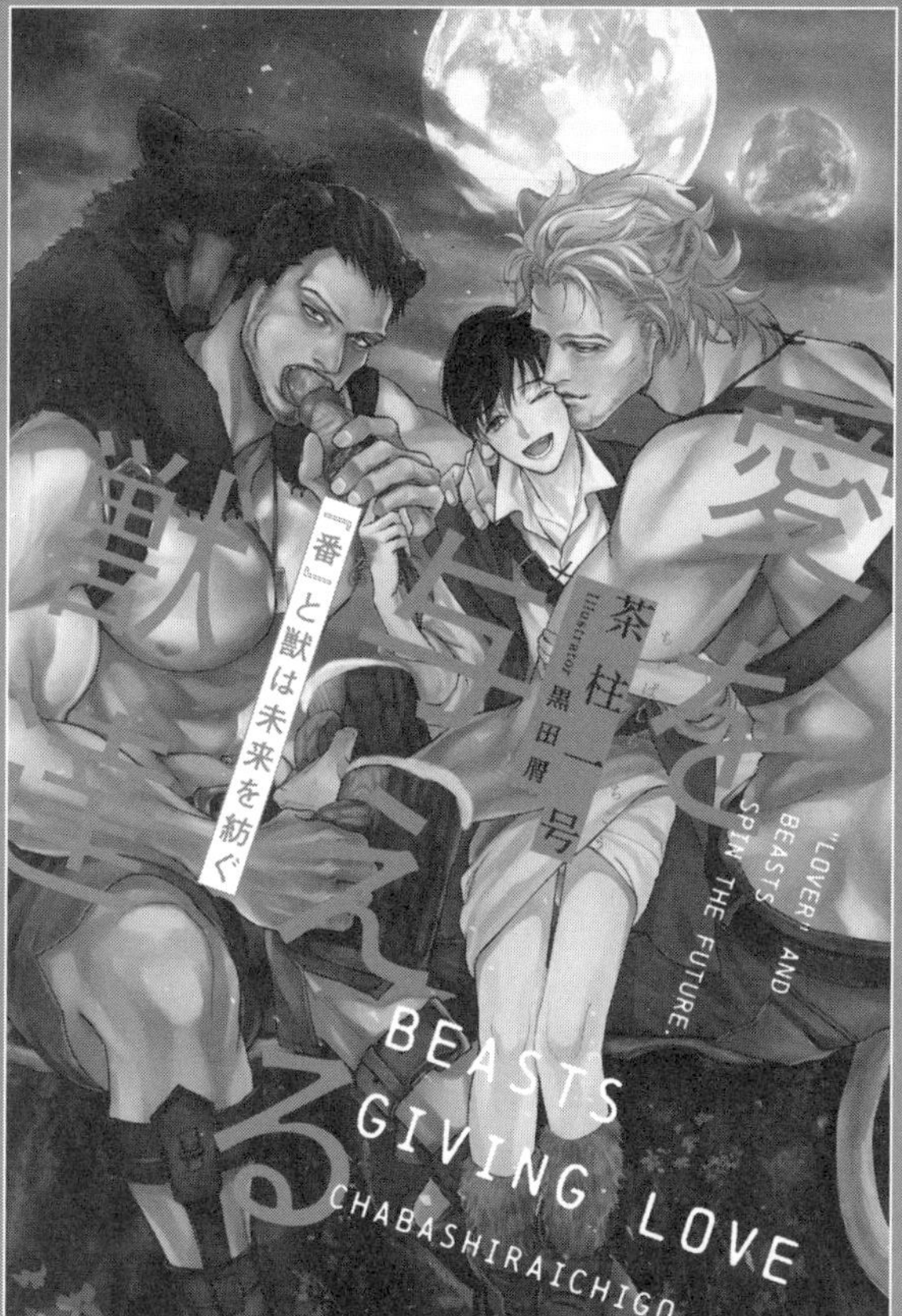

愛を与える獣達
『番』と獣は未来を紡ぐ

著者—茶柱一号　イラスト—黒田 屑

四六判

獣人さん達とラブラブハッピーライフ、継続中♡
大量書き下ろし表題作に加え、ゲイルとチカとの待望の双子誕生秘話や、
美しく成長したスイとガルリスの物語も収録の大人気シリーズ3冊目

弊社ノベルズをお買い上げいただきありがとうございます。
この本を読んでのご意見、ご感想など下記住所「編集部」宛までお寄せください。

リブレ公式サイトで、本書のアンケートを受け付けております。
サイトにアクセスし、TOPページの「アンケート」から
該当アンケートを選択してください。
ご協力お待ちしております。

「リブレ公式サイト」
https://libre-inc.co.jp

恋に焦がれる獣達2
『番《つがい》』と『半身』上

著者名　茶柱一号

発行日　2020年9月18日　第1刷発行

発行者　太田歳子

発行所　株式会社リブレ

〒162-0825 東京都新宿区神楽坂6-46
ローベル神楽坂ビル
電話03-3235-7405(営業)　03-3235-0317(編集)
FAX 03-3235-0342(営業)

印刷所　株式会社光邦

装丁・本文デザイン　円と球

Printed in Japan
ISBN 978-4-7997-4733-9